元勇者のおっさん、転生して宿屋を手伝う
勇者に選ばれ親孝行できなかった俺は、アイテムとステータスを引き継ぎ、過去へ戻って実家の宿屋を繁盛させる

contents

第１章

1話　勇者、国王に実家へ帰ると宣言する

今から二十年前。

突如として人間の土地に、【魔王】と呼ばれる強大かつ凶悪なモンスターが現れた。

魔王は自らの分身である四天王、そして四天王の分身である七十二の悪魔を生み出した。

七十二の悪魔は人間の住む土地の各地に散らばり、人間たちを惨殺していった。

人間たちに恐怖と混乱を振りまいた。

人間たちは軍隊を率いて魔王やその部下に挑む。

しかし強力すぎる魔王たちには、まるで歯が立たなかった。

もはやこれまでか……と思ったそのときだ。

その手に【紋章】を宿した少年が、悪魔の一柱を、単身で倒したのだ。

王は彼の持つ【紋章】が、王家に伝わる【勇者の紋章】であることを知っていた。

その少年を勇者と呼び、魔王とその部下である四天王と七十二の悪魔を倒してくれと依頼。

少年は承諾し、仲間を集めて、この土地に散らばる悪を成敗していった。

それが、二十年前。その当時勇者は、まだ十歳の少年だった。

☆

その日俺は、王様に【とあるお願いをする】ため、王都へとやってきていた。

「あー、めっちゃ晴れてる。めっちゃ良い天気だな」

空を見上げると夏の日差しが、真上から殺人的な太陽光線を浴びせてくる。

今は夏。昼下がり。

「今日も暑くなりそうだ」

王都は前に来たときよりも、活気を取り戻しているように思えた。

「さぁさぁよってらっしゃいみてらっしゃい！　今日は特別大サービス！　全品50％割引だ！」

【魔王討伐記念！】と書かれた張り紙が、どこの店にも張ってある。

魔王を倒して三ヶ月。こっちにも魔王が死んだ知らせは伝わっているようだ。

俺の横を、笑顔の子どもたちが通り抜けてくる。

「ゆーしゃごっこしようぜ！　おれ、ゆーしゃな！」

「はぁふざけんなよ！　ぼくがゆーしゃやるもんね！」

「じゃあわたしはゆーしゃさまのお弟子さまの女騎士やるー！」

子どもたちが楽しそうに、公園へと向かっていく。なんか、ううん、気恥ずかしい。

大通りを北に向かって歩く。

目指すは王城。

遠くに視線を合わせると、立派な構えの、巨大な城がある。

「でかいな相変わらず……。さて、行くか」

俺は歩き出そうとした……そのときだ。

「あれ……？」

体がよろけた。

バランスを崩して、転びそうになる……が。

ガシッと誰かが、俺の腕をつかんでくれた。


「あぶないぞユート。貴様、転んで頭を打つところだった」


声のほうを見やると、そこには長身で、赤い髪の女性が立っていた。

「さんきゅー、ソフィ。助かったよ」

俺はその人、ソフィの手を引いて体勢を立て直す。

目線は俺の顔よりやや下だ。俺は身長は高いほうであり、ソフィもまた、女性にしては背が高い。

鋭い目つきに整った顔、長くつややかな髪を武士のようにまとめている。

いっけんするとイケメンに見える。

だが着ている上着を押し上げる大きな乳房が、彼女の性別を示していた。

「礼はいらん。別に私は貴様を助けたくて手を貸したわけではないからな」

ふいっと視線を外して、ソフィが言う。

「じゃあなんで転ぶ前に手を差し伸べてくれたんだよ」

「別に他意はない。私の目の前で勇者が無様に転ぶさまを世間にさらしたくなかった。それだけだ」

「勇者かぁ……」

そう、何を隠そうこの俺が、魔王を倒した勇者だったりする。

「でももう魔王は倒したし、正確には俺は、元勇者になるんじゃないか？」

俺はソフィとともに、街を歩く。

「何を言っている。貴様は勇者だろう。魔王を倒して、なお今も。そのことは貴様の左手が証明しているじゃないか」

俺の左手には、勇者の紋章が浮かんでいる。

竜と剣を組み合わせたようなそれは、女神から特別な能力を与えられた存在である、勇者である存在の証明となっているのだ。

……だからこそ、俺は手にグローブをはめている。

この紋章を見られたら、素性がばれて、大騒ぎになってしまうからな。

それはさておき。

俺はソフィとともに、王城へと向かう。

にぎやかな街並みを見ていると、うれしくなるし、誇らしくなる。

「……まったくのんきなやつらだ」

隣を歩くソフィが、顔をしかめて言う。

「ソフィ。どうした？」

「……腹が立つんだ。のんきに笑っている街の住人たちを見ているとな」

責めるように、ソフィが街並みを見てつぶやく。

「勇者は魔王を倒した、世界に平和をもたらした、と人は簡単に言う。だがユートがそのせいで、どんな大変な目にあったのか、街のやつらはわかってない。それが腹が立ってしょうがないのだ」

「大変な目って……そんな大げさだろ」

ソフィは俺を潤んだ目で見やる。

「大げさ？　……貴様は魔王との戦いで傷つき、三ヶ月も生死の境をさまよっていたのだぞ」

魔王の力は強大だった。

何の犠牲もなく倒せるほど……相手は甘くない。

俺は最後に、捨て身の特攻をかまして、魔王をついに撃破した。俺自身を、犠牲にして。

「まあでもほら、こうして今はぴんぴんしてるし」

「……ふざけるな。わた……いや、仲間たちにたくさん迷惑をかけて、わた……仲間たちに、心配かけさせやがって」

ソフィが俺にちかづく。

そして俺の胸に、どんっ、と手を置く。

「この三ヶ月間、私がどんな思いで、貴様を看病していたのか……知らないで……貴様は……」

ぐすぐす、とソフィが鼻を鳴らす。……。

「……ごめんな」

生死をさまよっている間、この女性、ソフィは、ずっと俺に付きっ切りで看病してくれていた。

ソフィと俺は、勇者のパーティとして活動する前からの知り合いだ。

いわゆる、幼なじみってやつだ。

彼女との絆は、ほかのパーティメンバーたちよりも、深く強い。

だからこそソフィは、パーティの誰よりも、俺のことを心配してくれたのだ。

「心配かけてごめんな、ソフィ」

「……別に心配などしてない。ただ心配をかけた人間がいるという事実を忘れて、へらへらと笑う貴様が許せなかっただけだ。街のやつらも含めてな」

この女性は、勇者である俺が犠牲となり、重傷を負ったことに心を痛めていた。

そしてそれに気付かずに、平和を享受している街の人たちが、許せないのだろう。

もっとも、俺は犠牲になった、とは思ってないのだが。

「すまん。けど街の人たちを恨むのはお門違いだよ。彼らは知らないだけだ。そして、俺は別にそれでいいと思う。勇者が魔王を倒した。世界は平和になった。それでいいじゃないか。過程なんていいさ。俺は守りたい人たちが守れて、それだけで十分なんだよ」

ソフィは俺の言葉に、じっと耳を傾けてくれた。

にらみつけるような、鋭い視線。

ややあって、ふいっと、ソフィが視線を外す。

「貴様がそれでいいなら、それでいい」

すたすた、とソフィが俺の先を歩く。

「……まったく、ゆーくんはわかってない。私が、どれだけ心配したのか、わかってない」

小声で早口で、ソフィが何かをつぶやいていた。

「……でも、だいすき」

ソフィのセリフは、街の雑踏に溶けてしまい、鮮明に聞き取れなかったのだった。

☆

長く時間をかけて、俺は王の住む城へとたどり着いた。

応接間のような、広いホールに通される。

用事があるのは俺だけなので、ソフィには別室で待っていてもらうことになった。

三十分くらい待たされただろうか。

ソファに座っていると、バーン！　と部屋の扉が開いた。

「まあ……！　まあまあユート！　ああユート！　会いたかったですよ！」

そう言って入ってきたのは、この国の王様、ヒルダだ。

この国の王は女なのだ。女王ってやつな。

女王ヒルダは俺に向かって走ってくると、ぎゅーっと俺の顔にしがみつく。

「よくぞ……よくぞご無事で！」

「くるしいってヒルダ。おまえの熱い抱擁は嬉しいけど、押しつぶされそうだ」

ヒルダは年齢が四十。だが四十とは思えないほど、若く、そして胸が大きい。

外見は女子大生もかくやというほど若々しいヒルダからの抱擁は、なんというか気恥ずかしい。

ヒルダはパッ……と俺から離れる。

そして正面のソファに座る。

「ほんと……心配していたのですよ」

気遣わしげに、ヒルダが眉をひそめる。

「魔王をあなたが倒してこの三ヶ月間、うれしさよりも心配が勝っていました」

「なんでだよ。魔王が死んだんだ。後顧の憂い無しって喜べば良いじゃないか」

「ですが……あなた、ケガを負って生死をさまよっていたではありませんか」

俺にとっては、別に大したことではない。

しかしヒルダは本気で心配している。

その顔を見ると、申し訳ない気持ちになる。

「あなたは十七年間をかけて、この大地に巣くう七十二の悪魔を全て滅ぼしました」

ヒルダがぽそりぽそり、と涙混じりにつぶやく。

「そこから暗黒大陸へ渡って三年……。四天王と魔王を倒して、無事に帰還をなさったと喜んだら、あなたは重傷。そのまま目が覚めないかと思って……とても心配してましたよ」

俺は魔王との激戦の末、打ち倒したが重傷を負った。

人間の大地へ帰ってきてからずっと、意識不明の寝たきり生活を送っていたのだ。

そしてつい最近目が覚めて、動けるようになった。

だから今日、ここへ来たという次第だ。

「すぐにあなたのいる病院へ行けずにすみません……」

「いいさ。王としての仕事があったんだろ。それに病院から王都までかなり離れてるしな」

しんみりした雰囲気があたりに漂う。

ヒルダはぐす……と目元をぬぐった後、「それはさておき！」と明るい声を上げた。

「これでやっと、話が進められます！」

喜色満面のヒルダ。

「話？　なんのことだ？」

「今後についての諸々の話ですよっ」

ヒルダが弾んだ声音で言う。

「まずは祝賀会です。魔王を倒した勇者をたたえるお祝いをしないと！　そのあとは英雄の称号を与える授与式！　そのあとは……」

立て板に水とはこのことか。ヒルダがどんどんとこの後の予定を述べていこうとしたので、「まてまてまて」と一旦ストップをかける。

だがヒルダは止まらなかった。

「さらに地位や名誉も各種そろえてます！　どこがいいですか？　騎士団長？　王立騎士学校の校長が良いですか？　それとも冒険者ギルドのギルドマスター？」

ヒルダは興奮しすぎて、周りが見えてないようだ。

「いずれにしてもどんな要職のポストも用意してあげられますよっ！　というかもう用意してあります！　好きなのを選んでください！」

ヒルダはパチッと指を鳴らす。

すると部屋のドアが開く。

書類の束を持ったメイドたちが、俺たちの前へとやってくる。

ソファの前のテーブルに、書類の束を山に積む。

山積されたそれは、合計で五つ。

「さっ！　お好きな地位をお選びください！　大貴族の領主として辺境でスローライフを送ることも可能。なんなら王のおそば人として、この城で食って寝ての怠惰な生活を送ることもできます！　あらゆる地位、あらゆる名誉があなたのもの！　さあ！」

どうぞ！　と言って、ヒルダが書類の束に手をさしのべてくる。

目を通せってことか。

……だからこそ、申し訳なさはあった。

俺には俺の、やりたいことがあるのだ。

「ヒルダ」

「個人的には、わたしのお、夫になるのはどうでしょう」

「ヒルダ」

「し、仕事は全部わたしがやります。あなたはわたしのそばにずっといてくれれば……」

あかん、人の話を聞いてない。

俺は吐息をついた後、

「すまん、いらない」


と声を張ってそう言った。

ぴたり、とヒルダが妄想をやめる。

目を大きく見開き、俺を見やる。

「えっと……ユート？　今……あなた何を……？」

どうやら俺の話を聞いてくれるみたいだ。やっと本題に入れる。

「いらないって言ったんだ」

「いらないとは……な、なにをでしょう？」

たらりと額に汗をかいて、ヒルダが俺に問うてくる。

「全部だ。祝賀会も英雄の称号も。地位も名誉も全部」

俺の言葉に、ヒルダが呆然とする。

くら……っとまるで貧血を起こしたように、その場で倒れそうになる。

「な、なぜ……？　あなたは世界を救ったのですよ？　祝われて当然。英雄にふさわしい。地位や名誉ももらって当たり前……。それをいらないなんて……どうしてですか？」

俺はヒルダの目をまっすぐに見て告げる。

「俺、このまま帰って、実家を手伝うつもりだからだ」

ヒルダがぽかーん……と口を大きく開く。

そして目と口を、大きく開いて、

「えぇぇえええええええーーーーーーーーーーーーー！！！？！？！？」

と王にふさわしくない、絶叫をあげたのだった。

2話　勇者、仲間たちからアイテムをもらって実家に帰る

王都に来たその翌日。

王城の中にある一室にて、俺は目を覚ます。

「ふぁああ………………よく寝た」

昨日はあの後、事後処理やらヒルダの説得やらで忙しかった。気づいたら深夜だった。

そのまま帰ろうと思ったのだが、ヒルダが、

【せめて仲間たちに一声かけてから帰ってはいかが？】

と言ってきたので、了承。確かに言われてみれば、仲間たちに勇者引退のことを告げずに帰るのは、不義理だよな。

帰って家を手伝いたいという、その気持ちが先走っていて、大事なことを忘れていた。

「いかんな、どうも……」

ううむとベッドの上で起き上がり、うなっていたそのときだった。

「ユートっ!!」

と誰かが俺の名前を呼び、俺に抱き着いてきた。

むぎゅっ、とした圧迫感。花のような良い香り。

そして、燃えるような、赤い髪。

「ソフィ……？」

女騎士のソフィが、俺の体に抱き着いて、震えていた。

「良かったユート……良かった……」

俺は不思議だった。

なぜソフィは、悲しんでいたのだろうかと。

「また貴様が、眠ったまま目覚めないのではないかと……」

ああ、と合点がいった。

俺は魔王討伐後、三ヶ月、生死をさまよった。

三ヶ月も、眠ったままだったのだ。

だからソフィは心配したわけだ。

またそうなるかもしれないと。

「ソフィ……心配かけてごめんな」

改めて俺は、自分の過ちに気付いた。

魔王討伐後、ソフィは俺に、ずっと付き合ってくれた。

寝たきりの俺を世話してくれた。

俺はその事実しか、聞いてなかった。

その間のソフィの胸中を、考えてなかった。

「それと、心配してくれてありがとう。迷惑かけたな」

俺はソフィの頭をなでる。

「心配するのは、当然だ。だって私は」

うるんだ目で、ソフィが俺を見やる。

「私は、私はユート。貴様のことが……」

言いよどむソフィ。そのときだった。

「兄貴ぃいいいいいいいいいいいいいいいいいいいいいいいい！！！」

ばーんっ！　とドアが開く。

そっちを見ると、そこにはかつての仲間たちがいた。

魔王討伐に参加した、勇者パーティのメンバーたちだ。

彼らがみな、笑顔で立っていた。

ソフィはパッと、神速で離れる。

その間に仲間たちが、俺のそばまでやってきて言う。

「ユートさん、目が覚めたのですね」

と森呪術師《ドルイド》のルイがほほえみかける。

「うう……ユートの兄貴ぃ！　兄貴が無事で良かったぁ……!!」

とむせび泣く料理人のクック。

「ふんっ！　目が覚めたのならさっさと連絡を寄こさぬか！　このたわけが！」

俺を一喝するのは、山小人《ドワーフ》の山じぃ。

「うう……ユートさんが……ぐす……めをさまして……ぐす……よかったよぉー……」

むせび泣くのはエルフの少女、えるるだ。

「ホント、心配シマシタ。ワタシ、アナタが死んでしまったらどうしようと思ってマシタヨ」

眉を八にして心配そうな顔をするのは、錬金術師のエドワード。

女騎士《ソフィ》と勇者《おれ》を加えた、七人。

それが、俗に言う勇者パーティのメンツである。

彼ら彼女らは俺に近づくと、全員が良かった良かったと繰り返す。

「しかしユートサン、聞きマシタよ」

エドワードが、暗い顔をしてうつむく。

「アナタ、勇者を引退ナサルつもりなんデスッテ」

仲間たちには、引退の件を、女王から聞かされていたみたいだ。

「ぐす……どうしてですかぁ……。ぐすぐす……なんで帰っちゃうんですか……えぐえぐ……」

泣き虫エルフのえるるが、俺に尋ねてくる。

他のメンツも同じような顔をしている。

俺はヒルダにした説明を、仲間たちにもする。

「俺さ……実家が宿屋をやってるんだよ」

元々は父さんが経営していた宿だ。

しかし父さんが義母となるナナミさんと結婚した後、すぐに死んでしまう。

残されたナナミさんは、俺を育てながら、宿屋をひとりで切り盛りしていたのだ。

「本当は俺も母さんの手伝いをしようって思ってたんだけど……勇者に選ばれたからさ」

「ナルホド……。お母様はおひとりで、宿屋を経営シタというわけデスネ」

錬金術師エドワードの言葉に、俺が頷く。

「家を出るまえに、母さんに言われんだ。家のことは良い。魔王を倒して世界を平和にしろ。それまではひとりでここを支えるから、気にせず行ってきなさいって」

俺はこの二十年間、何度も母さんが心配で、実家に顔を出そうと思った。

実際一度だけこっそり顔を見に行ったことがある。

そのときに母さんに見つかって、だいぶしかられた。

おまえは世界を救う使命があるのだ。

ここはいいから、世界のために働きなさいと。

だから俺は脇目も振らず、二十年間。

ひたすらに魔王と、その配下を倒し続けた。

人類の平和のため、というのももちろんあった。

だがそれ以上に、残された母さんのことが心配だった。

はやく魔王を倒して、母さんの手伝いをしたいという思いがいつもあった。

だからこそ、魔王を短期間で倒せたのだと思う。

まあ、二十年は少し長すぎた感じはあったが。

「母さんはなんでも一生懸命に頑張る人なんだ。けどなんでもひとりで抱え込んじゃう、不器用な人でさ。だから俺、母さんを支えてあげたいんだ。魔王を倒したら、実家をついで母さんを楽させてあげたい。最初からそう思ってたんだ」

俺の言葉を聞いた仲間たちが、なるほどと頷く。

「それじゃあ……しかたないっすね」

暗い顔をしたクックが、次の瞬間には、にぱっと笑って言う。

クックの言葉に、ほかのメンバーたちも、同様に笑ってくれた。

「本当はみんなで冒険者パーティでも組んで、世界中を旅したいなーって言ってたんです」

「いやでも兄貴の思いを聞いて気が変わったぜ！　はやくおっかさんのところへ行ってください！」

「フン！　ばかもんが……そういうことは……先に言え」

「ふぇえええええええん!!　なんてお母さん思いなんってですかぁあああああ！」

大泣きするえるる。

最年長のエドワードが彼女を鎮めて、俺を見てくる。

「事情があるならしかたありマセンネ。みんな、あなたの門出をお祝いしマスヨ」

うんっ！　と仲間たち全員が頷く。

「おまえら……ありがとう」

これで仲間たちへの報告は済んだ。

あとはもう実家に帰るだけだ。

と、そのときだった。

「そうだ……みんな聞いてくれ！！！」

料理人のクックが、仲間たちの前に立ち、両手を広げて言う。

「今までお世話になった兄貴の門出だ！　ここはひとつ、みんなでプレゼントを贈ろうぜ！！！」

クックの提案に、仲間たち全員が「いいなそれ」と頷く。

「いやいや、悪いって。俺、ヒルダからも結構いろんなものもらったし、そのうえおまえらからもなんて、もらえないよ」

「遠慮しないでくださいよ、兄貴！」

「そうですわ。わたしたちは好きであげるのです」

「フン！　まあ、ワシは別に好きでも何でもないがおまえのために一肌脱いでやらんこともない」

「うぇえええええん！！！　もちろんっ、もちろんあげますよぉおおお！！！」

仲間たちは全員が、【アイテムボックス】を開く。

アイテムボックス。

物を異空間に収納しておける特別な箱のことだ。

勇者パーティのメンバーになると女神からもらえる特典のひとつである。

ちなみに勇者である俺も【アイテムボックス】を持っている。

というか、勇者の持つ【スキル】にそれがあって、仲間たちも使えるというわけだ。

「ではまずわたくしから……」

まず森呪術師《ドルイド》のルイが、アイテムボックスを開く。

にゅっ、と一本の杖を取り出す。

「これは【世界樹の枝】という杖です。これを地面に突き刺せば、世界樹を生やすことができます。樹からは芳醇《ほうじゅん》な魔力を帯びた【世界樹の雫《しずく》】と呼ばれるアイテムを、無限にドロップします」

「世界樹の雫って……【魔力回復霊薬《エリクサー》】の原料じゃないか」

ええ、と彼女が頷く。

「世界樹の雫は、飲めば魔力を完全回復させます」

また、とルイが続ける。

「また世界樹は【果実】を落とします。この果実は植えれば望む食べ物、野菜など、作物ならばなんでも生やすことができる魔法の果実なのです」

「おまえ……こんな高価なアイテムを……本当に良いのか？」

ルイは笑顔で、もちろん、と頷いた。

「ありがとう、ルイ。大事にするよ」

「じゃあ次は俺っす!!　兄貴っ！」

俺の前に次に出てきたのは、料理人のクックだ。

クックは俺に一本の包丁を、そして鉢巻きを俺に手渡してくる。

「包丁の方は【万能調理具】。これは包丁だけじゃなくてあらゆる調理道具……鍋とかお玉とかになるんです!!　さらに調理道具にはそれぞれ魔法がかかっていて、それぞれ特殊な能力を持ってるすぐれものの調理道具っす！」

次は鉢巻きの解説をする。

「こっちは【食神の鉢巻き】。作りたい料理を思い浮かべるだけで、自動的にその料理を作れるようになるんです！」

カレーを作りたいと思って鉢巻きをまくと、必要な食材が思い浮かび、食材をそろえると、体が自動的に動いて、料理を作ってくれるらしい。

「クック……これ本当にもらっていいのか？　おまえの大事な道具だろ？」

「気にしないでくださいっす！　世話になった兄貴への贈り物は、俺の大事なものを贈りたいんす」

「そうか、クック。ありがとな。この道具、お前だと思って大事にするよ」

クックの後には、山じいが出てくる。

「フン！　貴様にはこれをくれてやる！」

簀巻《すま》きにされた、大きめの絨毯《じゅうたん》を手渡してくる。

「これは【創造の絨毯】と呼ばれる敷物じゃ。この敷物の上に素材を載せれば、作りたいと思う物をなんでも作ることができる。すぐれた道具じゃ」

敷物を床に置いて広げる。

山じいが、アイテムボックスから木材と動物の毛皮を出し、敷物の上に載せる。

そこにはふかふかのベッドができあがった。

「ベッドだけではない。家具や武器なども作れる。宿屋をやっていくならば寝具も作れぬといかんじゃろう。それに武器などを宿屋で売れば、冒険者の客も来るだろうしな」

「山じい……これってあんたが、師匠からもらった大事なものじゃなかったのか？」

前に一度、山じいが酔った際に、教えてくれたのだ。

「フン！　勘違いするな！　こんなものまったく大事などではない。ワシにとってもう不要なものだから、貴様に渡す。ようするに在庫処分だ！」

そっぽを向く山じい。

「山じいは相変わらずツンデレっすね。本当は兄貴大好きなくせに」

「やかましい小僧！」

「ありがとう、山じい。師匠からもらった大切なもの、俺も大切にするよ」

あんたがそうしていたように、と言うと、山じいは少しだけ笑った。

次はエルフのえるるが、俺の前に来る。

「わ、わたしはぁ……ぐす。この弓を……ぐすう……あげまぁす……」

そう言ってえるるは、長弓を手渡してくる。

「これは【聖弓ホークアイ】です……。ぐす……どんな場所にいる相手にでも、自分の思った場所に、矢を当てられるという弓です……」

これはえるるが使っていた弓だ。

彼女の部族の家宝だと言っていた気がする。

「おまえ……これはさすがにもらえねえよ。おまえんちの宝なんだろ？」

「いいんです、もらってください……ぐす……アナタから受けた恩は……ぐすぐす、家宝をあげるだけじゃすまないです……」

聖弓ホークアイ。

この弓を摑《つか》むと、空から物を見下ろすような視点を持てる。

空を飛んで獲物を探し、ターゲットめがけて矢を放つだけで、たとえどんなに離れている相手でも、矢を必中させることできる魔法の弓矢なのだ。

「ありがとう、えるる。これ、大事に使わせてもらうよ」

えるるの後に、錬金術師のエドワードが前に出てくる。

「ではワタシからは、こちらを」

そう言って丸フラスコに入った透明な液体を、俺に手渡してくる。

「これは【万能水薬】。この原液をただの水に混ぜるだけで、ポーションを作ることができマス」

さらにモンスターの素材とこの液体を混ぜれば、回復、解毒、ステータス上昇、ステータスダウン、あらゆるポーションを作ることができるという。

「エドワード、いいのかこれもらっても?」

「かまいマセン。使ってください、ユート」

「ありがとう、感謝するよ」

にこやかに笑いながら、頷いてくれる。

「原液がなくなったら、そのフラスコに水を入れて一日待ってクダサイ。新しい原液が作れマス」

水を元手に、あらゆるポーションを作れるということか。

まとめると、こうなる。

・【世界樹の杖】。魔力回復アイテム+作物を無限にドロップする。
・【万能調理具】。魔法の調理道具を各種。
・【食神の鉢巻き】。巻けばなんでも料理が作れるようになる。
・【創造の絨毯】。作りたい物を何でも作れる。クラフト台。
・【聖弓ホークアイ】。必中の弓矢。

・【万能水薬】。水からポーションを作れる魔法の薬。

「こんなにいっぱい……。みんな、本当にありがとうな」

俺は仲間たちからもらったアイテムを、ボックスにしまう。

「それとユートサン。女王陛下から、こちらを預かってきマシタ」

エドワードが、俺に小さな指輪を手渡す。

台座には、流星のように瞬《また》く金剛石が収まっていた。

「これは【願いの指輪】」

「願いの……指輪？」

エドワードが頷き解説する。

「とても貴重なアイテムデス。つけた人間の願いを、なんでも一つ叶えるという指輪デス」

……なんともすごいアイテムをもらってしまった。

「あれ？　ならこれに【魔王討伐】を祈れば良かったんじゃないか？」

俺の質問に、錬金術師が首を振って否定する。

「人の生き死にに関わる願いは、とどけられないのデス」

なるほど……。誰かを殺せとか、誰かを生き返らせて、という願いは叶わないらしい。

だから魔王を倒して、とは言えなかったわけか。

「それと女王は言ってマシタ。願いはひとりにつき、一度きりと」

……妙な言い方だな。

指輪は一個しかないのだ。

わざわざ断らなくても、所有者は一度しか願いが叶えられないに決まっているだろうに。

「おそらくデスが、仮に魔法で指輪を複製したとしても、一度指輪を使ったことがある人の願いは、叶えられないのではないかと」

「なるほど、だからひとりにつき一度、なんだな」

納得がいった。

指輪をアイテムボックスに収納して、エドワードを見やる。

「さんきゅー。まあ、今のところだれも殺したいとか、生き返らせたいとかって思ってないから、たくさん悩んで願いを決めるよ」

まあ当分は、この指輪を使うことは、絶対にないだろう。

なにせ何でも願いが叶うのだ。しかも一つだけ。これは相当使うのに時間がかかるぞ。

すぐに使うことは、まず間違いなくないだろうな。

「さて……では最後に私の番だな」

残ったのは女騎士のソフィだけだ。

いつのまにか、立ち上がっていたソフィが、俺の目をまっすぐに見る。

「私からは、まず、これを」

そう言って、ソフィはアイテムボックスから、一振りの剣を取り出す。

鞘《さや》に収まっていても、神々しい光を放っている。

虹ともオーロラとも言えないような光を出す。

それは……【勇者の聖剣】。

「俺の剣じゃないか」

これは持っている人間が勇者であるときのみ、発動する特殊能力がある。

勇者がこの聖剣で魔王の心臓を突けば、たとえ相手がＨＰマックスだとしても、一撃で倒せる、というチートアイテムだ。

まあもっとも勇者にしか使えないし、なおかつ心臓を正確に貫く必要がある。

魔王との戦いは激戦だった。

魔法や斬撃が飛び交う中、隙をついてやつの心臓を突き刺すのは結構難しい。

それでも魔王を一撃で倒せるというのは、なかなかに強力だ。

それはさておき。

勇者の聖剣をソフィから返してもらったわけだが……。

「どうしてソフィが、俺の剣、持っているんだ？」

「魔王を打ち倒し、貴様が倒れた後、私が回収しておいたのだ」

そう言えば、俺は魔王を倒したあと、そのまま意識を失ったのだった。

聖剣がどうなったのか知らなかったが、ソフィが回収してくれていたのか。

「ありがとな」

「………………」

ソフィが顔を真っ赤にして、もじもじとしだす。

「どうした？」

「そ、れひょ」

ソフィが咳払いする。

「それとは別に、おみゃ、お、おめ、おめめ、おめえにくれてやるものが……ある！」

かみかみになりながら、ソフィが言う。

「まさかソフィ姐さん……！　やるんすね！」

「確かにいいタイミングよねぇ」

こそこそ、とクックとルイが耳打ちしている。

やる？　いいタイミング？

「だ、だからユート。私はな、私は……私は」

ソフィはベッドに上がって、俺の前に正座する。

すぅ……はぁ……と深呼吸する。

「ファイトっす姐さん！」「がんばれがんばれ♪」「フン……さっさとせんか」

「うう……ぐす……ソフィさぁん。ふぁいとー」「きっとうまくいきマス」

仲間たちが、ソフィにエールを送っている。

女騎士は「ありがとうみんな」と言うと、きっ、と俺をにらんでくる。

「ユート。前にした約束、覚えているか」

「約束？　いつの、どんな約束だ？」

するとソフィが、俺に近づいてくる。

「子供のころ約束したろ。……貴様の、お嫁さんにしてくれって」

「え……？」

俺のすぐ前にいるソフィが言う。

「プレゼントは……私だ。私を、ユートのお嫁さんとして、故郷へ連れて行ってくれ。一緒にナナミさんを手伝わせてくれ」

俺はソフィを凝視する。

そこにいるのは、てっきり、幼なじみのソフィだと思っていた。

小さいころから、俺にべったりで、ゆーくんゆーくんと、俺の後ろをついてきた。

大きくなったら、俺のお嫁さんになるのだ。

確かに彼女はかつて、そう言っていた。俺もいいよと答えた記憶がある。

「……どうせ貴様のことだ。約束を、忘れていたのだろう」

「……そんなことないよ。覚えていたけど、子供の冗談だと思ってた」

「酷《ひど》い男だ。けど……好きだ。私を、めとってくれ」

改めてソフィという女性を見やる。

強く、美しい、女騎士。

恐ろしく顔が整っている。男など選び放題だろう。

「……どうして俺なんだ？」

俺が尋ねると、「一度しか言わないぞ」と前置きしてから、ソフィが告げる。

「子供のころ、両親が忙しくて相手してくれなかった。そんなとき、ゆーく……ユートが、私の相手をしてくれた。ナナさんと、そしてユート、貴様たちが私の支えだった」

ソフィの両親は冒険者をしていた。

両親は朝から晩まで仕事詰めで、ソフィは置いていかれることが多かった。

その時面倒を見ていたのが、母さん。

そして俺だった。

「ユート、優しい貴様が好きだ。いつも面倒を見てくれていた貴様が、子供の時から、ずっとずっと好きだった。その気持ちは、今も変わらない」

「そうか……」

「だから……貴様が三ヶ月間、意識がなかったとき、私は心臓が破裂しそうだった。思い人が、思いを告げる前に死んでしまったらと……だから……」

そこでようやく、俺は合点がいった。

なぜソフィは、俺が魔王との戦いで重傷を負っているとき。

つききりで、看病してくれたのかを。

答えが、俺の中でつながったとき、ソフィを愛しいと思う気持ちが、胸の中に広がった。

ソフィは幼なじみで、妹的な存在だと思っていた。

けれど、向こうはそう思っていなかった。

俺を男だと思っていた。意識がないとき、つききりで看病してくれたのは。

好意を超えたその先の、愛情があったからだ。

愛しいと、俺は思った。うれしいと、思った。

俺の身をずうっと案じてくれていた、この子に。

俺は……。

「ソフィ」

「……なんだ？」

俺は言葉を伝えようとした。

けれど、うまく言葉が出てこなかった。

だから……。

俺はソフィに、自分から近づく。

両手で彼女の頬を包み込む。

ソフィの顔に、歓喜の色が広がる。

俺たちはそのまま、口づけを交わす。

背後で仲間たちの歓声が上がった。

顔を離すと、ソフィは大粒の涙を流していた。

「ゆーくん……いいの？」

「ああ。好きだ。これからも、一緒にいよう」

「……うん。うんっ！」

ソフィは大きく頷いて、明るい笑みを浮かべた。

「姐さん！　兄貴ぃ！　おめでとー！」

「やりましたね、ソフィさんっ」

「ふわぁあああああん！　よかったよぉおおおお！」

「ふんっ！　さっさとくっつかんか、愚か者め！　今日はとことん飲むぞ！」

「いいデスね。祝宴を開きまショウ」

仲間たちの笑みにつられて、俺も、ソフィも笑顔になるのだった。

☆

かくして、俺はかけがえのない仲間たちから、たくさんのチートアイテムをもらい受けた。

そして、嫁さんをもらって、実家に帰ることになったのだ。

これだけのチートアイテムがあれば、実家を立て直すことはできるだろう。

母さんを喜ばせることができる。

母さん、喜んでくれるだろうか。

期待に胸を膨らませて、俺は実家へと帰ることにした。

……だが。

「……なんだよ、これ」

王都を出発して二日。

俺を待っていたのは……非情な現実だった。

「ユート……。宿屋が、ナナミさんの、宿屋が……」

隣で幼なじみのソフィが、震えている。

目の前の光景に、呆然としているのは、彼女もらしい。

「…………」

俺は実家に帰ってきた。

そこには、母さんの切り盛りしている宿屋があった。

いや、その言い方は正確ではない。

宿屋だったものが、あった。

……そこにあったのは、とっくの昔に潰《つぶ》れてしまっただろう。

ぼろぼろの宿だったのだ。

なんで、どうして……。

だって母さんはまだ……。

いや……まさか……。

「……ユート。とにかく、とにかく事情を知っている人に話を聞こう」

「…………」

「ゆーくんっ！」

「…………」

「村長のもとへ行くぞ。ついてこい」

ふらつく俺の手を、ソフィが引っ張る。

俺は木の葉のように頼りない足取りで、ソフィとともに、その場を後にするのだった。

3話　勇者、過去に戻ってマッハで魔王を倒す

ふと、昔の話を思い出した。
俺の父親が死んだ日の出来事だ。
当時俺は八歳だった。
俺の母親は俺を産んですぐに死んだ。
それからは父親が、唯一の俺の家族だった。
父親は真面目で優しい人だった。
俺がさみしくならないよう、いつも気を配ってくれた。
けど四六時中ずっと、俺の面倒をみてくれていたわけじゃない。
なぜなら父親は、宿屋を経営していたからだ。
辺境の村にある、小さな宿屋。
そこが俺たちの家であり、父親の職場だった。
小さな宿屋だったが、不思議と忙しかった。
なぜなら村の近くに、大きな迷宮があったからだ。
金のない駆け出し冒険者のやつらが、よくウチを利用していた。
もう少し離れたところに大きな街はあるけど、そこだと宿代が高いからと。

しかしそれでも、従業員を雇う余裕はなかった。
父親は人が良かった。良すぎた、と思う。
駆け出し冒険者たちが困らないように、料金設定をぎりぎりまで下げていたのだ。
いい人ではあったが、経営者には向いてなかった。
父親が宿のことをすべて回していたから、当然、恐ろしく忙しかった。
幼い俺は父親が忙しいことをわかっていた。
遠慮して、ひとりで遊んでいた。
父親のことは好きだったが、それでも、もう少し親の愛情が欲しかった。
簡単に言えば……もっと一緒にいて欲しかった。
子供のわがままだ。今になってはそう思う。
けど幼い時分の俺は、もっと父さんと一緒にいたかったのだ。
それは当時の俺にとって、切なる願いだった。
……そんな孤独を抱えていた、ある日。
父親は再婚すると言ってきた。
連れてきたのは、とてつもなく美人の女性だった。
何でも元々冒険者だったらしい。
うちに泊まったことがきっかけで父親と恋に落ち、結婚にまで発展したという。
女性の名前はナナミ。
背が高く、ふわふわとした亜麻色の長い髪をしている。

特徴的なのは、いつもニコニコと笑っていることと、そしてふくよかな乳房をしていること。

当時の俺の、顔くらいの大きさの乳房をしていた。

よく俺は、彼女の乳に目がいってしまった。

乳房は大きいのに腰は恐ろしく細く、おしりはぷっくりとつきでている。

年齢は二十一（俺が八歳のとき）。

母さんは優しい人だ。

父さんの連れ子である俺に、まるで本当の息子のように接してくれた。

忙しい父さんの代わりに、母さんが俺と遊んでくれた。

外で泥だらけになるまで、一緒に遊んでくれた。夜は一緒に寝てくれた。

母さんがいてくれたから、俺は自分の孤独を癒やすことができた。

あいかわらず父さんは忙しく働いていた。

けど母さんがいてくれたから、俺はなんとかなった。

父さんも夜には家族みんなでご飯を食ってくれた。

そこで母さんと三人で、仲良く食事をしている時間が、この世で一番好きだった。

ああ、こんな日々が、いつまでもつづけば良いのに……。

……そう思った、八歳の夏。父さんが再婚して、半年後。

……父さんは、死んでしまった。

過重労働による寝不足で、足下がふらつき、階段から落ちて、頭をぶつけて死んでしまったのだ。

残されたのは八歳の俺と、そして二十一歳、結婚してまだ半年という若い女性のふたりだけ。

経営者がいなくなってしまい、もう宿が続けられなくなった。

それでも……母さんは、宿を続けると言った。

『あの人が大切にしていたもの、どっちも守りたいの』

どっちも、という言葉が引っかかった。ひとつはわかる。この宿屋だろう。もうひとつは？

俺が尋ねると、母さんは笑って、俺をぎゅーっと抱きしめてくれた。

『もちろん、ユートくんだよ～』

……その瞬間、俺の中で、決意めいた物が生まれた。

この人を、守ろうと。

この宿と、優しい母を、守っていこうと。

母は若かった。二十一だ。十分に人生をやり直せる年齢だ。

再婚だって簡単だろう。それだけ母は若く美しかった。

それでも……母は、俺を、そして宿を捨てなかった。

そのふたつを大切だと言って、守りたいと言ってくれた。

母の優しさが、嬉しかった。

そして俺は決意する。

父の代わりに、母と宿を守ろうと。

いずれ俺は大人になり、そのときには、俺がこの宿を回していくのだと決意したのだった。

……そしてその二年後の、夏。

俺が十歳の時。魔王が、この人間の大地に突如として出現した。

そして魔王の出現とまったく同じタイミングで、俺は勇者として覚醒した。

……そのせいで、俺の人生設計は、完全に狂ってしまったのだった。

☆

魔王退治を終えて、実家へ戻ってきた俺を待っていたのは、非情な現実だった。

俺はソフィとともに、村長の家へ向かった。

そこで事情を聞いて、がく然とする。

……俺は村長から聞かされた事実を確認するため、村はずれの墓地へと、やってきていた。

「ウソだろ……母さん……」

そこには母さんの名前が書かれた石のお墓があった。

誰も参拝に来ないのか、花もお供え物もなかった。

ぼろぼろになった小さな墓石が、ちょこっとおかれていた。

そこには【ナナミ・ハルマート】と書かれているだけ。

がく……と俺はヒザからその場に崩れ落ちた。

「ユート……。すまない。私も知らなかった。まさかナナミさんが、死んでしまっていただなんて」

ソフィが震える声で、そう言った。

母さんが死んだ……。

村長の話を聞いて、俺は最初、嘘だと思った。信じたくなかった。

だがこうして、母さんの墓をこの目で見て……俺はようやく現実であると認識した。

したくなかったが……。

村長によると、母さん……ナナミさんが死んだのは、ちょうど三年前。

俺がこの土地から魔王を追い出したその年のことだったらしい。

原因は……父さんと一緒だった。過労だった。

もともと母さんは体があまり丈夫ではなかった。

なのに無理をして、女手ひとり、ぼろくても忙しい宿を回していた。

人を雇う余裕はなかった。

母さんひとりで頑張って頑張って働き、頑張りすぎた結果……死んでしまったらしい。

「…………俺のせいだ」

ぽろっ、と言葉が出た。

「…………俺がいけないんだ。俺が、勇者なんかに選ばれたせいだ」

そうだ。だって勇者になってなかったら、母さんの息子としてずっとそのそばにいられたなら、
宿屋を手伝うことができた。

俺は息子だ。お金なんて払ってもらわなくて良い。母さんを手伝ってやれていた。

そうすれば、母さんは、父さんと同じ結末を迎えずに済んだのだ。

「俺が……俺が勇者なんかになったせいで、母さんは……」

「ユート……」

ソフィが座り込んで、俺をギュッと抱きしめてくる。

彼女のぬくもりが心の傷に染み渡る。

それでも……心にざくっと開いた穴は消えることはなかった。

ただただ、悲しかった。

「……ユート。とりあえず。……とりあえず、村へ、戻ろう。じき……夜になる」

俺はソフィを見ることができなかった。

他人にかまっている心の余裕がなかったからだ。

ソフィの提案を俺は無視した。体が動かなかったのだ。

「……っ。いくぞっ！」

ソフィが乱暴に、俺を引っ張り起こす。

俺はソフィに肩を貸してもらい、母さんの墓の前から移動。故郷の辺境村へと戻ってくる。

この村には宿がない。

父さんの宿が唯一の宿舎だったのだ。

ゆえに人の入りが多かったというわけだ。

駆け出し冒険者向けの料金設定にしていたせいで、まったく裕福にはならなかったのだが。

今になって思えば、父さんはもっと宿の料金を上げて良かった。母さんは、父さんの設定した料金を変えて良かったし、もう少し利益を求めて経営すれば良かったのに。

というか、宿屋の経営者が、経営の素人だったのが良くなかった。

もっと金にくわしい人を経営者として雇っていれば、あるいは未来は変わっていたかも知れない。

……だが、それはもう、過ぎたことだ。宿はもう潰れて、母は死んでいた。

……俺は今夜泊まる場所に、潰れた宿屋を選んだ。

自分の部屋へ行く。

小さなベッドは、母が死んで三年がたつというのに、きれいだった。

「……俺が、いつでも帰ってこれるように、準備してくれてたんだな……」

ソフィから離れて、俺はベッドに体を投げる。天井を見上げる。

なつかしい天井のシミを見ていると、昔を思い出して、悲しい気持ちになる。

「ユート……。私では、」

ソフィは何かを言いかけて、ぐっ……と黙る。そして俺の隣に腰を下ろす。

「……なぁ、ソフィ」

空虚な胸の中に、悲しみの感情がどんどんと注ぎ込まれてくる。

泣きそうな気持ちが、言葉とともに出てくる。

「俺さ、勇者に選ばれたとき、こう思ったんだ。……なんで俺なんだって」

二十年前。魔王が復活したあの日。

魔王の復活と同時に、俺には勇者の紋章が宿った。

紋章からは、魔王を倒せ、という声が聞こえてきた。

けど俺は嫌だった。

正直魔王退治とかどうでも良かった。

人類の平和よりも、俺は大好きな母さんを守ることだけを考えていた。

勇者なんてなりたくなかった。けど、やらざるをえなかった。

「ソフィはさ、覚えてるか？　魔王が復活した一週間後、この村に悪魔が襲ってきたことを」

「……ああ、よく覚えてる。それで私の両親は、悪魔に殺されたからな」

感情を押し殺したソフィの声。

だが同情する気も、慰める気にもならなかった。

「あのとき、俺は初めて、勇者として力を使った。本当はその力を隠して一生を過ごそうって思ってたんだ」

力を使ったら、勇者であるとバレる。

そうなると、ここを出て魔王を倒しに行かないといけないから。

だが村を、そして母さんを守るために、勇者の力で魔王の配下である、悪魔の一柱を倒した。

「それで国王に勇者ってことがバレた。勇者として魔王を倒す旅に出た……。けど、俺は家に帰りたかった。使命なんてどうでもいい。ただ、あの人の元へ帰って、あの人を支えていきたかった」

優しい母とともに、父さんの残してくれた宿を経営したい。

そう思っていた。

けど現実は違った。

「全部、勇者になったせいだ。あのとき、俺が勇者に選ばれたせいで、俺の人生は狂っちまった！」

悲しみにあふれた胸の穴。

その奥底から、悲しみの次にわき上がってきたのは、激しい後悔と、自分への怒りだ。

「くそっ！　くそっ！　なんでだよっ！　なんで勇者なんかに選ばれたんだよ！　ああっ！　くそっ！　くそっ！　くそぉおおおお！！！」

二十年前。もし俺に勇者の力が宿っていなかったら……いや、宿っても良いけど、悪魔が襲ってきたあの日、勇者の力を使っていなかったら。

俺は勇者ユート・ハルマートじゃなくて、宿屋【はなまる亭】の主人の息子、ユートとして、暮らせていけたのに。

俺が勇者になっていなかったら、母さんはひとりになっていなかった。母さんがひとりになっていなかったら、過労で死ぬことはなかった。宿が、潰れることはなかった。

全部、俺のせいだ。

俺が勇者に選ばれて、のうのうと、勇者として二十年間を過ごしてきたせいだ。

衝動に任せて、俺は部屋の物をめちゃくちゃに壊す。勇者の強力なステータスは、壁を、調度品を、まるで卵のように容易《たやす》くぶちこわせる。

「やめろユート！　感情的になるな！　ユート！」

ソフィが俺を羽交い締めにする。そして「落ち着いてくれ！　落ち着いてくれ！　自分を、大切にしてくれ……。ナナミさんが大切にしてくれた、その体を、大切にしてくれ……」

ソフィの言葉に、俺は少しだけ、冷静さを取り戻した。

俺はベッドに座り込んで、うなだれる。

ソフィはその隣に座り込んで、俺をギュッとハグする。

彼女のぬくもりが伝わる。

彼女の体は温かく、やわらかく、そして……震えていた。
震えている？
いったいなんで……と思って、俺はソフィを見る。
彼女の目には、大粒の涙が浮かんでいた。
顔色は真っ青だ。唇をきゅっと噛んで、血が流れていた。
深い悲しみの表情に、俺はどうして、と思った。
この子はどうして、と思ったそのとき、気づく。
ソフィも、母さんに世話になっていたのだと。
ソフィの両親は冒険者だった。
忙しく、いつもソフィは一人だった。
そんなソフィの面倒を見ていたのは、俺と、そして母さんだった。
記憶の中のソフィは、母さんに抱き着いて笑っていた。
……そうだ。
「ごめん……」
ソフィもまた、母さんが死んだことに、心を痛めていたのだ。
「ソフィ……ごめん。身勝手で、ごめん」
だというのにソフィは、悲しむそぶりを見せていなかった。
なぜか？
簡単だ。

俺だ。

もっと悲しんでいる人間《おれ》がいたから、泣くのを、悲しみに打ち震えるのを、我慢していた。

「……ユート、頼む。自分を大切にしてくれ。頼むよ」

「ああ……」

多少冷静になることはできたが、それでも。

胸の中に広がる、この空虚な気持ちは、どうにもならない。

「なんで、勇者になんて、なっちまったんだろうな……」

勇者にならなかったら、こんなにもつらい思いをしてなかっただろうに。

「ユートが勇者に選ばれたのは、神の采配だ。どうしようもない、変えることのできない運命だ」

変える……。運命……。

ソフィの言葉に触発され、俺はあるひとつの言葉が、浮かび上がってきた。

「戻りたい……」

ぽつり、と俺は欲求を口にする。

「過去に戻りたい。戻って、運命を変えたい……」

心からの願いだった。

もし、あのとき。二十年前の、あの日。

勇者になったあの日に、戻れたら。その後を知っている俺は、未来を、運命を、変えられたのに。

「戻りたい……戻りたい……母さんに、ナナミさんに……もう一度、会いたい……」

「ユート……」

俺の声に嗚咽《おえつ》がまじる。ソフィは傷ましいものを見るような目で俺を見てくる。
「……残念だが、それは無理だ。時間は決して元に戻すことはできない。こぼした水はお盆には、絶対に戻らないんだよ」
ソフィに言われなくても、わかっていた。
過ぎた時間は、戻らない。過去へ戻る手段など、この世には、存在しない。
わかっていた。わかっている。わかっているけど……それでも、俺は。俺は……。

——戻りたい。

そう強く思った、そのときだった。

【願いを、受理しました】

突如として、俺の脳裏に、無機質な女の声が響いた。
「願い……？　受理……？　ソフィ、おまえ何か言ったか？」
「い、いいや……なにも」
困惑する俺とソフィ。そこに、
……リィイイイイイン
と、激しい光と、鐘の音のような音が、響いてきた。

「なんだ!?」

ソフィが立ち上がり、辺りを見回す。

だがこの謎の光の正体はわからない。出所がわからなかった。

鐘の音はどんどん大きくなる。

【リクエストを受理しました。『二十年前に戻り、母が死ぬ運命を変えたい』受理しました】

またあの女の声だ。

【あなたの願いを正確に叶えるための措置《リクエスト》を、追加で施します】

【1・ステータスはこの時代のまま】

【2・所有するアイテムは引き継ぎ】

【3・今の意識と記憶は保持】

【4・現段階で所有する勇者スキルは引き継ぎ】

【以上四つのリクエストを加え、あなたを転生させます】

「いったいなんだってんだよ!?」

「わからない……! ゆ、ユート! 指輪が! 女王からもらった指輪が!」

ソフィに指摘されて、俺は気づいた。

光の出所は、俺の指にハマっていた指輪だった。

これは……【願いの指輪】。

人の生き死に以外ならば、何でも一つ願いを叶える指輪だ。

「まさか……!!」

とこの現象、そして謎の声の正体に気づきかけた、そのときだ。

バァアーーーーーーーーーーーーーン！！！

と、ひときわ大きな光と、音につつまれて……俺は気を失ったのだった。

☆

「………ここは？」

気づくと、朝になっていた。どうやら俺は、あのまま眠ってしまったらしい。

「なんだったんだ、あの光……？」

むくりと起き上がる。そこは昨日来たばかりの、見慣れた俺の部屋だ。

……ただ、少しばかりおかしかった。

「あれ？　なんか部屋……きれいじゃないか？」

どうにも部屋がぴかぴかしているのだ。

昨日ここへ来たときは、キレイに整頓はされていたが、ボロさはあった。

それが……ない。ボロボロじゃない。

ベッドも、床も、天井も、すべてが新しい。

「どうなってやがる……って、なんだこの声」

異変に気づく。俺の声が、妙に高いのだ。女の声……というか、声変わりする前の、子どものような声だ。

「子ども……声？　というか手と足も短いし……これは……？？？？」

自分がおかしくなってしまったのかと思った。あまりに過去に戻りたいと思いすぎて、体が子どもに戻ってしまったのだと。

そう思っていた、そのときだった。

「ゆーくーん！」

ばーんっ！　と俺の部屋のドアが開かれた。

そこに立っていたのは……赤髪の、小さな女の子だった。

「ゆーくんナナミさんがよんでるよ？　おきないとナナミさんがぷんぷんしちゃうよ？」

急にそんなことを言い出す、赤髪の幼女。

「ええっと……誰だ？」

少なくとも赤髪の幼女に知り合いは、いない。赤髪の知り合いならいるけど。

俺がその子にそう言うと、

「ひどい……」

ぽそり、と女の子がつぶやく。

「え？　なに？」

「ふぇえええ……。ひどいよぉお………………」

うえんうえん、と赤髪の幼女が泣き出す。

「ゆーくんが、ふぃーを誰ってゆーよー。ふえぇぇええええ!!　ナナちゃん!!」

ててて、と赤髪の幼女が俺の部屋を出て行く。後には俺だけが残された。

「なんなんだよ……」

しかし今、気になることを言った。

あの少女は、俺を【ゆーくん】。

そして自分を【ふぃー】と言った。

俺はその呼び方を、そしてその一人称を、知っていた。

自分をふぃーとよぶ、赤髪の幼女に、俺は心当たりがあった。

「いや……でもまさか……。でも……それだとおかしい」

幼女が出て行った、その一分後くらいだろうか。


「こら～。ユートくん、ソフィちゃんをいじめちゃ、だめだよ～」


俺は、最初、夢かと思った。

その声は、知っている人のものだったから。

その声を、知っているから。

その声が、もう二度と、聞けないものと……知っていたからだ。

夢だ。

ウソだ。

現実じゃない。これはウソだ。夢だ。

俺は自分に言い聞かせ、冷静さを取り戻そうとする。

ただそれでも無理だった。

興奮が抑えきれなかった。

そして確かめたいという衝動を、堪《こら》えきれなかった。

バッ……！　と俺は出入り口を見やる。

そこにいたのは——

「……母さん」

死んだはずの、母さん、ナナミ・ハルマートが、そこにいた。

身長は一六〇くらいだろう。女性にしては高い。

色素の薄い長い髪は、ふわふわとしていて実に愛らしい。

子どもと見間違うほどの小さな顔。

大きな目。そして子どもを超越した、大きくて柔らかそうな乳房。

抱きしめれば折れそうなほど細い腰。

「母さん……。母さんだ……」

俺はベッドから起き上がり、ふらふらと、まるで幽霊のように、母さんに近づく。

一方で母さんは、にこにこしながらも、ぷんぷんするという、器用な怒りかたをしている。

「だめだよ～。ソフィちゃんはユートくんの幼なじみでしょ～。それにユートくんの方がお兄ちゃんなんだから、仲良くしないとダメだよ～」

独特の、間延びしたしゃべり方。

近づくとミルクの甘いにおいがする。母さんの肌のにおいだ。

「……ねえ、母さん」

俺は母さんを見上げて言う。そう、見上げて、だ。ある程度俺は、状況を把握していた。

死んだはずの母さんがいる。

それも、若々しい姿のまま。

さっきの幼女はソフィだった。

そして俺は母さんを見上げている。体が小さくなっている。

そして……あの指輪の声。


転生。


あの指輪は、俺を転生させると、生まれ変わらせると、そう言った。

つまり……だ。俺は過去に戻って、子どもの状態で、転生したのだ。

ならば……することは、ひとつ。

「母さん！！！」

俺は跳び上がり、彼女の身体に抱きつく。

「わっ！　ユートくんすっごいジャンプ力だね～。いつの間にこんなに高くジャンプできるようになったのかな～?」

母さんの柔らかな体と声に、とてつもない安心感を覚える。

「よしよし、よしよし～」

母さんがしばらく俺の頭を、そうやって撫でてくれる。
俺は本当に、嬉しかった。
過去に戻った。
子ども時代を、俺はどうやらやり直せる機会を手にしたらしい。
それを実現させたのは……あの指輪だ。
国王からもらった、【願いの指輪】。
アレが、俺の願いを聞き届けたのだ。過去に戻って、運命を変えたいという、願いを。
……ならば、今は。
……ならば、次は。
「…………」
「下りるのかな〜？　下りれるかな〜？」
俺は母さんの腕の中から下りる。
そしてすぅ……っと息を吸う。目を閉じる。意を、決する。
目を開ける。俺の手には、勇者の紋章。
つまり今は、二十年前。
勇者の力が、目覚めたあの日。
魔王が、この人間の土地に、現れたその日。
「勇者が出現したなら、魔王も出現しているはず……」
……なら、することは決まっているのだ。

「ねえ、母さん」

「ん？　なにかな～？」

俺は自分の部屋の窓を開ける。

「ちょっと出かけてきて良い？　そんなに遅くならないからさ」

「うん、いいよ～？　どこいくの～？」

俺は窓に足をかける。

さっきのジャンプ力を見て、俺はわかっていた。

自分が、二十年前よりも強大な力を持っていることに。

あの指輪が言っていたじゃないか。勇者としての強さは、引き継ぎだって。

「ちょっと魔王を、マッハで倒してくる」

「え？　えっ？　ユートくんっ！」

俺はぐっ、と身をかがめる。足に力を溜める。

勇者のステータスが、あの当時の脚力が、俺には備わっている。

だから……。

……びゅんっ！！！

「ユートくんっ！　ここ二階だよ～！　……って、ユートくんが飛んでった～！」

俺は窓から飛び出して、そのままものすごい速度で飛ぶ。

走る。走る。風のように走る。走れる。

なぜなら俺は、勇者としてのレベルとステータスを引き継いで、二十年前に戻っているのだから。

記憶もある。情報も知っている。
あの魔王のクソ野郎がどこに出現するのか、知っている。
俺は超スピードで走りながら、【アイテムボックス】を開く。
アイテムボックスの中身は、あの当時のままだった。
仲間たちから餞別《せんべつ》にもらった、チートスペックのアイテムが入っている。
その中にあるものを、一つ、取り出す。
【勇者の聖剣】
俺は聖剣を出現させる。
右手に聖剣を持ったまま、走る。走る。走りまくる。
わかっている。魔王。
おまえが出現する場所は、わかっている。なぜなら俺は未来から来たからだ！
過去の俺は、自分に目覚めた勇者の力に、おびえていた。
魔王なんて倒したくないと、そう思っていた。
けれど！　今は違う！
今ほど、おまえを倒したいと思っているときは、ない！！！
やがていくつ村や街を過ぎ去っただろう。
数えるのもばからしい。俺はひたすら、勇者のステータスの超スピードで走って行く。
やがて、とある森へとさしかかる。
森の奥には、クレーターができている。

まるで空から大きな石でも降ってきたかのような痕《あと》が、森の中にあった。

大きくて黒い石の上に、見たことのある人影を見つけた。

人じゃない。骨だ。ガイコツだ。

ボロ布を纏《まと》ったあのガイコツが、俺の宿敵、魔王・ディアブロ。

ディアブロは復活したばかりみたいだ。周りに四天王も、そして七十二の悪魔の姿も見えない。

当然だよな。

俺が勇者として出現したのは、魔王、おまえがこの土地にやってきたのと同時刻だもんな！

俺が目覚めたのは、何分前だ？　わからないが、目覚めたばかりだ。

おまえはここへ来たばかり。

ここから四天王、そして七十二の悪魔を引き連れて、人間を恐怖のどん底へたたき落とすのだ。

「…………」

俺は魔王の前に着地する。

【なんだ貴様は……？】

ガイコツ魔王、ディアブロが、俺に問うてくる。

「わかんないよな。そうだよな。おまえはまだ、知らねえもんな」

だが、違う。俺は、違う。

「俺はおまえを知っている。おまえのせいだ。おまえのせいで、俺は勇者になった」

【勇者……だと？】

ガイコツ魔王に動揺の色が見える。だが俺はそれ以上なにも教えてやるつもりはない。

ここで、この場所で、決着をつける。

ここで倒さないと、俺は二十年をまた費やすことになる。そんなのは嫌だ。

俺は誓ったんだ。

勇者でなく、母さんの息子として、生きるんだと！

「魔王ぉおおおおおおおおおおおおおお！！！！！！」

ガイコツ魔王は目覚めたばかりだ。起きがけに奇襲を食らったのだ。

それにやつは勇者を知らない。ただのガキだと思っていた。油断していた。

だから……。

俺は光る槍と化して、聖剣を魔王の心臓に突き刺す。

【これは退魔の剣!?　ぐぁああああああああああああ！！！！！】

「くたばれ魔王、くたばれ勇者ぁああああああああああああああああああ！！！」

俺の聖剣が、魔王の心臓を貫く。

そして魔王が……爆発四散する。

激しい爆音と土煙。

やがて土煙が晴れる。そこには、何も残っていなかった。

「はぁ……はぁ……。やった……倒した……」

俺は聖剣を持ったまま呆然とする。

「倒した……倒したよな……魔王、倒したよな……」

聖剣をアイテムボックスにしまう。

魔王が倒れた場所には、何かが落ちていた。

黒い水晶だった。

俺はそれを拾い上げて、

「【鑑定】」

と勇者が持つスキルを発動させる。

鑑定スキルが発動し、落ちていた黒い水晶の詳細な情報が出る。

【無限魔力の水晶】
ランク　SSS
魔王を倒してえられるドロップアイテム。無限の魔力を秘めている。枯渇することはない。

「は、はは……」

俺は後半の情報は目に入ってなかった。

重要なのは、最初の一文。

魔王を倒してもらえる、ドロップアイテム。それが今、手の中にある。

「ということは……ということはだ！」

俺《おれ》は、いや、勇者は、魔王を倒したのだ。

前世では、二十年かかった魔王退治。

それを今回は、魔王が出現してから、ものの数分で片がついた。

俺は余韻もなく、アイテムボックスに適当に水晶をツッコむと、走る。

森を抜け、来た道を戻る。

ひた走り、すぐに戻ってくる。

俺の故郷。俺の実家。

母さんの経営する、宿屋【はなまる亭】。

「…………」

俺は【はなまる亭】の看板を見上げる。

過去に戻った。魔王は倒した。勇者はこれで、引退できる。

あとは……俺のやりたいことが、できる。

「…………よし！」

俺は宿屋の出入り口を開ける。

大きな声で、俺は言う。

そこにいる……最愛の人に向かって、大きな声を張り上げる。

「ただいま、母さん！！！！」

……かくして、元勇者の俺は、過去に戻って、人生をやり直すことになったのだった。

第2章

1話　勇者、料理下手な母の代わりに、ごちそうを振る舞う

魔王討伐を終えて、俺は宿に帰ってきた。

俺は自分の部屋にこもり、さっそく、これからのことについて、考えをめぐらす。

「問題は山積みだぞ。とりあえず問題点をリストアップしていくか」

アイテムボックスを開いて、中から羊皮紙とペンを取り出す。

俺は過去に戻ってくるとき、アイテムボックスの中身を、そのまま持ってきたのだ。

ボックス内には仲間たちからもらったチートアイテム。

そしてそれ以外にも、旅をしていたときに使った道具が、入っているのである。

「まずはメシの問題だな。人手の問題もある。おいおい問題だらけじゃないか」

羊皮紙に書き込みながらつぶやく。

だが決してつらくはない。暗い気持ちにならない。

むしろうれしい。

「家具も新調した方がいいよな。ベッドとか特に寝にくいしどうにかしたいな」

羊皮紙に改善点を書き込む俺の手は軽やかだ。

だってこの改善点、今は、変えることができるのだから。

「未来にいたときには時すでに遅しだったけど、過去に戻った今なら……」

と、そこで、気づいた。

「過去に、戻った……」

はたと、手が止まる。

そうだ、俺は、過去に戻ってきた。

それはいい。俺の望んだことだ。

問題はそこじゃない。

過去に戻ったのは、俺だけだ。

では。

「未来の世界、もともと俺がいた世界は……どうなってるんだ？」

手に持ったペンと、そして改善点のびっしりと書かれた羊皮紙。

それらを見て、俺は自分が、冷静でなかったことを自覚する。

「そうだよ。冷静になれ。俺だけが過去に戻ってきたってことは、残されてきたみんなは、いったいどうなってるんだ……？」

そう、そうだ。ほかのみんなはどうなっているんだよ？

俺は冷静じゃなかった。

だってまず心配するべきは、残してきた勇者パーティの仲間たちと、そして何より。

「ソフィ……」

俺の幼なじみで、つい先日恋人になったばかりの、彼女。

「……俺だけが過去に戻ってきた。ソフィは……置いてきた、ってことだよな」

俺は先ほどのことを思い出す。

過去に戻ってきたばかりのとき、幼いソフィと邂逅《かいこう》した。

そのときのソフィは、過去のソフィだった。

未来の世界の、不愛想なソフィではない。

過去の、純粋で無垢なあどけないソフィだった。

「過去だの未来だの、ややこしいな」

俺はベッドの上であぐらをかく。

「というか俺がもともといた世界と、今俺がいる世界って、もう別物だよな」

ここは俺が元いた世界から見れば、過去ということになる。

しかし俺が時間をさかのぼり、魔王を倒したことで、歴史は違ったものになってしまった。

簡単に言えば、

【魔王を二十年かけて倒した世界（もともと俺がいた世界）】

【魔王をマッハで倒した世界（俺が今いる世界）】

その二つに、枝分かれしてしまったのだ。

言い方がややこしいから、前者を【一周目】。

後者を【二周目】と呼ぶことにしよう。

俺がかつていたのは、一周目の世界。

俺が今いるのは、二周目の世界。

「一周目の人間は、俺以外に、この二周目の世界にはいない」

二周目のソフィを見れば明らかだ。

確実に、一周目とは別の人物である。

なら一周目の世界には、クックやルイなどの勇者パーティ。

そして恋人のソフィも、置いてきたということになる。

「……俺のバカ野郎。なに浮かれてやがるんだ。彼らに申し訳ないと思わねえのかよ……」

きっと、俺が一周目の世界からいなくなったことで、世界は大騒ぎになっているだろう。

魔王を倒した勇者が、忽然《こつぜん》と消えたのだ。

そりゃ騒ぎになる。

まあヒルダあたりが情報統制して、そのことは隠しているかもしれないが。

しかしそれでも、友人知人には、多大な心配と迷惑をかけてしまっていると思う。

特に……ソフィには。

「ごめん。ソフィ……ほんと、ごめんな……」

一周目の世界に残してきた幼なじみを思うと、申し訳なさが募る。

母さんが死に、自分も辛い時期に、俺まであの世界から消えてしまった。
「今、どうしてるだろうか……？」
目を閉じる。泣いている彼女の顔が見えた。
闇の中で手を伸ばす。
だがその手は……決して届かない。
そうだ。俺はもう、過去に戻ってきてしまったんだ。
ここは、別の歴史を歩む、別の世界なんだ。
俺はもう、別世界の人間になってしまったんだ。
過去に戻る選択をしたのだ。
片方を選ぶということは、片方を捨てるということ。
「俺は、選んだんだ」
もうそれは、変えようのないことなのだ。
別の世界に思いをはせても、そこにいる人たちに思いは届かない。
彼らをどうにかするすべは、持たない。なら今、俺ができることは何だろうか？
選んだ選択の先で、必死に生きる。
これしかない。
選ばなかったことや、選ばれなかったことに思いをはせるのはいい。
だがそのせいで、今を無駄にするのは……良くないと思う。
それに選ばなかった方に失礼だ。

「俺はもう、二周目の人間だ。そうだ、一周目のことは忘れろ。忘れるんだ」

そう、自分に言い聞かせる。

「今は目先の、この世界のことについてだけ考えよう。ほかの余計なことは考えるな。考えてはいけないんだ」

頭を抱えて、ぶつぶつとつぶやく。

「忘れろ……。忘れるんだ……」

ややあって。

「……よし、大丈夫。俺はもう別の世界に来たんだ。俺はここで生きる。一周目は別世界。俺は、ここで生きるんだ」

覚悟は固まった。

俺は止まっていた手を動かす。

羽根ペンを手に取り、羊皮紙に、がりがりがりとペンを走らせる。

二周目を良い人生にするために、必要なことを書きだす作業に、没頭した。

「………ごめん、みんな」

つつ……と頬を何かが伝った。

それが涙であったかもしれないけど、見なかったことにした。

涙だと認めてしまうと、一周目への思いを、捨てられてないみたいに思えてしまうから。

……結局その日は、徹夜で、宿屋を繁盛させるための計画を立てた。

夜が明けるころには、涙は乾いていた。覚悟も固まった……と思う。

☆

翌朝。

俺はベッドの上にあぐらをかいて、ううーん……とうなっていた。

「宿を繁盛させて母さんを楽させる……っつっても、やらないといけない問題が多すぎる」

俺はヒザの上に載っている羊皮紙を持ちあげる。

羊皮紙の一番上にはこう書かれている。

【はなまる亭　繁盛計画】

これは俺が、さっき魔王退治から帰ってきて、すぐに作った計画書だ。

うちを繁盛させていく上で、何が障害になっているのか。

どんな問題をこの宿が抱えているか。

そして、【この村】が抱えている問題は何か、ということが書いてある。

「問題抱えすぎだろここ……。いや、この村か」

問題は大きく分けて、三つある。

1. 宿が抱える問題
2. 村が抱える問題
3. 俺自身が抱える問題

大きく分けると、この三つにわかれる。

そこからさらに細かな問題が派生する……みたいな。

宿を繁盛させていく上で解決が必要な問題は、山積しているのだ。

「一個ずつ潰してくしかないよな。まあでもやるぞ。せっかく過去に戻ってきたんだからな」

細かい問題まであげると切りが無くなるし、頭が痛くなる。

けれど、今は、目の前のできることを、一つずつやっていくだけだ。

そんなふうに頭を悩ませていた、そのときだった。

コンコンと部屋のドアがノックされたのだ。

「どうぞ」

がちゃり、とドアが開くと、そこには、小さな赤毛の女の子が立っていた。

「ゆーくん、おはよ」

てててて……っと俺に近づいてくる。

この子はソフィ。

俺の幼なじみで、一周目の時は勇者パーティでの仲間であり……俺の大事な人だった。

幼い二周目のソフィを見ていると、ずきりと胸が痛んだ。

……この子は。

顔を真っ赤にして思いを告げてきた彼女でも。

母が死んで俺を慰めてくれた彼女でも、ない。

二周目においては、たんなる年下の幼なじみに過ぎないのだ。

つらくとも、この世界で生きる覚悟を決めた以上は、いつまでもくよくよとしてられない。

俺がそうやって複雑な思いを抱いているのをよそに、ソフィが無邪気な笑みを浮かべたまま、俺のもとへかけてくる。

「えへっ！　ゆーくんゆーくんゆぅーくぅ～～～～んっ！」

ソフィはよいしょっ、とベッドに登ってきて、俺の腰にしがみついてくる。

「ゆーくん、何よんでたの？」

じっ……とソフィの目が、俺の持っていた羊皮紙の束に向く。

「なんでもない。ソフィには関係ないよ」

俺はベッドの脇に羊皮紙を押しやる。

するとソフィが……じわり、と目に涙を浮かべた。

「そ、ソフィ？」

どうしたいきなり……と思ったそのときだった。

「ぴぇーーーーーーーーーーーーーーーーーーーーん！！！」

ソフィが大声で、わんわんと泣き出したのだ。

「ゆーくんがっ、ふぃーを、わーーーーーーーーーーーーーーーーーーーーーーーーーーーーーん！！！」

目から大量の涙を流すソフィ。

そう言えばこの子、小さいときはこんな感じだったなと思い出す。

それがまさか将来、俺のことを【貴様】とか言うふうに育つなんてな。

人生とは、わからないものである。

「なんで泣いてるんだよ？」

「ゆーくんがぁあああ!!　ふぃーを、ふぃーを、わぁあああああああああああああああ！！！」

と大声でソフィが泣いていた、そのときだった。

「ソフィちゃん～。どうしたの～」

がちゃり、とドアが開いて、俺の義母、ナナミが入ってくる。

「ナナちゃん！」

ソフィは母さんを見やると、パァッ……！　と表情を明るくし、母さんめがけて走って行く。

母さんの足下までいくと、ぴょんぴょん、とその場でジャンプ。

「ナナちゃん、ナナちゃん！」

「はいはいだっこね～。よいしょ～」

母さんはソフィを抱っこする。

「ナナちゃんのおむねふわふわでだいすき～」

ソフィが嬉しそうに、母さんのふくよかな乳房に顔を埋める。

ぐりぐり、と頬ずりする。

「ありがと～。ママはソフィちゃんのこと大好きよ～」

母さんがニコッと笑って、ソフィを持ち上げる。

そしてソフィのほっぺに頬ずりする。

「ふぃーもナナちゃんだぁいすき！」

ソフィも母さんに頬ずりして返す。

ややあってソフィはすっかり機嫌をなおす。

「ソフィちゃん、どうした～？　さっきはどうして泣いてたのかな～？」

するとソフィは俺を指さし、

「ゆーくんがふぃーをなかまはずれにしたの～」

「あら～？　本当に～？」

ナナミさんはポワポワ笑いながら、ん～？　と首をかしげる。

「でもソフィちゃん。ユートくんはそんな悪い子じゃないよ～？　あっちいけとかいってた～？」

ソフィは「ううん」と首を振る。

「じゃあちがうよ～。本当に仲間はずれにしてるなら～。あっちいけって言ってるはずだよ～？」

「そ、そうかなぁ……」

「そうだよ～」

母さんが俺に視線を向けてくる。

そうだよね、と確認をしてきたので、俺は頷いた。

「ほらユートくんもそうだって～。ほら、ソフィちゃん、仲直りしましょうね～」

母さんが抱っこしていたソフィを下ろす。

赤髪の幼女はとことこと歩いてくると、俺の前で立ち止まる。

「ゆーくん、ごめんねぇ～……」

だきっ！　とソフィが俺に抱きついてくる。

「ふぃーね、ふぃーね、ゆーくんだぁいすきなの。だからふぃー、ゆーくんにきらいっていわれて、とってもかなしくなったの。きらいにならないでー……」

ぐりぐり、とソフィが俺に頬ずりしてくる。

俺を離すまいとぎゅーっと、抱きしめてくる。

「ソフィ。別に俺はおまえを嫌いになんて思ってないよ」

「ほんとー!?」

ソフィがパァッ……！　と明るい表情になる。

「えへっ、えへへっ、えへへへへっ」

ソフィは俺から離れると、再び母さんの元へ行く。

「んっ！」

「は～い」

ソフィは両手を母さんに伸ばす。

母さんは嫌がることなくソフィを抱き上げる。

「あのねナナちゃん、きいてきいてっ！」

「な～に？　おしえてソフィちゃん～」

耳元にソフィが口を近づける。

「ゆーくん、ふぃーのことあいしてるって」

まじめくさった顔でソフィが言う。

「ふぃーのこと、およめさんにしてくれるって！」

「ま〜。よかったわねソフィちゃん。ユートくんを幸せにしてくれるかな〜？」

「いいとも！！」

ひしっ！　とソフィが母さんと抱き合っている。

「さてユートくんのお嫁さんかっこかりが決まったところで〜」

にっこりと母さんが、ソフィを抱っこしたまま言う。

「ユートくん、おはよ〜」

大輪の花のような笑顔を、母さんが向けてくる。

とても心が癒やされる。この笑顔のためなら頑張れるって、本気でそう思う。

「おはよう、母さん」

☆

さて母さんのために頑張るぞ……と奮起したは良いけど問題は山積み。

具体的にどんな問題があるかを、まずは目で確認していくとしよう。

俺は朝食を取りに、ソフィと一緒に食堂へと向かう。

この【はなまる亭】は二階建ての建物だ。

一階はフロント。東ブロックには食堂。西ブロックには個室が四つ。

二階の東ブロックには二人部屋が二つ。西ブロックには四人部屋が一つ。

この二人部屋のひとつが、俺の部屋になっている。

客が満杯になったらどくことになっているが、満杯になったことは、今まで一度もない。

一階へ降りて、俺たちは食堂へと向かう。

「じゃあユートくんソフィちゃん、今ママが美味しいスープを作ってくるから、まっててね〜」

母さんは、食堂の奥にある、調理場へと引っ込んでいった。

この食堂は、この宿に泊まる人用に開かれている食堂だ。

丸テーブルにイスがいくつかあるのだが、その全てがカラである。

ただ勘違いしてはいけない。

別に客がいないから、食堂ががらんとしているのでは、決してない。

現に、

「ナナミさーん！」

と、二階から泊まり客が降りてきて、食堂に顔を出す。

冒険者のようだ。というかここの客は冒険者しかいない。

なぜならこの村、ダンジョンのすぐ真横にある村だからだ。

そのダンジョンに訪れた客＝冒険者、というわけである。

冒険者の青年は母さんに声をかける。

「あら〜。おはよ〜」

と母さんが料理を作りながら、笑みを浮かべる。

その笑顔を見た冒険者が、「はうっ！」と心臓を押さえる。

母さんのぽわぽわと笑う姿、そして母さんのふくよかで大きなおっぱいを見て、

「おはようございまーすー……」

とデレデレとした笑みを、冒険者が浮かべる。

青年があいさつした後に、ぞくぞくと冒険者の男どもが、二階の部屋からおりてくる。

「おはようございます！」

「ナナさんおはよう！」

「てめえナナさんとか気安く呼んでんじゃねーぞ殺すぞ！」

と軽い騒動になる。

母さんは、「みんな仲良くね〜」というと、

「「「はーい！」」」と客が返す。子どもかあんたら。

このように客はいるのだ。

そこそこだけど。今日の泊まり客は四人か。

そして客のひとり、最初に来た青年は、食堂に入らず、

「それじゃ、ナナミさん、いってきます！」

とあいさつする。今は朝だ。起きがけで腹が減っているだろうに。

「ナナさんいってくるぜ！」

「めっちゃ稼いでくるから！」

「ナナさん俺、この冒険が終わったらあなたにプロポーズしますから！」

「ばかやろう！　ナナさんは俺のだ！」

と、残りの客も、全員が食堂に寄らずに出て行く。
母さんに声をかけただけで出て行く。
「あら～……。今日もみんな、おなかいっぱいなのかしら～。残念～」
しゅん、と母さんがスープを作りながら落ちこむ。
見ればわかるだろうが、あの冒険者どもは、母さんにぞっこんだった。
そりゃそうだ。
母さんはこの時代、まだ二十三。
若く、その上、未亡人だ。
そして胸は大きく腰はくびれて、おしりも大きく、男を魅了する体つきをしている。
さらに、いつも明るい笑顔で出迎えてくれるのだ。
これで惚れない男はいない。
あの客たちは、母さんとお近づきになりたいと、この村の宿を利用している。
ここに通い詰めて、あわよくば美しい未亡人と結婚したい……。
そうでなきゃ、おそらく彼らは、この宿には決して泊まらないだろう。
もうすぐ母さんが、その理由の一端を持って、やってくる。
「ふたりとも～。おまたせ～」
そう言って母さんは、スープの入ったお皿を、俺たちの座るテーブルの上に載せる。
皿の中には…………七つの色をした、スープが入っていた。
…………いや、うん。

まあ、そういうことだ。

「か、母さん……。今日は何を入れたの？」

虹色かつコポ……コポ……と泡が出ているスープらしき物を指さして、俺が尋ねる。

「今日はね～。自信作だよ～」

ふふん、と母さんが得意げに語る。

「隠し味にね～。チョコレート入れたんだ～」

「ちょ、チョコレート……？　す、スープに？」

「うんっ」

母さんがめっちゃ良い笑顔になる。

「さ、めしあがれ～」

こぽこぽいってる謎の物体を、だらだらと汗をかきながら見やる。

こ、これにチョコレート入ってるのか……？

でもチョコらしさはまるで感じられないんですけど……。

いやでも、奇跡的に。

奇跡が起きてめっちゃくちゃうまいスープが出来上がってる……とか、あるかもしれない！

俺はスプーンでスープを掬《すく》って、一口食べる。

…………口の中が、痛い。

ぴりぴりする。なんか、舌が、しびれる……。

「どうかな～？」

「い、いいひゃない？　おいしいよ、かあひゃん……」

舌が痺《しび》れて、ろれつが上手く回らない。

体が拒否反応を起こしている。

これ以上スープを食ったらあんた死ぬよと。

それでも俺は、涙を呑んで食べた。

だって母さんがせっかく作ってくれたスープなのだ！

食え！　無心で食うんだ！

俺はガツガツガツ、と舌が痺れるスープを、涙目になって食べる。

あの冒険者たちが食堂を利用しない理由は、これだ。

この宿の主である母さんは、ものすごく、料理が下手なのだ。

しかもたちの悪いことに、自分が料理下手である自覚がない。

チョコレートを入れたら甘くて美味しくなるよね、とチョコを入れるのだ。

悪気はない。

本当にこの人は料理が下手なのだ。

だから、冒険者たちはこの宿には泊まるけど、食堂を利用しなかったのだ。

超美人な宿屋の看板娘がいても、宿がいまいち繁盛しない理由の50％くらいがこれだ。

宿屋なのに、出される飯がまずい。

ゆえに宿に泊まりはするけど、飯は食べないという客が非常に多い。

みんな母さんの飯マズっぷりはわかっているからだ。

常連であればあるほどな。

ただ勘違いして欲しくないのだが。

別に料理がまずいという理由だけで、この宿が繁盛してないわけではない。

あくまで大きな要因のひとつに、母さんの飯がまずいという事実があるだけだ。

とりあえずはここをまず改善しないと。

小さな問題を、ひとつずつ潰していくと決めたのだから。

「か、母さん！」

「あら、なーに」

「えっと……」

【俺が料理を作っても良い？】と言って、チートアイテムを使って料理を作る展開はできない。

無理だとわかってる。

だがあえて、俺は言う。

「もし良かったらさ……。俺に、料理作らせてもらえない？」

俺が料理を作れるようになったら、宿の抱える問題のひとつが改善され、客が少し増えるだろう。

あくまでも……母さんが了承してくれたら、の話だが。

俺の言葉に……母さんの表情がみるみる険しくなる。

「だめよ～」

いつもの柔らかい声だ。だがそこには、ハッキリとした、拒絶の意志があった。

「な、なんで……？　母さん知らないだろうけど、俺結構料理の才能あるんだぜ？」

「だめだよ～」

「なんでだよ……？」

するとと母さんは、ニコニコしながら、しかし眉をつり上げて言う。


「火を使うの、あぶないでしょ～？」


……そう。

確かに十歳の俺が火を使った料理を作ったら、あぶない。

だから火を使わせない。料理を作らせない。

それは母親としては正しいし、十歳の息子にする反応としては正しい。

いくら俺の中身が三十のおっさんだからといって、母さんから見たら俺はまだまだ子ども。

「気持ちはとってもうれしいわ～。けどユートくんがやけどするのは嫌だよ～」

「………………うん、そうだよね」

母さんはそういう人なのだ。

優しい人なんだ。

再婚相手の血のつながらない息子を、女手ひとつで育てようっていうんだから。

優しいに決まっている。

だが優しさがあるがゆえに、俺は自由に、表だって手伝いができない。

……おそらくこの種の悩みは、今後手伝いをすすめてく上で、常につきまとってくるだろう。

だがここでへこたれていてはダメなのだ。俺は決めたんだ。

この宿を繁盛させるんだと。

母さんを楽させるんだと。

俺は一度イスから下りる。

「ちょっとトイレ行ってくる」

と言って、高速で調理場へと移動。

勇者の強化された脚力なら、一瞬で調理場へ行くのは容易い。

調理場には寸胴な鍋が置かれている。

鍋の下には魔法コンロ（魔力に反応して火が出る魔法のコンロ）が敷いてある。

鍋を覗くと、そこには虹色の謎のスープが入っている。

「…………よし」

俺は意を決して、アイテムボックスを開く。

「クック。力を借りるぞ」

俺はアイテムボックスの中から、ひとつの鉢巻きを取り出す。

【食神の鉢巻き】

勇者パーティでは料理人として働いてくれていた仲間からもらった、チートアイテムだ。

これはいかなる料理でも作れるようになる、という魔法の鉢巻きだ。

俺は鉢巻きを巻く。

そして念じる。

【このまずいスープを、とっても上手いスープにしてくれ！】

鉢巻きが俺のリクエストを受け取る。

俺はアイテムボックスから【万能調理具】を取り出す。

こっちも料理人のクックからもらったアイテムだ。

包丁、鍋、あらゆる調理器具になれるという魔法の調理道具。

鉢巻きが効果を発揮し、俺は飛ぶように動く。

調理場にあった食材を駆使して、俺は瞬く間にスープに手を加えていく。

万能調理具は、包丁へ、お玉へ……とどんどんと変化する。

俺は神業とも言えるスピードで、鍋の中身に食材を足したり、煮たり、あくを取ったりする。

ややあって完成したのは……美味そうなビーフシチューだった。

鍋の中には茶色いトロリとしたスープが入っている。

スープの中にはトロリと煮込んだ肉が入っており、野菜がほどよい大きさでカットされていた。

匂い立つ湯気を嗅ぐだけで、ヨダレがだばだばと出てくる。

これなら……！

「ねー、母さん。スープお代わりして良い？」

勇者の敏捷性《びんしょうせい》と、【食神の鉢巻き】のおかげで、あっというまに料理を完成させた。

母さんは「良いわよ～」と返事をする。

俺はビーフシチューの入った皿を持って、母さんとソフィの前へと戻ってくる。

ソフィは半泣きで「まずいよぉ～……」と悲しい顔をしていた。

なのだが、俺がビーフシチューを持ってやってくると、「！」と目を大きくする。

「ゆ、ゆーくん……それ、なぁに？」

「ん？　母さんのスープじゃん。ほら、チョコが入ってるから茶色だろ？」

俺はソフィの前に皿を置く。

するとソフィは、鼻先がくっつくんじゃないかってほど、スープに顔を近づける。

「なにこれ……よだれがとまらないよぉ……」

爛々《らんらん》と輝く瞳で、スープを凝視するソフィ。

鼻をヒクヒクとさせ、ヨダレが垂れて、スープにぽたぽた落ちている。

「食べるか？」

「うんっ！」

ソフィは即答し、スプーンを持つと、ビーフシチューを掬う。

「あら〜？　お肉なんて入れたかしら〜？」

と母さんが首をかしげていた。

「入れてたよ」と俺が言うと、

「そっか〜。ユートくんがそう言うならそうね〜」とあっさり認める。

息子のこと信用しすぎでしょ……。

それはさておき。

ソフィが口を開けて、チートアイテムによって作ったビーフシチューを、ぱくり、と食べる。

「…………」

咀嚼《そしゃく》して、飲み込む。

すると――

「う、」

「う？」

「うまぁあああああああああああああああああいい！！！」

ソフィが満面の笑みを浮かべて、そう叫んだ。

がつがつ！　とスゴい勢いで、スープを食べていく。

さっきまでの暗い顔はどこへやら。ソフィはあっという間にシチューを平らげる。

「おかわりー！」

「はい～」

母さんがシチューをついで戻ってくる。ソフィは一瞬でビーフシチューをからにする。

「美味しい！　ナナちゃんの料理、はじめておいしくかんじるの！」

ソフィが笑顔でそんなことを言う。

「ありがと～。たくさん食べてね～」

「うんっ！」

がつがつと食べるソフィを見ながら、安堵する。

よし、チートアイテムはきちんと使えているようだ。

母さんに見つかると怒られるから、こっそりとしかできないが、それでも。

こうやって料理に手を加えれば、ちゃんと食べれるものになってくれる。

ありがとう、クック。さんきゅー。まじ助かった。
俺はクックに感謝しながら、ビーフシチューを食べる。
うん、美味い。めちゃくちゃ美味い。
俺はクックに心からの感謝を捧げながら、食事するのだった。

2話　勇者、人体錬成してもうひとりの自分を作る

母さんのシチューを改良した、その数十分後。

二階の部屋から、一組の冒険者が降りてきて、食堂へとやってきた。

ひとりは男、もうひとりは女。

どちらも二十代後半くらいである。

彼らはこの宿に泊まっている……のだが、さっきやってきた四人の冒険者とはちょっと違う。

「まま！　ぱぱっ！」

テーブルに座っていたソフィが、たたたっ、と男女の冒険者に向かって走って行く。

「ソフィ。おはよう」

父親がソフィの頭を撫でながら言う。

「起きたらベッドにいないいんですもの。心配したわ」

母親は心配したというわりに、感情を感じさせない平坦な顔つきだった。

「えへへっ、ごめんねっ！　ナナちゃんとユーくんとごはんたべてたのっ！」

母親はナナミさんを見やり、「いつもすみません」とぺこりと頭を下げる。

「いいえ〜。気にしないでくださ い〜」

……いちおう説明しておくと、ソフィの両親はこの宿に長く住んでいる。

宿を借りている、というより、家賃を払って住んでいるみたいな感じだ。

東ブロックの二人部屋を、ソフィとその両親が使っているのである。

だからさっきは、正確には客じゃないと言ったのだ。

父親はソフィの頭を撫でながら、母さんを見て申し訳なさそうな顔になる。

「それでナナミさん。今月分の家賃なんですけど、今ちょっとダンジョン攻略が滞ってまして、もう少し待ってもらえますか?」

「いいですよ〜。払えるときで良いですよ〜」

「いつも本当にすみません。助かります……」

「いえいえ〜。お仕事がんばってくださいね〜」

にこにこー、と母さんが笑って応える。

俺はそれを見て、内心で吐息をついた。

……うちが繁盛しない理由、その二。

母さんが経営の素人かつ超がつくほどお人好しだから。

母さんは優しい人だ。

金に困っている客がいると、宿代の支払いを待ってあげるのだ。

善意ある客ならあとでちゃんと払ってくれるが、へたしたらそのままとんずらする客だっている。

だが金を払わず泊まって出て行った客に対して、母さんは何も言わない。

というか、とんずらこいたことに、気づいてすらいないのだ。

……母さんの人柄は変わらないから、経営のプロを雇うのが一番の解決法だろう。

ただ、雇うにしても、金がいる。

金は……とりあえず稼ぐ方法はある。

なにせ村の隣にダンジョンがあるのだ。簡単に稼げる。

ただ俺は……【俺自身の問題】があって、直接的な金稼ぎの方法をとることができないのだ。

あまり難しい話じゃない。すぐに理由はわかる。

それはさておき。

ソフィの両親はしばらくソフィとナナミさんと話したあと、

「じゃあソフィ。部屋で大人しく待ってるんだよ」

「あまり外をうろつかないようにね」

娘にそう念を押して、食堂から出て行こうとする。

「………うん。わかったよ、ママ、パパ」

しゅん、とソフィが沈んだ表情になる。

「夕方には戻ります」とソフィ父。

「は～い。いってらしゃ～い」

ふりふり、と母さんがソフィの両親を笑顔で送り出す。

食堂には俺と母さん、そしてソフィが残される。

……ソフィの両親は冒険者だ。

ふたりでパーティを組んでおり、朝から晩まで、村の隣のダンジョンに潜っている。

その間、ソフィはこの宿で待機させられているのだ。

待機と言えば聞こえはいいが、ようするに放置されているわけだ。

ソフィを養うためには、ダンジョンに潜って金を稼がないといけない。

だから娘《ソフィ》は安全な宿に置いておく。

正しい判断だとは思うが、人の親として、その行動は正しいとは……俺には思えない。

「まま……ぱぱ……」

ソフィが悲しそうにつぶやく。

すると……。

「だ〜いじょうぶよ、ソフィちゃんっ」

母さんがソフィをもちあげて、ぎゅっとハグする。

「さみしくないよ。ママもいるし、ユートくんだっている。だからさみしくないよ〜」

「ナナちゃぁー……ん」

ぐすぐす、とソフィが泣く。

「だーめ。ソフィちゃんは美人さんなんだから、笑ってないとダメだよ〜。ほら、笑顔笑顔〜」

母さんがソフィの涙を指でぬぐってやる。

するとソフィは、きゅーっと母さんを抱きしめたあと、

「うんっ！」

と満面の笑みを浮かべた。

「よ〜し、じゃあソフィちゃん。なにしてあそぼうか〜。おままごとする〜？」

「するー！」

いやいや待て待て、と俺はストップをかける。

「母さんは仕事あるでしょ。ソフィは俺が面倒見てるから。母さんは母さんの仕事やって」

ただでさえ従業員がいないのだ。

ここに子どもの面倒が加われば、母さんのタスクはたまっていく一方。

というか本当は、俺はソフィの両親から、ソフィの子守代をせしめたいくらいだと思っている。

子供のころにはわからなかったことだが、大人になってから考えてみれば、あの夫婦は故意にソフィを置いていっていたように思われた。

ソフィを放置していけば、頼んでいなくても、このお人好しの宿のオーナーが面倒を見てくれると、期待しているわけだ。

面倒を見てくれ、と依頼してないので、料金は発生しない。

けど母さんの性格上、ソフィを放置は絶対にしない。

だからただで娘の面倒を見てもらえている。

と思っている、かもしれない。

今の考えは、俺の単なる推測に過ぎない。

本当はそう思ってないかもしれない。

本当は悪い奴じゃないのかもしれない。

現状では、まだ推測の域を出ないことだ。

それ以上深く考えるのはやめておこう。

それはさておき。

「ゆーくんがあそんでくれるのっ！」

ぱぁあ……！　とソフィの表情が明るくなる。

「ナナちゃん、ナナちゃんっ！　おろしてー！」

母さんが抱っこしていたソフィを下ろす。

ソフィが俺に近づいて、抱きついてくる。

「えっへー！　ゆーくんが一日じゅー、遊んでくれるってー！　やったー！」

喜色満面のソフィを見ながら、俺は苦い思いをする。

母さんの仕事を増やしたくないから、ソフィの面倒を買って出た。

だがそれは同時に、俺がこの宿の手伝いをできなくなった瞬間であった。

母さんの手伝いはしたい。

宿を繁盛はさせたい。

その気持ちは揺るがない。

……だが、この幼なじみの少女を、放っておけないのだ。

まだソフィは五歳だ。

両親は五歳の娘を放置して、冒険者として働いている。しかも共働きだ。

両親が帰ってくるのは夜遅く。それまでひとりだなんて……ソフィが、かわいそうだろ。

それにソフィは、俺の恋人だ。

もちろん、一周目のソフィの話だぞ。

だが一周目と二周目、どちらもソフィであり、同一人物だ。

一周目の時、俺はソフィにだいぶ世話になった。

ソフィは頼れる仲間として、二十年間ずっと苦楽をともにしてきた。

それだけじゃなく、恋人となり、母さんが死んで凹んでいた俺を、慰めてくれた。

俺にとってソフィは、大事な存在なのだ。

そのソフィを、放っておくことはできない。

「それじゃ、ソフィ。俺の部屋で遊ぼうか」

するとソフィが目をぱってんにして、

「きゃー！　ナナちゃんたいへんー！」

と声を張り上げる。

「どうしたの～？」

母さんがソフィの隣にしゃがみ込む。

「ゆーくんがおれのへやにこないか、だって！　きゃー！　でーとのおさそいみたいー！」

「あらほんと～。たしかにそうね～」

「それでねっ、それでねっ。　きっとおしたおされちゃうんだー！　きゃー」

「あら～。そんな大人なこと知ってるのね～。ソフィちゃんったら、おませさん」

きゃはー、とふたりが笑っている。

それを見て俺は穏やかな気持ちになった。

死んでしまったはずの母が生きていること。

そして、両親が死ぬ悲劇に見舞われるはずのソフィが、笑っていること。

幸せそうにしているふたりを見ていると、二周目の世界は、なんと幸せな世界なのだろうか……。

「…………」

しかし母さんと楽しそうにしているソフィを見ていると、俺の胸がズキリと痛んだ。

原因はわかっている。

残してきた彼女のことが、気になっているからだ。

母さんと楽しそうにしているソフィを見ながら、俺はふと物思いにふける。

ただこの二周目の世界のソフィについてではない。

一周目の世界に残してきた、大人のソフィについてだ。

……あの世界のソフィは、今どうしているのだろうか。

【ソフィ】に、思いを馳せる。

胸がずきりと痛む。

俺は、この世界で生きる覚悟を決めたつもりだった。

一周目の世界と、二周目は別の世界だと。

もう俺は別の世界の住人として、生きていくのだと。

置いてきた人たちのことは、考えるなと。

だが、それでも。

幸福そうなこの風景の中にいると、置いてきた大切な人たちが、この中にいないことが際立つ。

クック。ルイ。山じい。えるる。エドワード。

そして……ソフィ。

みんな、もう一度だけでいいから、会いたいよ。

☆

娘（ソフィ）を置いて仕事へ行った両親の代わりに、俺がソフィの面倒を見ることになった。

俺は二階の二人部屋、俺が自分の部屋として使わせてもらっている部屋へとやってくる。

そこでソフィとあやとり遊びをしながら、頭の中で計画を立てる。

ソフィは大事だし蔑《ないがし》ろには、ひとりにはしたくない。

しかしそうすると、母さんの、宿の手伝いはできなくなる。

母さんの手伝いにかまけていれば、ソフィを孤独にしてしまう。

俺は、ソフィの相手をしつつ、家の手伝いができる方法を考える必要があった。

ソフィを面倒見つつ、宿のことをする。

一度に二つの別のことをするためには、どうすればいいのか？

パッと思いついたのは、【俺をもう一人作る】だ。

俺の仲間に錬金術師のエドワードという男がいた。

錬金術の中には、人体をゼロから作り出す研究、つまり【人体錬成】という概念がある。

エドワードと俺は旅の途中、夜寝る前とかに、よく話をした。

そしてその会話の中で、彼から錬金術について教えてもらったのだ。

だから作ろうと思ったら、作れる。

ただ問題がある。

俺はエドワードの言葉を思い出す。

【肉体を作ることはさほど難しくありマセン。問題は作った肉体を動かすことデス】

どうやら人間をひとり作ったあと、そいつを【人間として動かす】ためには、精神をその肉体に宿す必要があるらしい。

精神を宿す方法には、自分の精神をコピーする方法が一番手っ取り早いそうだ。

ただ精神のコピーには、膨大な魔力を必要とするらしい。

【ワタシの魔力は並デス。なので人体を錬成できても、人として動かすことはできないのデス】

と、錬金術師のエドワードは言っていた。

……彼からは、人体錬成の技術のレクチャーは受けている。

作り方は心得ている。あとは、魔力だけだ。

膨大な魔力が必要。膨大な……魔力。

「……いけるか」

幸いにして、俺は魔王を倒したことで、【アレ】を手に入れている。

【アレ】を使えば、人体錬成を成功させることができるだろう。

上手くいかないかもしれない。

俺の本職は錬金術師ではなく勇者だ。

友人に凄腕の錬金術師がいて、彼からレクチャーを受けただけだ。にわか仕込みも良いところだ。

上手くいくはずがない……だろうけど、やる。やるのだ。

失敗がなんだ。失敗したらまた別の方法を考えるだけだ。

とりかえしのきかない失敗を一度経験しているのだ。

人体錬成が上手くいかないなんて、そんなもん失敗のウチに入らない。

とりかえしがきくきかない以前に、リスクはゼロだからな。

そうと決まればさっそく行動だ。

「ソフィ、ちょっとトイレ行ってきていいか?」

ベッドの上であやとりをしていた俺は、ソフィに尋ねる。

「やっ!!」

とすっげー良い笑顔で、ソフィに拒否されてしまった。おう……。

「いやほんとすぐに帰ってくるって」

「やっ!　ふぃーもいくっ!　ゆーくんといっしょにいるっ!」

「いや……おまえ男のトイレについてくるのか?」

「ついてくっ!」「だめだって」「やーだーやーだー!」

ソフィはベッドの上であおむけになると、じたばた、と暴れ出す。

「ゆーくんと離れたくなーい〜!　ゆーくんと離れるくらいならしんでやるー!」

「……軽々しく死ぬなんて、言うもんじゃないって」

ソフィは昔から、母さんのもとへあずけられることが多かった。

母さんは宿の仕事があったので、面倒を見るのは、昔から俺だった。

ソフィの面倒を見てきたからだろう。

彼女は俺を、本当の兄貴のように慕うようになったという次第である。

ソフィはじたばたしながら言う。

「ゆーくんがふぃーを置いてどっかいったらふぃー地獄の底までだっておいかけていくからねっ！」

そのセリフは、冗談には聞こえなかった。

本当に俺がどこかへ行ったら、わずかな手がかりを元に、おいかけてきそうである。

……このソフィも、【向こうの】ソフィも、だ。

「とゆーことでゆーくんはここにいるべきっ。どーしてもおしっこしーしーしたいなら、ふぃーもついてく。じっとようすをかんさつしてる」

「やめてってば」

頑として俺のそばから離れようとしないソフィ。

……しかたない。この手段はあまり使いたくなかったのだが。

俺はアイテムボックスの中から、一つの【種】を取り出す。

ルイ、君から教えてもらった魔法、こんなふうに使ってごめん。

「ソフィ。よく見てな。今からお花咲かせるから」

「はー？　それたねでしょ？　土にうめないとおはなはさかないよ？　それくらいふぃーだってしってるよ？」

「まあまあ」

そう言って俺は、森呪術師《ドルイド》の呪いの歌を使う。

森呪術師は特殊な歌を先祖代々から受け継いでいる。

その歌は樹木の生長スピードを速めたり、逆に樹木を枯らすこともできる、呪いの歌だ。

森呪術師の呪いの歌を聴いた種は、恐ろしい速度で生長する。

芽を出し、茎が伸びて、葉がつき、やがて花が咲く。

「わぁ……！　きれー……」

うっとりとソフィが花を見やる。

ルイからもらった特別な花を、俺はソフィにあげる。

ソフィは花を受け取ると、それに見入る。

「とっても……きれー……」

するとこっくり、こっくり……と船をこぎ出す。

「とっても……いいにおい……かいでると……ふわふわして……」

目が何度も、ゆーっくり閉じて、ぱっ、と開くを繰り返す。

やがてソフィは、完全に寝入ってしまった。

「……すまん、ソフィ。あとルイ、知識を悪用してすまん」

ルイからは森呪術師の歌を教えてもらったり、一緒に呪いに使う花の種や草をあつめたりした。

ソフィにあげたのは、一周目世界において、ルイと一緒に草取りしたときにアイテムボックスに入れておいた【眠りの花】の種だ。

種を森呪術師の樹木の生長を早める歌を使って、【眠りの花】を咲かせて、ソフィを寝かしつけた次第である。

「すまん、ソフィ。もうこの手は絶対使わないって約束する。だから今回だけ許してくれ」

俺はソフィをベッドに横たわらせて、すばやく部屋を出る。

空き部屋となっている、隣のソフィたち親子の使っている部屋へとやってくる。

ここで人体錬成の作業を行うのだ。

「あ、そうだ。土持ってこないと」

人体錬成は錬金術の一種。錬金とは土魔法から派生している。

土に含まれる成分を魔法でいじって、土を鉄に、石を金にするのが錬金術だ。

ただそれでも元々は土魔法を基礎としている。

よって錬金を行うには大量の土が必要なのだ。

俺は二階の窓から飛び降りて、裏庭に着地する。

勇者の強化された身体能力では、二階から降りるなど造作も無い。

手で土を掘ってそれをアイテムボックスにツッコんで、跳び上がって二階へと戻る。

階段を使って上り下りしたら、母さんに見つかってしまうからな。

万能調理具を鍋に変化させて、そこにアイテムボックスから、大量の土を流し入れる。

すまん、クック。こんな使い方して。

鍋の中に入った土の成分を、【土魔法】を使っていじる。

亜鉛や銅、ケイ素といった人体を構成する成分を作る。

やがて見た目は土だけど、鉄分とかその他諸々の混じった土の塊ができる。

ここで【人体錬成】の魔法を使って肉体を作る。

呪文は勇者パーティの優秀な錬金術師・エドワードから教えてもらっていた。

俺はそれを使って、人体を錬成する。

魔法が発動すると、鍋の中の土の塊が、もこもこ……と膨らむ。

そこにはもうひとりの【俺】が立っていた。

「さすがエドワードの教え。完璧な俺ができてる……フルチンだけど」

俺は自分の部屋へ一度戻り、俺の服を持って、もうひとりの【俺】に着せる。

「そんでここに魔力を注ぎ込めば完成……だよな」

エドワードは言っていた。

人体を作るのは難しくない。

ただ、人間の魂を人造の肉体に乗せるためには、膨大な魔力が必要になると。

俺は勇者であるから、一般人よりは魔力の量が多い。だが膨大な魔力を持ってるわけではない。

だが……今は持っている。

膨大な魔力を……持っている。

俺がではないが、魔力を秘めた【それ】を、持っているのだ。

俺はアイテムボックスを開いて、目当ての物を取り出す。

それは黒い水晶玉だ。

いっけんするとただの水晶玉。だが実体は違う。

魔王を倒して手に入れたＳＳＳ級アイテム、【無限魔力の水晶】だ。

アイテムの効果は……読んで字のごとくだ。

無限の魔力が、この水晶には込められている。

決してつきることのない量の魔力を秘めた水晶を、俺は手に持っている。

「この水晶がなきゃ詰んでたところだ」

ほんとあの魔王のクソ野郎には感謝しないとな。

別にだからといって、魔法などの方法で、やつを復活させるなんて気はさらさらない。

魔王が復活することは、イコール、勇者がまた必要になるってことだからな。

それはごめんこうむる。

俺はもう勇者でなく、【はなまる亭】の主人の息子、ユートとして生きてくって決めたからだ。

俺は水晶を片手に、人体錬成して作った【俺】の心臓に、手をつく。

水晶から……ずずず……と魔力を、俺の体を通して流し込む。

やがて一分……二分……十分くらいが経過した。

十分が経っても、もうひとりの【俺】は動こうとしない。

まだ魔力が足りないのか……。

三十分、一時間……。

魔力を流し続けても、もうひとりの【俺】は目を覚まさない。

「まさか失敗したのか……?」

と思った、そのときだった。

『そんなわけないだろ。エドワードから教わった技術を信じろ』

目の前に立つ、もうひとりの【俺】が、俺に向かってそう言った。

「お、おお……。おおっ！　成功かっ！」

『あたりまえだろ。エドの人体錬成の理論が間違ってるわけないって』

「まあ、そうか。そうだな」

その後会話したり、質問したりしてわかったのだが。

土から作ったもうひとりの俺は、この俺と同じだった。

同じ見た目、俺と同じ記憶を有しているようだ。

「魔力が切れたら困るから、おまえの体に水晶を埋め込んでおくな」

ずぶ……っともうひとりの俺の心臓部分に、【無限魔力の水晶】を押し込む。

ここから魔力が供給されるのだ。

『それじゃ外すと俺はどうなるんだ？』

「元の土に戻るんじゃないか。また魔力を送り込むの面倒だからやらないけど」

用事が終わったら水晶を抜いて、土をアイテムボックスに入れることにしよう。

「そんじゃ、ソフィの面倒は任せた」

『了解。あとは任せた、俺』

俺はもうひとりの【俺】と握手を交わす。

やがて【俺】はソフィの部屋を出て、隣、俺の部屋へと向かった。

【んえ……。ゆーくん……ふぃー、ねちゃってたー？】

壁の向こうから、ソフィの声が聞こえてくる。

ちょうどいいタイミングで、ソフィが目を覚ましたらしい。

【ああ、ぐっすり。気持ち良さそうだったから起こさないでおいたぞ】

【おこしてよっ！　もう！　ねてたせーでゆーくんとあそべなかった！】

【ごめんごめん。代わりにずっと遊んでやるから許してくれ】

【ずっと！　ほんとっ？　わーい！】

……壁の向こうから、もうひとりの【俺】と、ソフィの楽しげな会話が聞こえてくる。

ソフィは【俺】に違和感を覚えてないようだ。

まあ【俺】は俺本人だしな。記憶も性格も一緒だからな。

「さて……これでいちおう動けるようになったか。まず何から手をつけたものか……」

正直、宿には問題が山積みだ。

その中で特に頭痛の種なのが、金の問題。

「経営者を雇うにしても金がいる……。冒険者をやるわけにはいかないし……。かといってすぐに客の数が増えるわけじゃない……。ああ……どうするかな」

やっぱりひとりだけで考えると、整理がつかない。

せめてもうひとりいれば。

……もうひとりの【俺】はソフィと遊んでいるが、そうじゃなくて。

もうひとり、俺の悩みを共有して、俺と一緒に問題に立ち向かってくれる仲間がいれば……。

と、そのときだった。

――バリバリバリバリ！

突如として、ソフィの部屋の壁に、雷鳴がとどろく。

「な、なんだ!?」

雷が爆《は》ぜたと思ったら、次の瞬間。

そこには黒い【穴】が広がっていた。

人が通れるほどの、大きな穴だ。

「なんだこれ……？　なんだよ、この穴……」

黒い大穴は奥が見えなかった。

この隣は俺の部屋なのだが、部屋の中が見えない。

「隣につながってない。じゃあこれ……いったいどこにつながってるんだ……？」

と首をかしげていた、そのときだ。

ぬぅ……っと、【穴】から誰かが、出てきたのだ。

穴から出てきたのは、長身の女性だ。

燃えるような赤髪を、武士のように束ねている。

高い背格好。

白銀の鎧に包まれたその体は……女らしく、胸が出て、腰はきゅっと引き締まっている。

出てきたそいつの顔に……俺は見覚えがあった。

いや、あるどころの話じゃない。

「まさか……おまえ……」

……知らず、声が震える。

穴から出てきたのは、赤髪の女騎士だ。

「…………」

彼女と、俺は目が合う。

「……なぜだろうな。すぐ、わかったぞ」

彼女の声が、震えている。

「姿は違えど、貴様は貴様だ。私にはわかる。見た目じゃない。魂でわかる。わかるんだ」

じわり……と【彼女】の目に涙が浮かぶ。

「ユート……会えた……。あの【時空の悪魔】から奪ったこいつの威力は、本物だった」

【彼女】は手に、小さなナイフを持っていた。それをぽいっと投げ捨てて、

「ユートぉおおお！！！」

【彼女】は……俺にぎゅっと、抱きついてきた。

「もう離さない！　絶対に貴様を離さないからな！」

俺を貴様と呼ぶのは、ひとりしかいない。

その子しかいない。いや、彼女しかいない。

俺を抱きしめる、赤髪の女性の名前を、俺は呼んだ。

「ソフィ……。おまえ、ソフィ……だよな」

どうやら【ソフィ】は、一周目世界から二周目世界へと転移してきたみたいだった。

3話　勇者、食べるとHPMPが回復する食事を作る

「ユート。さきほどはすまなかった。取り乱した」

二階東ブロック、二人部屋。

その一つ、ソフィ親子が使っている部屋にて。

ベッドの上に、俺と、そして女騎士ソフィが、向かい合うようにして座っている。

「久しぶりに貴様に出会えたのが嬉しかっ……んんっ！　久しぶりの再会に気分が昂《たか》ぶってしまったのだ。ゆるせ」

「そっか……。おまえは、あいかわらずだな」

知らず、声が震えていたと思う。

もう二度と、彼女と会うことはできないと思っていたから。

「ソフィ」

俺は彼女に近づいて、正面から抱擁を交わす。

「ゆ、ユートっ!?」

「会いたかった。心から。おまえにまた会えて俺も、すげえ嬉しいよ」

嘘偽りない、俺の言葉だった。

「……私も」

きゅっ、とソフィが抱き返してくれる。

「私は貴様に会えてとてもうれしい。貴様がいなくなってから半年間、とても長い期間だった」

ソフィも同じ思いでいてくれたことを、俺はうれしく思う反面、ふと、気になった。

「半年……？」

俺はソフィから離れて尋ねる。

「ああ」

そう言って、俺がこの世界に転生してからの経緯を、ソフィが話す。

「願いの指輪が輝いた瞬間、貴様は世界から忽然と姿を消したのだ」

「消えた？　俺が？」

ソフィが頷く。

「仲間たちと総出で国中を捜したが、あの日姿を消した貴様は、いくら捜しても見つからなかった。だが私たちはあきらめなかった。みな、貴様が自殺するようなやつではないとわかっているからな」

ソフィは燃えるような目を俺に向けてくる。

「私たちは手分けして貴様を捜した。それぞれ自分たちの持てるコネクションを使って捜索に当たった。皆はこの国のどこかにいると思っているようだったが、私は別の考えを持っていた」

「別の考え？」

「ああ。ユートは行方不明になったのではなく、この世界から消えたのだと考えた。あの指輪が貴様の願いを聞きとげたのだと。私はそう思った」

俺の持っていた、願いの指輪。

国王から褒美にもらった、何でも願いを一つ叶える魔法の指輪だ。

「貴様はナナミさんが死んだとわかったあの夜、過去に戻って運命を変えたいと言っていた。おそらくその望みが叶って過去へ戻ったのだろうと私は考えた」

「それで過去へやってきたわけか」

「ああ……。ユート……。ああ……ユート……」

わきわき、とソフィが、両手を俺に伸ばして、引っ込めて、伸ばして引っ込める。

「どうしたんだ?」

「何でもない。貴様が気にするようなことではない」

「あ、そう」

「そうだ。別に貴様をもう一度ギュッとしたいとか別に思っていない。久しぶりに恋人と再会できたうれしさでギュッとしまくりたくてたまらないとかまったく思ってない」

「お、おう……」

どうやら久しぶりに再会できた恋人に、ギュッとしたいらしい。

「別にギュッとしても良いぞ?」

「何を言ってる。私はひと言も貴様を抱きしめたいなどと口にしてない」

俺をにらみつけてきながら、ソフィが言ってくる。

「いやさっき普通に口にしてたけど」

「したいとは言ってない。私は、したいとは思ってない、と言った。それ以上たわごとを言うなら斬るぞ？」

　険しい表情でソフィが俺をにらんでくる。顔の作りが整っている分、にらみつけてると圧がスゴい。

「わかったよ。すまなかった。勝手なことを言って」

「まあいい。貴様を抱きしめたいと思ったことなど二十五年生きてきて、一度もない。一度たりともな」

　と、そのときだった。

【ゆーくぅうん！　だいてー！】

　……と隣の部屋から、ソフィ（子ども）の声が聞こえてきた。

　ソフィ（大人）がピシッ！　と表情を硬くする。

【ねーねーゆーくんだいてー！】

【こうか？】

【うんっ！　ふぃーね、ふぃーね、ゆーくんにぎゅっぎゅされるの、だいすきなのー！　それでねそれでね、ぎゅーっとするのも大好きなの～】

「……と、過去のソフィさんが、そんなことをおっしゃってますが」

　俺は隣に子ども時代のソフィがいることは、ソフィ（大人）に伝えてある。

「………………」

　ソフィ（大人）はすちゃ、と立ちあがる。部屋の外へ出て行こうとする。

「どこ行くんだよ」

「決まっているだろ。隣にいる過去の自分を斬り殺してくる」

腰に佩《は》いた剣に手をかけて、外へ出て行こうとするソフィ。

「ま、まてっておまえ！」

俺は後からソフィの腰にしがみつく。

「離せ。安心しろ」

「殺すのやめてくれるんだな？」

「痛みは一瞬だ」

「殺す気まんまんじゃねーか！」

その間にも、壁の向こうから、ソフィ（子ども）ともうひとりの【俺】との会話が聞こえてくる。

【あのねっ、ふぃー、ゆーくんだいすきなのっ。しょうらいはゆーくんとけっこんしますっ！】

【そうか。そりゃ嬉しいな】

【えへへっ、それでねそれでねっ！　けっこんしたらこどもをうんでそだてるんだー。ふたりくらいがいいかな？】

【ソフィは子供の作り方なんて知ってるのか？】

もう一人の俺に聞かれて、ソフィが答える。

【もっちろんしってます！　あれでしょ、けっこんしたら、コウノトリさんがはこんできてくれるんだよ～】

【おお、正解だ。よく知ってるな。ソフィは物知りだ】

【ふっふーん、ふぃーはものしりさんなのだー！】

と壁の向こうでほほえましい会話を繰り広げる一方で、

「貴様それ以上しゃべるな！　これ以上醜態をさらすようなら、本気で斬り殺すぞ！！！」

壁向こうの自分（ソフィ）に向かって、真っ赤になったソフィが剣を振り回す。

俺は腰にしがみついてる状態だ。

離したら部屋を出てあっちへ行きかねない。

【あとねあとね、ゆーくんのにおいもすきなの。いけないことなんだけど……ゆーくんのぬいだしゃつをね、くんくんするのすごくすきなんだ】

「してない！　してないから！　してないんだってば！！！」

そう言えば昔のソフィは、やたらと俺の洗濯物を、母さんの元へ運ぼうとしていたな。

そうか、そういうことだったのか……。

「ユート！　壁向こうの私の言ってることは全てデタラメだ！　信じるなよ絶対！」

いや……だって隣にいるのって過去のおまえなんだろ。

なら発言は全部ホントなんじゃあないか……？

と思ったがそれを指摘するのはかわいそうに思えた。

自らの黙っておきたかった黒歴史が、目の前にあるって恐ろしいな。

【ゆーくんゆーくんゆーくん！　だぁいすき！　もういっしょうゆーくんのそばにいるっ。ゆーくんからぜったいに、はなれないんだからねっ】

「………」

過去のソフィの発言を聞いて、俺は申し訳ない気持ちになった。

「ソフィ。その……すまん」

「……何に対して謝っているんだ？　私に過去の恥ずかしい歴史を暴露させたことについてか？」

「それもすまん……そうじゃなくて」

俺は、ソフィに謝らないといけなかった。

「何も言わずに勝手に消えて、ごめん……」

ソフィは俺を強く想ってくれていた。ソフィは俺の恋人だ。

その恋人を、未来に置きざりにしてしまった。

「ごめんな」

「………気にするな。指輪が叶えてくれる願いは、所有者の願いのみなのだろ。あれは事故のようなものだ。それに、ワザとじゃないんだよな？」

「もちろん。誓って」

「そうか……」

ほっ……とソフィが安堵のため息をつく。剣を手から離し、暴れるのをやめた。

「本当にごめんな、ソフィ」

ソフィを見上げながら俺が謝る。俺は子どもで、向こうは大人なので、どうしても身長的に見上げる格好になる。

「気にするな。またこうして貴様と再会できたのだ。貴様の顔を見れて、貴様のそばにいられる。私はそれだけで満足だ。他に何も望まない……」

と、そのときだった。

【ねーゆーくんっ。きすしよ、きすー！】

ぴしぃ……！　とソフィがまた固まる。

【ねーねーゆーくんキスしよ～。ふぃーねゆーくんとちゅっちゅしたいのっ。だいじょうぶ、きすのれんしゅーはまいばんしてるから、ふぃーじょうずだよ！】

「してない！　してないから！　本当にしてないから！！！」

またソフィ（大人）が暴れ出す。

「ユート、ヤツの言葉に耳を貸すな！　ヤツの言葉はでまかせだ！！！」

【まいばんねー、まくらをゆーくんのかおにみたてて、ちゅーちゅー、ってしてるの。きゃー、はずかしいけど言っちゃった～】

「まくらって……この部屋の枕だよな……」

俺はソフィの親子が使っている部屋のベッドを見やる。子供用の小さな枕が目に入る。

【あのね、ほんとーはひみつだけど、枕の裏にね、かみにかいたゆーくんのかおがはってあるの】

するとソフィ（大人）は高速で俺の前から消える。

素早く移動して腰から剣を抜いて、神速の連続斬りを披露する。

ソフィ（子ども）の枕が塵《ちり》になる。

ソフィ（大人）は、剣を腰におさめて、

「貴様は何も聞かなかった。いいな？　聞いたと答えたらたとえ愛しい恋人であろうと」

「わかった何も聞いてない」

目が怖いっすソフィ（大人）さん。

この話をむしかえすと俺の命の保証はない。俺は話題を変えることにした。

「どうやってソフィは、この二周目……過去の世界へとやってきたんだ？」

「簡単だ。魔王の配下である七十二の悪魔。そのうちの一柱、時空の悪魔を捕まえたのだ」

「悪魔……？　あれ、俺たちが全員倒したはずだろ？」

悪魔と四天王、そして魔王を全員倒して、世界に平和をもたらしたはずだ。

「時空の悪魔だけは私たちに倒される瞬間、時間移動してにげてやがったんだ。倒される振りをしていたのだ」

「はぁん。なるほど……だから時空の悪魔を倒すとき、妙に手応えがなかったんだな」

「ああ。やつは時空間に穴を開けて、時間と空間を移動させる【ナイフ】を持っていた。これだ」

ソフィ（大人）は部屋の隅に転がっていたナイフを手にとって、俺に見せる。

「これは【時空のナイフ】と呼ばれるレアアイテムだ。時空間を行ったり来たりできる代物。だが悪魔にしかつかえない」

「じゃあどうやっておまえは来たんだ？」

「時空の悪魔を捕まえて、おど……交渉の後、やつに穴を開けさせたのだ」

今この人おどして、って言いかけてたよ。

「ナイフで時空間に穴を開けさせ、やつを倒して、私はここへ来たという次第だ」

さらっと殺されてる時空の悪魔。かわいそうに……。

「これで時空間を渡って私は過去の世界へとやってきたわけだ」

そうだったんだな……。

「でもソフィ。おまえはいいのか？」

説明を聞いたあと、俺がソフィに尋ねる。

「おまえ、もう元の世界には戻れないんだぞ？」

するとソフィはフッ……と微笑む。

「良いに決まっている。私はおまえとずっと一緒にいたいのだ。おまえがこの世界にいるというのなら、私はここにいる」

帰るつもりは毛頭ないみたいだ。

「そして私は貴様を手伝うことにする」

びし、とソフィ（大人）が俺を指さして言う。

「いいのか？　俺は助かるけど……。他にしたいこととかないのか？　過去に戻ってきたんだぞ？」

「ない。私のしたいことは貴様の役に立つことだ。それにナナミさんに恩を返したいと思っているのが、貴様だけだと思うなよ」

隣の部屋から、【ユートくん、ソフィちゃん、おやつよ～】と母さんの声がする。

それを聞いてソフィ（大人）が、嬉しそうに微笑んだ。

「子どもの頃からナナミさんには世話になりっぱなしだった。恩を返す前に彼女は死んでしまった。けどここにはナナミさんがいる。ならば恩を返したいと思うのは至極当然だと思うが」

「……そうだな」

俺もソフィも、母さんに世話になっていて、恩返しをしたい……という気持ちは一緒だった。

「じゃあ、ソフィ。頼む。力を貸してくれ」

俺はソフィ（大人）に手を伸ばす。ソフィは、

「ソフィだと紛らわしいな……。別の呼び方にしてくれ」

と提案してくる。

確かにソフィだとふたりいるし、ソフィ（大人）って呼ぶのも変だしな。

「そうだなソフィ……大人……ふぃ、おとな……。フィオナ……」

俺が名前を考えて、大人のソフィに言う。

「フィオナ。フィオナってのはどうだ？」

「フィオナか……うむ、良い名前。貴様につけてもらったこの名前、一生大事にしよう」

そう言ってソフィ（大人）……いや、フィオナが言う。

「私は今日からフィオナだ。そう呼べ」

「わかった。よろしくな、フィオナ」

☆

フィオナの登場は、今の俺にとっては、幸運な出来事だった。
なにせ俺は十歳の子どもだ。
子どもが経営に口を出したり、宿の改善を提案したり、改善のためにあれこれ作ったりしたら、
さすがに母さんも不審がる。

だからソフィ大人……じゃなかった、フィオナが必要だった。

大人からの言葉なら、信憑性は高くなるからな。

彼女が仲間になったあと、その足でフィオナは、母さんの元へ向かった。

自分は父さんに昔世話になった人間であり、恩を返したいからここで働かせてくれ。

と、フィオナが頼むと、母さんは了承。

こうしてフィオナは【はなまる亭】の従業員となり、この二周目世界において、もっとも信頼できる女性《ひと》が仲間になった。

「さてユート。まずは何から改善する？」

一階西ブロック、一人部屋にて。

俺とフィオナが向き合っている。

フィオナは住み込みで働くことになり、ここが彼女にあてがわれたのだ。

「やらないといけないことは多い。経営を立て直すためには、まずもって優秀な経営者を必要とする。おまえは……」

するとフィオナは首を横に振った。

「悪いが私は剣に生きる女だ。経営など専門外だ」

きりっとした顔でフィオナが言うと、ドアの外から、【ふぃーは恋に生きるっ、ユーくんがふぃーのいきがいなのー！】と過去のソフィが未来の自分を殺しにかかってきた。

どうやらソフィは宿の中で俺とかけっこしているらしい。

フィオナはその場にしゃがみ込んで顔を覆い、立ちあがって、

「経営者は雇う必要があるな」

過去の自分がすぐそばにいるって嫌だな……。

「だな。それは金が貯まってからだ。とりあえずはできることをしよう」

「それはいいが、ふと思ったのだが……」

フィオナが手を上げる。

「ナナミさんを楽させたいのなら、冒険者にでもなれば良いのではないか？」

フィオナが首をかしげつつ尋ねてくる。

「幸い私も貴様も魔王を倒すほどに強い。なら冒険者として大金を稼ぐのは容易いだろ？」

フィオナの言うとおりではある。

俺は現役時代のステータスを引き継いでいるし、フィオナは勇者の弟子。普通に強い。

「金を稼げるが、稼いだ金を母さんにどうやって渡すんだ？」

「……確かに無理か。十歳の息子がいきなり金を持ってきたら、ナナミさんも不思議に思うよな」

「そういうことだ」

前から言っている俺自身の問題とは、結局はそういうことだ。

俺は子どもだ。

子どもゆえに、大人のように金を稼いできたり、大人のように経営に口を出したりできない。

たとえモンスターを狩って、大金を得たとしても、それを母さんに渡せないと意味がないのだ。

「結局のところ宿を繁盛させるのが、母さんを楽させる一番の方法なんだよ」

「なるほどな……。私も貴様の父の知人であるだけだから、他人である私から金を渡しても受け取りはしないだろうし」

　うん、と俺たちは頷く。

「この宿を繁盛させるためにはまず何が必要なんだ？」

「そりゃ……そうだな。そろそろ夕方だ。腹を空かせた客たちが帰ってくるだろう」

「なるほどメシだな。ナナミさんの料理は……残念だが……うん」

　フィオナもナナミさんの料理の腕が壊滅的であることは、重々承知している。

「となるとメシの用意をすれば良いのだな、ユート」

「そうだ。食堂を利用するようになれば、飯代が宿に入ってくる。今の客は、全員が素泊まり状態だからな」

　俺はフィオナと手分けして作業に当たる。

　俺はフィオナに【食神の鉢巻き】と【万能調理具】を手渡す。

　その間に俺は宿を抜け出て、村の隣、ダンジョンへと向かう。

　村の隣のダンジョンは、初心者から中級者向けのダンジョンだ。

　冒険者にとっては、命をかけて金を稼ぐ場所。

　だが勇者の俺にとっては、そこは死地ではなく単なる狩り場でしかない。

　俺は単身でダンジョンへ赴き、適当に動物型モンスターを倒す。

　モンスターは倒すことで金とアイテムが手に入る。

　動物型のモンスターを倒せば、たいてい肉が手に入る。

　豚鬼《オーク》なら豚肉。牛鬼《ミノタウロス》なら牛肉みたいな感じで。

豚鬼も牛鬼もD冒険者パーティが全員でいどんで、やっと勝てるかな程度の強敵だ。

だが俺にとっては赤子同然だった。

サクサクと狩りまくって、アイテムを手に入れる。

また牛鬼からは肉だけじゃなく牛乳もドロップするので、それも回収。

さくっとモンスターを倒した俺は、宿へと戻る。

次に俺は裏庭へ行き、アイテムボックスを開く。

「ルイ、またチカラ借りるぞ」

俺は森呪術師《ドルイド》のルイからもらったアイテム、【世界樹の枝】を取り出す。

子どもの腰の高さまでくらいの枝を、地面に突き立てる。

そして森呪術師の呪いの歌をつかって、樹木の生長スピードを速める。

世界樹の枝はぐんぐんと大きくなって、見上げるほどの大樹になった。

大樹の先には木の実がたくさんなっている。

これは【世界樹の実】と言って、あらゆる作物に変化する木の実だ。

俺は勇者の身体能力でジャンプして木の実を回収。

「あとは……この実を、地面に埋めるんだっけか」

世界樹の実を適当に地面を掘って埋め、植物の生長スピードを速める歌を使う。

すると実はにょきにょきと地面から芽を出して、トマトやレタスといった野菜に変化する。

また穀物へも変化が可能だったので、小麦をゲット。

肉に野菜、穀物を手に入れた。これで準備はひとまずオッケー。

俺はそのまま調理場へとこっそり向かう。

そこには鉢巻きを巻いたソフィ大人ことフィオナが立っていた。

「ナナミさんからは夕食当番の許可を得てきたぞ。好きに使ってくれだそうだ」

「でかした」

フィオナには母さんとの交渉を任せていた。夕飯は自分が作るから別の仕事をしてくれ……と頼んできてもらったのだ。

ほんと、仲間ができて良かった……と心から思った。

俺は調理場に、とってきた食材をどさどさと出す。

「これだけの量を短時間で……さすがだな」

感心したようにフィオナが頷く。

「いや……俺だけの手柄じゃない。仲間たちがいたからこそだ。もちろんおまえもな」

フィオナがいなければ、こうして食事を作れなかったしな。

「…………はやく準備を進めるぞ。客が帰ってくる」

フィオナの頬が自分の髪と同じ色になる。

【万能調理具】を構えて、フィオナが調理場に立つ。

料理はフィオナが、鉢巻きのチカラを使って美味いものを作ってくれるだろう。

なら俺は別の作業をする。

「あと任せて良いか？」

「かまわないが、何をするんだ？」

「ちょっと料理の隠し味を取りにな」

単に美味い料理を出すだけでは、この宿の価値は高くならない。

料理のちょっと美味い宿屋を、俺は目指してるのではないのだ。

あくまで、この宿を大繁盛させる。それが主題なのだから。

宿を大繁盛させたいのなら、付加価値をつけないといけない。

この宿にはこれがあるから、やってくるのだと、そう思わせたいのだ。

俺は調理場を出て裏庭へと向かう。

そこにはさっき植えた世界樹が立っている。

樹には葉っぱが豊かにおいしげっており、その先からはぴちょん……ぴちょん……と雫が垂れてきている。

俺はアイテムボックスから空き瓶を取り出して、その雫を中に入れる。

この雫は、ただの雫ではない。

【世界樹の雫】という、超レアアイテムだ。

【魔力回復霊薬《エリクサー》】の材料となるアイテムである。

俺は雫を瓶に入れて集めまくる。

なにせ雫は後から後からどんどんと垂れてくるのだ。

瓶いっぱいに詰めて、俺は調理場へと戻る。

「遅いぞユート。準備完了している」

フィオナはすでに料理を終えているようだった。

調理場には大鍋がおいてある。

中には、昨日俺が作ったビーフシチューが入っている。

他にはふわふわの食パン。大皿にいっぱいのグラタン。野菜サラダと……実に美味そうだ。

「何をしてたんだ？」

「こいつを取ってきた」

俺は瓶に入った世界樹の雫を、フィオナに見せる。

「それは……水か？」

「隠し味だ。これを……そうだな、シチューに混ぜるか」

俺は雫を……回復薬の元となるアイテムを、シチューに混ぜておく。

「そんな水なんて入れて味は変わらないだろう？」

「だろうな。味はな」

「？」

「……まあ見てればわかるよ」

そうこうしているうちに、夕方になる。

「ナナさんかえったよー！」

「ばかやろう、気安く俺のナナさんにナナさんっていってんじゃねーよ！」

「おめーのじゃねえよ殺すぞ！」

ダンジョンから戻ってきた客である冒険者たちが、出入り口から入ってきた。

「みんな～おかえりなさい～」

食堂の外から、母さんのふわふわとした声が聞こえる。受付で彼らを出迎えたのだろう。

「あ、そうだ～。フィオナちゃーん、ちょっと来て～」

母さんが食堂にいるフィオナを呼ぶ。

女騎士が出て行くので、その後を俺がついて行く。

母さんはフィオナに気付くと、背後に回って、冒険者たちの前にぐいっと押し出す。

「今日から入ったフィオナちゃんよ～。みんな、仲良くしてね～」

「「「はーい!!」」」

子供かよ……。

あきれる俺をよそに、母さんがニコニコしながら、フィオナの背中を押す。

「ほらほらフィオナちゃん～。みんなにご挨拶しましょうね～」

女騎士は、いやそうに顔をしかめた。

あまり人付き合いとか、得意じゃないからな、この子。

だがフィオナは、母さんの笑顔を見て、はぁとため息をつく。

「……フィオナだ。よろしく」

不愛想に、彼女がつぶやく。

それを見た男たちは、声を潜めて言う。

「おいおいとんでもない美女じゃないか」

「ああ、ナナさんに負けず劣らずの美女だ」

「バカ野郎！　ナナさんが一番だろうが！」

「フィオナさんに乗り換えるなら、俺がナナさんをもらうからな」

最後のやつが、仲間たちにボコられていた。

「みんな～。ケンカはダメよ～。仲良くね～」

「「「はーい！　俺たちめっちゃ仲いいでーす！」」」

母さんは彼らのやり取りを見た後、

「今日のお夕飯はね、なんと新人のフィオナちゃんが作ったの。みんな、食べていかない～？」

母さんのその言葉に、冒険者たちが顔を見合わせる。

「新しい子が作ったのか……」

「それなら……だいじょうぶか？」

「ちょうど腹減ってるし、食ってくか？」

「だな。そうしよう」

どうやら彼らは、食事を取ることに決めたようだ。

ちなみに彼らは、母さんの料理の腕が壊滅的なことは承知している。

今日はフィオナが作ったのなら、じゃあちょっと試しに食ってみるか、となったのだろう。

母さんは冒険者たちを連れて、食堂へ行く。

フィオナは厨房へ行き、お皿にシチューをよそう。

そして冒険者たちのテーブルに、ことり、と皿を置く。

ぐぅ～～～…………。

と、ビーフシチューのにおいをかいだ客の腹が、盛大に鳴る。

「な、なんだこの……うまそうなにおいは……!!」

ごくり……と生唾を飲む客たち。

その間にフィオナは、素早い動きで料理を次々と、テーブルの上に出していく。

ややあって、客の前にシチュー以外に、グラタン、パン、野菜サラダ……と豪華な料理が並んだ。

トロリと煮込まれたビーフシチュー。

グラタンは焼きたてで、チーズがとろとろと現在進行形で溶けている。

パンは白くふわふわとしていて、野菜は全部がみずみずしい。

「えっと……じゃあ、みんな」

客の一人、この冒険者たちのリーダーらしき男が、メンバーを見渡して言う。

「食うか！」

「「「おう!!」」」

男たちは声を上げると、めいめいが食事に手を出す。

客は最初、戸惑いながら食事を口にする。だが……。

「「「うめぇえええええ！！！」」」

と大声で叫ぶと、客たちはがつがつがつ、とものすごいスピードで飯を食らう。

「肉が柔らけえ！」

「パンもなんだこれケーキかよ！　やわらかすぎんぞ！」

「野菜がなんだこれ……味がするぞ。ただの野菜なのに……！」

「ぐらたぁあああああああああん!!　うまいぞぉおおおおお！！！」

客たちが食事を取りながら、感涙にむせていた。

「ぐす……うめえ。こんなにうめえ飯……はじめてだよ……」

リーダーがむせび泣きながら、シチューを食べている。

世界樹の雫が隠し味に入っているシチューを食っている。

ふと……リーダーが気づく。

「あれ……？　なんだ……？」

「どうしたリーダー？」

「シチューいらないのか？　なら俺がもらうけど」

「ナナさんいらないのか？　なら俺がもらうけど」

リーダーは神妙な顔でうなると、仲間の一人に、

「ふざけんなナナさんは俺のもんだ」とにらみつける。

その後、自分のステータスメニューを開く。

「！！？！？！？」

リーダーの目が、驚愕に見開かれる。

「こ、これはぁ！　いったいぜんたい、どういうことだ！」

リーダーが声を張り上げる。

「ＨＰとＭＰが……完全に回復してやがる!!」

リーダーの言葉を聞いたパーティメンバーたちが、

「嘘だろ？」

「いくらうまかったからってさすがに？」

「ナナさん、俺と結婚してくれ！」

とメンバー全員が懐疑的な目をリーダーに向ける。

抜け駆けしようとしたメンバーを全員でボコったあと、全員はステータスメニューを開く。

「マジだ!!」

「うっそだろおい!!」

「HPとMP満タン状態だ！」

全員が驚愕の表情で、自分のステータスに見入っている。

「……あれはどういうことだ？」

フィオナが、こっそり俺に尋ねてくる。

「……世界樹の雫は【魔力回復霊薬《エリクサー》】の材料だ。あれにはHPとMP、それに疲労度を全回復させる効果があるんだよ」

「なるほど……隠し味とはそういうことなのだな」

俺たちをよそに、冒険者たちがわいわいと騒いでいる。

「疲れもなんか取れてるし……おまえら！　もう一回ダンジョンへ行かないか！」

リーダーの提案に、全員が賛同する。

HPMP、そしてその日の疲労は、寝れば回復する。逆に言えば、寝ないと回復しない。

しかしウチで食事をすれば……体力満タン。魔力回復。またダンジョンへ潜れますよ……。

と、付加価値を宿につけることができるのだ。

「ということで、これからオレら、ダンジョン。いってきます!!　これ、食事代です！！！」

リーダーが全員分の食事代を、宿屋のオーナーである母さんに渡す。

「わぁ、ありがと〜」

ぱぁ……と母さんが明るい笑顔になる。客どもがだらしなく笑う。

「よーし！　いくぞオマエら！！！」

「「「おー!!」」」

気力体力がフル充電されたメンバーたちは、そのまま宿の外へと走って行く。

「えへ〜、はじめて食事代もらっちゃった〜」

嬉しそうな母さん。俺とフィオナも、ほっと胸をなで下ろす。

「食事代ゲットだな、ユート。しかも元手はタダだから、丸儲《まるもう》けだ」

すべてダンジョンと仲間からもらったアイテムで、食材を用意した。これからも食事面ではこうやってタダで食材を仕入れて客に出せば……儲かるだろう。

そして……。その一時間後。

「あの……すみません！！！」

【はなまる亭】の出入り口に、冒険者パーティがやってきた。

「ここの飯食えば、ＨＰＭＰが満タンになるって聞いてやってきたんですけど！」

……こうして、あの四人からウワサを聞きつけて、新しい客がウチへやってくる。

母さんはニコニコしながら、客に応対する。

出だしは順調。よし、次だ。

4話　勇者、寝ると超熟睡できるベッドを作る

フィオナが食堂で、冒険者たちに、料理を振る舞っている。

その間に、俺はまたこっそりと、宿を抜け出していた。

もう一人の自分が宿にいる。

だからこうして、オリジナルの俺が抜け出しても、バレないという次第である。

「さてあの四人組冒険者が帰ってくる前に、ちゃっちゃと準備するか」

辺りは暗くなっている。

さっき食堂へやってきた四人組冒険者……パーティの名前を【若き暴牛】という。

若き暴牛の面々は、一度宿に帰ってきたが、ＨＰＭＰと疲労が飯を食ったことで回復。

また狩りへと出かけた。

だがいくら体力とステータスが回復したからといって、人間はずっと働きっぱなしでいられない。

ずっと起きているわけにもいかない。

体が元気でも頭が疲れて、眠くなるのは必定だ。

そうなるとあの四人組は、あと数時間したら眠くなって宿へと帰ってくるわけだ。

「その前に新しいサービスを用意しておかないと」

食事の件で気づいたが、新規客を呼び寄せるためには、既存の客を満足させる必要がある。

泊まりに来たことのある客が、こんなすげえ宿があるんだぜ！
と人に自慢して、口コミが広がっていけば、いずれ宿は繁盛するだろう。
とにかく。
若き暴牛の皆様には、もっと我が宿に満足してもらう必要があるのだ。
あの四人は現状、若い未亡人が看板娘だから来ているという。
ただそれだけの理由で、【はなまる亭】を利用している。
それじゃあだめだ。
宿に泊まればこんな良いことがあるんだと、広く知らせる必要がある。
看板娘だけじゃなくて、サービスを目当てにやってくる客を増やす。
そのためには、彼らに、もっとよりよいサービスを提供する必要があった。
「食事の次は眠りだ」
俺は裏庭でつぶやく。次なるサービスの方針を決める。
「次はベッドだ」
屈伸運動をして、ぐっ、と伸びをする。
「山じい、チカラ借りるぞ」
俺はアイテムボックスを開く。
目当てのものを念じる。
ボックスの中からアイテムがにゅっ……と出てくる。
それは、高さが子どもの大きさほどもある絨毯だ。

それが簀巻きになっている。

俺は裏庭の地面に絨毯を広げる。

それは紺色をしており、青白い光のラインが、樹木の根のように、表面を走っている。

【創造の絨毯】

山小人の間では、【クラフト台】とも言われている。

この絨毯の上に、素材を載せる。

たったそれだけで、作りたいものが、何でも作れるのだ。

「ちょっと試してみるか」

俺は勇者の身体能力を生かして、ちょっと村隣のダンジョンへとダッシュで向かう。

ダンジョンには様々なモンスターが生息している。豚鬼《オーク》といった動物型だけじゃなく、変わった形のモンスターもいる。

その中の一匹、鉱石コウモリを、俺はダンジョン内部で見つける。

「ききっ！　ききききっ！！！」

背中に金属を生やした不思議なコウモリだ。

やたらと素早く動くので、ちょっと捕まえるのに苦労しそうだ。

「よっと。はいげっと」

並の人間なら素早い魔物の動きに翻弄されただろう。

だがあいにくと俺は魔王に匹敵するチカラを持った勇者だ。

身体能力はこの世界の誰よりも高い。

俺の動体視力と脚力にかかれば、素早くて小さなモンスターを捕まえることなど、朝飯前である。

俺は聖剣でさっくり鉱石コウモリを倒す。

あとには金属の鉱石がドロップする。

俺はその要領でさくさくと金属を集める。

途中、何度か冒険者に見つかりそうになったので、高速で物陰に隠れた。

「あっぶね……。見つかるところだった……」

俺は岩陰に隠れながら、アイテムボックスに鉱石を入れていく。

「十歳の子どもがダンジョンを出歩いていたら、そりゃ騒ぎになるし、捕まって親元まで突き出されるよな」

俺は十歳の子どもだ。

だから何をするにしても、制限がかかる。ダンジョンも自由に歩けない。

「今は良いけど見つかったらやばいな……。なにか策を講じないと」

とりあえず今はそのことは置いといて、目先のことに集中しよう。

俺はダンジョンを離れて村へ戻り、裏庭へとやってくる。

絨毯の上に、俺はついさっき取ってきたばかりの鉱石を落とす。


――ずぶぶぶっ、ずぶっ。

と、絨毯の中に、鉱石が吸い込まれていく。

鉱石は絨毯の中へと、落ちていった。

「そんで……確か……こう、手を突っ込むんだったよな」

山じいだけじゃなく、ほかの勇者パーティメンバーから、アイテムの使い方は伝授されている。

俺は絨毯の前でしゃがみ込む。

表面に手をずぶ……っとツッコむ。

「うへ。なんだこれ。泥の中に手いれてるみたいだ」

ぬるぬるでどろどろとした液体の中にいるような感覚に、顔を顰《しか》める。

すると突如として、頭の中に【図】が広がる。

それは絨毯表面に描かれていた、樹木の根っこのような絵だった。

無数の根っこの先には、【鉄の剣】や、【鉄の鎧】。

そういったアイテムの名前が、無数に書いてある。

樹木の根っこを形成する、そのてっぺんには、【鉄鉱石】と書かれていた。

どうやら鉄鉱石から作れるものを表した表らしい。

俺は図のなかのひとつ、【鉄の斧】が欲しいと念じる。

【創造しますか？　ＹＥＳ／ＮＯ】

脳内にメッセージが聞こえてきた。俺はイエスと念じる。

「あとは……よっと」

俺は絨毯の中から手を引き抜く。

俺の手には……ひとふりの、鉄の斧がにぎられていた。

この【創造の絨毯】は、こうして素材を絨毯の中に放り込んで手を突っ込む。

そして作りたいものを表から選べば、自動的に道具が生成されるのだ。

「作るの楽だな。よし」

俺は作ったばかりの鉄の斧を持って、村を出て森に入る。

勇者の身体能力を使えば、森の大木なんてバターのごとく切り倒せた。

「またあとで必要になるかもだし、多めに切っとくか」

すこん、すこん、すこん。

巨人の腕ほどぶっとい大木が、斧をひょいっと振るうだけで次々と倒れていく。

あまり調子に乗って取り過ぎないようにしないと。

これは誰がやったんだと言われるかもしれないからな。

俺は場所を移動しながら原木を集める。

原木をある程度集めて、アイテムボックスにつっこみ、裏庭へと戻る。

絨毯に倒した原木を、そのままにゅるっとツッコむ。

ずぶぶ……と底なし沼に木が沈んでいく。

原木を絨毯に入れたあと、しゃがみ込んで手を突っ込む。

脳裏にあの【表】が広がり、無数にある選択肢の中から、俺は【ベッド】を選択しようとする。

しかし……。

【材料が足りないため作れません】

とアナウンスが流れた。

「材料……他に何が必要なんだ？」

すると脳裏に、羊などの動物の毛が必要とアナウンス。

「羊毛アイテムをドロップするのは……たしかこの森の外の草原にいる、ワイルド・シープだな」

ワイルド・シープ。

言葉通り羊型のモンスターだ。

このモンスターは俺がよく行く、村隣のダンジョン内部には、出現しないモンスターだ。

森の外、ちょっと離れた場所に、ワイルド・シープたちは群れで生活している。

「わざわざそこへ行くのも面倒だな……」

すでにそこそこ時間が経過している。

ベッドを作る時間を加味すると、羊毛集めに時間なんて割けない。

「よし……アレを使うか」

俺はアイテムボックスを開いて、仲間たちからもらったチートアイテムを取り出す。

「えるる……おまえんちの家宝、ありがたく使わせてもらうぞ」

そこから出てきたのは、一本の長い弓だ。

何の樹木でできてるのかは不明だが、緑色に淡く光り輝いている。

弦は月明かりのように青白く光り輝いている。

飾り気のないこの美しい弓。

これが、仲間のエルフ、えるるからもらったチートアイテム。

【聖弓ホークアイ】だ。

俺は聖弓の弦に手をかけて、空を見上げる。
すると俺の視界がぽう……っと、弓と同じ緑に光る。
俺の目には、まるで空中から地面を見下ろしているみたいな風景がうつる。
まさしく鳥の視点となって、俺はあたりを見下ろす。
やがて俺は、草原を走るワイルド・シープの群れを見つける。
「よし……いくぞ」
俺は弦をひく。
矢はつがえない。
矢は、必要ないのだ。
ぎりり……と弦が極限までひかれると、弓の中央に、弦と同じ青白い光が収束する。
青い光は弦を離すと同時に、光る魔法の矢となる。
遥か空の彼方まで、矢はすさまじいスピードで飛んでいく。
この聖弓は矢を無限に生成してくれるのだ。
しかもこの矢は必中。
どこにいても獲物を探し当てることができる。
どこでも、獲物に矢を当てることができる。
そして特殊な能力がもう一つ備わっているのだ。
それはすぐにわかる。
弓を持つ俺の目は、先ほどから遠方にいるワイルド・シープを捉えている。

やがてシュコン……！　と魔法の矢が高速で飛来。
ワイルド・シープの心臓を、矢が正確に貫く。
ＨＰは瞬く間にゼロになる。
その場に魔法の矢と、そしてドロップアイテムが散らばる。
いくら遠距離射撃が可能であっても、倒したあとのアイテムは、その場に残る。
アイテムを回収するためには、わざわざそこへと赴かないといけない。
……と思ったらそれは間違いだ。
聖弓ホークアイの真のチカラは、ここから発揮される。
ワイルド・シープが倒れたあと。
その場に残った矢が、ぱぁ……っと光り輝く。
すると矢を中心に、魔法陣が展開。
魔法陣が消えると、あたりに散らばっていたドロップアイテムが、すべて消えていた。
「ふぅ……」
俺は構えていた弓を下ろして、吐息を吐く。
すると俺の目の前に魔法陣が出現。
そこから、ドロップアイテムが転がり落ちてきた。
「ほんと、すげえよ、この弓矢」
遠隔での必中攻撃。
しかも倒したあと、ドロップアイテムを自動で転送してくれる機能付き。

「羊毛は……あったあった。肉までドロップされてる。ありがたい」

アイテムボックスに羊肉や羊毛を回収。

俺は聖弓を使ってワイルド・シープを何体か倒し、羊毛を大量にゲット。

「あとは絨毯に入れて……完成」

自分で回収した木材と羊毛とを組み合わせて、俺はふかふかのベッドを作り出す。

ウチにあるベッドは木をただたんに台状にしただけで、寝心地はハッキリ言って最悪だ。

固いので腰が痛くなる。

寝苦しくて何度も寝返りを打ってしまうのだ。

その点、今作ったふかふかのベッドは、横になるとマットが体を押し返してくる。

実に寝心地が良い。

「さて……もう一工夫するか」

ただ寝心地の良いベッドにするだけでは、不十分だ。

食事の時と一緒で、付加価値をつけないとならない。

この宿にはすげえベッドがあるんだ。

この宿にしかないんだ。

じゃあ行ってみるか。

そう客に思わせないとだめなのだ。

俺はアイテムボックスから、錬金術師、エドワードからもらった【万能水薬】を取り出す。

これは何でも思ったとおりの効能をしめす薬を作れるというもの。

「ええっと……あれとあれをまぜて、それから……」

俺は万能水薬と、森呪術師《ドルイド》からもらった【眠りの花】から、とあるものを作る。

それを作ってベッドに振りかけて……。

「完成だ。あとは部屋にこのベッドを設置するだけっと」

☆

ベッドを作った、翌日。

俺は母さんとソフィ、そしてフィオナと、食堂で朝食を取っていた。

「ゆーくんゆーくんっ。はい、あーん」

食堂の丸テーブルにて。俺の隣に腰を下ろしているソフィが、スプーンを俺に向けてくる。

今日の朝食はコーンフレークだ。

世界樹の実からは穀物がとれる。

それとダンジョンでとってきた果物と、ミルクを使って、作ったのである。

ソフィがにっこにこしながら、スプーンを俺に差し出してくる。

「ユート。貴様こっちを向け」

逆側に座るのは、フィオナだ。

彼女もうちの従業員となったので、こうしてみんなで一緒に飯を食っているのである。

「なにすんのっ？　ゆーくんとのあまいじかんをじゃましないでっ！」

ソフィがフィオナをキッ……！　とにらむ。

それが未来の自分であるとは、彼女は知らない。

「そんなものは知るか。ユートは私のコーンフレークを食べるのだ。口を開けろユート。でなければ切る」

「わ、わかったから朝から物騒なのはやめてくれ」

俺はフィオナに向かって口を向けるとぐいっ、とソフィに服の背中のところを引っ張られる。

「ゆーくんはっ！　ふぃーのたべるのー！　ふぃーいがいのものをたべるのきんしー！」

ぐいぐい、とスプーンを俺の口にツッコんでくる。

「貴様離せ。ユートが嫌がっているだろう。無理矢理食べさせるとはどういう了見だ」

「おばちゃんだってさっき無理矢理たべさせようとしてたでしょ！」

するとフィオナの表情が、ぴし……！　と固まる。

「お、おば……おばば……おばばばばば」

震える唇で、フィオナがつぶやく。

「フィオナ。気を静めるんだ」

「わかったユート」

「そうか良かった」

「首を一息にはねれば良いんだな」

「ぜんぜんわかってねえ！」

フィオナがソフィをにらみつける。

「この女を殺せば私の気分は晴れて気が静まる。そういうことだろう？」

「ちがうから……。朝から騒ぎを起こさないでくれ……」

俺がフィオナを落ち着かせていると、ソフィがむむっ、と唇を尖らせる。

「このおんなってなにっ！　ふぃーにはふぃーってなまえがあるもんっ！　おばちゃんのばーか！」

ソフィに触発されて、フィオナが過去の自分を見下ろして言う。

「私にもフィオナという名前がある。きちんと名前で呼べソフィ」

「うんっ！　わかったフィオナおばちゃん！」

「………………」

「無言で剣を抜こうとするの禁止な」

俺は背後からフィオナを羽交い締めにする。

母さんはそれを見て「みんな仲よしさんだね～」とぽわぽわと笑っていた。

この光景を見て仲よしって解釈するのすげえなこの人……。

と思っていた、そのときだった。

「ナナさーん！！！」

だだだだーっ！！！　と二階から騒がしい足音が降りてくる。

食堂に入ってきたのはいつもの四バカ冒険者……もとい、【若き暴牛】の面々だった。

「ナナさんっ！　こりゃ……こりゃあいったいどういうことなんだっ！」

若き暴牛のリーダーが、この宿のオーナーである母さんの前に、血相を変えてやってくる。

「みんなどうしたの～？　なにかあった～？」

するとき若き暴牛のほかの三人が、

「すげえんだよ」

「とにかくすげえやべえんだよ」

「やばすぎてやべえんだよ」

と母さんに言う。何も伝わってねえ……。

「やばい～？　なにがやばいの～？」

トンチンカンなメンバーの言葉に、母さんがハテと首をかしげる。

「おまえらちょっと黙ってろ。リーダーである俺がナナさんに説明するから」

すると暴牛のメンバーたちが、

「ふざけんな！」

「ひとりで抜け駆けするつもりだろ！」

「俺だってナナさんと会話したいのに！」

最終的にリーダーがメンバーたちを物理で黙らせた。

「ナナさん、昨日フィオナさんが用意してくれたベッドに、俺たちは寝たんだ」

俺は昨日作ったベッドを、フィオナが作ったこととして、母さんに報告した。

若き暴牛のメンバーがとまっているのは、二階の四人部屋。

そこのベッド四つを、試験的に魔法のベッドに替えたわけだ。

「すぐに寝付けた。横になった瞬間、一秒足らずでだ」

「まあ～。それだけお疲れだったのね～。お疲れ様～」

「いやそうじゃないんだが……」

とか言いつつ、母さんにデレデレとした笑みを浮かべるリーダー。

メンバーたちは、

「死ね」

「くたばれ」

「でれでれすんな。金玉けるぞ」と呪詛《じゅそ》を送る。

リーダーは気を取り直して続ける。

「びっくりするくらいに眠れたんだ」

どうやら効果は現れたみたいだ。

「すげえよナナさん、疲れが一気に消し飛んだぜ！」

「横になったと思ったら朝になってたし、肩こりとか腰痛とかが全部なくなってやがった！」

「寝不足気味だったのが一気に解消されたぜ。そんなに寝た感じじゃねえのに、十時間くらい熟睡したみたいになってやがった！」

フィオナがこっそりと俺に近づいて尋ねてくる。

「……あれはどういう仕組みなんだ？」

「ん。単純だよ。ベッドにこれを振りかけたんだ」

そう言って俺は、アイテムボックスの中から、ガラス瓶を取り出す。

中には紫の液体が入っている。

「これは……香水か？」

フィオナの言葉に、俺は頷く。

俺はベッドを作ったあとに、エドワードからもらった万能水薬を用いて、香水を作ったのだ。

「この香水には眠りの花……っていう森呪術師《ドルイド》が呪術に使う特殊な花の成分が含まれているんだ」

前にソフィを眠らせるときに使った、あの花である。

においを嗅いだ者を深い眠りへと誘う魔法の花だ。

あの種はまだアイテムボックス内にいくつか残っていた。

種から森呪術師の樹木を育てる呪いの歌を使って、俺は花を作る。

あとは水薬とまぜて、眠くなる香水を作った次第だ。

「すげえよナナさん！　あなたの宿のベッドは最高だ！」

リーダーが母さんを褒める。

「ホント最高だ！」

「ナナさんほどじゃないがな！」

「ほんとナナさんの最高加減まじ最高だからな！」

メンバーたちが、口々に母さんを褒める。

「えへへ～、ありがと～。でもね、ベッドを作ったのは、うちのフィオナちゃんなの～」

母さんは笑みを浮かべると、フィオナのそばまでやってくる。

フィオナの肩を押して若き暴牛の面々の前へと押しやる。

「フィオナちゃんすごいのよ～。料理も天才、ベッド作りも天才なの～」

「や、やめてくれナナさん……」

と顔を真っ赤にしてフィオナがつぶやく。

「ぷー。ふぃーのけものつまらない」

ソフィはおいてけぼりをくらって、つまらなそうにしていた。

俺はソフィの隣に座って、コーンフレークを食べさせる。

「ほら、あーん」

「えへへ～、あーんっ。うふっ、しんこんさんみたいー！　ふぃーたちしんこんさ～ん」

ソフィがくねくね、と体を捩《よじ》る。

「聞き捨てならないな」

そう言ってフィオナが、俺とソフィの間に、割って入る。

「ユート。き、貴様。私がいながら浮気とは、万死に値するぞ！」

フィオナが顔を真っ赤にして、俺の襟首をつかんでくる。

「落ち着けってフィオナ。子供の言ってることだ」

「そ、そうだったな……うむ。取り乱した」

すると今度は、ソフィが俺たちの間に入ってくる。

「だめー！　ふぃーのゆーくんをいじめないで、フィオナちゃん！」

両手を広げて、フィオナから俺を守るようにして、ソフィが言う。

「……いじめてなどない。そしてユートは貴様のものではない」

「ゆーくんはふぃーのゆーくんだもん！」

「違う、ユートは私の物だ」

フィオナとソフィが、それぞれ、俺の腕を引っ張ってくる。

そのどちらもが同一人物というのが、なんだかおかしかった。

「ゆーくんっ！　ふぃーのゆーくんだよね！」

「ユート！　私のユートだよな!?」

俺は答えに困った。どっちもソフィだし、どちらもが大切。

だがどちらか一方を立てると、片方に角が立つ。

「あら～。なかよしさんね、ふたりとも～」

答えに困っていると、それを見ていた母さんが、ニコニコぽわぽわと笑った。

周りにいた冒険者たちも、俺たちをほほえましいものを見る目で見てくる。

まあ、とにもかくにも。

こうして【食べるとＨＰＭＰが回復する食事】【寝れば超熟睡できるベッド】という、この宿の付加価値を生み出すことに成功。

さらに若き暴牛という広告塔も手に入れた。

これから人は増えるだろう。

まだ大繁盛にはほど遠いだろうが、これからだ。これから。

一歩ずつ、問題を解決して、この宿を大きくし、母さんを楽させるのだ。

第3章

1話　勇者、商人を雇う

ベッドを作ってから一週間後。
昼前のできごとだ。
あれからそこそこ日が経ったが、人の入りはぼちぼち。
食事とベッドを改善したからといって、急に客が増えるわけではない。
ここはダンジョンのすぐそばにある村だ。
理屈で言えば、冒険者がたくさんここを訪れるはず。
だが、とある理由で、そうはならないのだ。
それはさておき。
俺はその日、食料の調達にダンジョンへ行って、村へ帰ってきた。
この村はダンジョンの真横にある。
ダンジョンは、深い森の中にある。

その近くにある村も、当然、四方を森で囲まれていた。

村の周囲には柵《さく》が立っている。

人の身長の倍ほどある木の杭で、柵を作っている。

柵は、村をぐるりと一周するようにして、突き刺さっていた。

出入り口である門の前には、村でヒマしている若者が立っている。

俺は軽くあいさつをして入る。

村には木造の平屋が、いくつか立っている。

村の子供たちが走り回っている。

老人が家の前でひなたぼっこしていた。

通りを歩く人間は少ない。

というか村の人間しかみかけない。

まあ、宿以外に何の見所もない辺境村だ。よそ者が足を運ぶ場所ではない。

……もっとも、ここをよそ者が訪れない理由は、ほかにあるんだけど。

宿に向かって歩いていた、そのときだった。

「どうしてここで店を開いちゃいけないんですかっ！！！」

少女のような高い声が、どこからか響いてきた。

「とても良い立地ではないですか!!　アイテムショップ、武器屋……それらを置けばすごく儲かります！　なのにどうして……！！！」

大声は村長の家から聞こえてくるようだ。

「よそものはだめとはどういうことですか……！　きちんと土地代も払いますし……そういうことじゃない!?　じゃあどういうことなんですか!?」

俺は気になって村長宅へ向かって歩く。

この村にして珍しい石造りの家から、きゃんきゃんと子犬のような声がきこえて来るではないか。

「もういいですこんの分からず屋!!」

そう言って、村長の家のドアが開く。

そこから出てきたのは……小さな女の子だった。

子供の俺と同じくらい、下手したら俺よりも小さな女の子である。

短い水色の髪に、まぶかに帽子を被って、マントを羽織っている。

手脚は細く、栄養状態が心配される。

顔色も少し青白かった。

「まったくわからず屋……！　ここに店を開けば大儲けできるでしょうに……まったくもうっ、まったくもうっ！」

怒り心頭の少女はずんずん、と村長の家から出てくる。

「ワタシがこの程度で諦《あきら》めると思ったら大間違いですからね！　また来ますからね！」

村長の家に向かって少女が吠えると、またずんずんと歩いて行く。

と、そのときだった。

ふら……と少女の体が、傾いたのだ。

「おい！」

倒れそうになる少女の体を、俺がとっさに支える。羽のように少女は軽かった。

顔色もよく見るととても悪い。頬はこけていた。

「うぅ……」

「おいあんた、だいじょうぶか！」

すると……

ぐぅううう～～～～～～……………………。

と、少女の腹から、とんでもなく大きな腹の虫の音が聞こえてくるではないか。

「おまえ腹減ってるのか？」

「うう………めし………でもお金………」

少女がうわごとのようにつぶやく。どうやら腹減って動けないみたいだ。

「………」

村の人間は、倒れている水色髪の少女を見ても、誰も心配して声をかけてくることはない。

村人は全員この少女に関わろうとしていなかった。

「……しょうがない、ウチに連れて行くか。あれ？」

そのとき、あるものが目に付いた。

「この子、よく見ると……耳が……」

少女の耳は人間のものではなかった。

少しばかり尖っている。

エルフの耳にしては短い。

……とにかく人間のものではないみたいだ。

「……本人に聞くしかないな」

俺は少女をひょいっと背負う。勇者のステータスを引き継いでいるため、子供の体であっても、容易く人ひとりをおんぶすることができる。

俺は少女を連れて、宿屋【はなまる亭】へと向かう。

ドアを開けると、正面のフロントで、母さんが受付テーブルを雑巾がけしていた。

「ユートくん～？　あれ、その子は～？」

「……お腹空かせて倒れたみたい」

「あらたいへん～。すぐにご飯の支度しないと～」

このお人好し母さんは、困っている人を見捨てておけないのだ。

「じゃあ俺はこの子を空いてる部屋に寝かせてくるね」

「そうね～。おきたらごはんにしましょうか～」

母さんは食堂へ行く。

たぶんフィオナが食堂にいるだろうから、メシのことは心配しないで良いだろう。

俺は少女を背負うと、そのまま一階西側の、一人部屋の空き部屋へと向かうのだった。

☆

少女は一時間後くらいに、目を覚ました。

ガバッ……!!

とベッドに寝ていた少女が、勢いよく体を起こす。

「だいじょうぶか?」

俺はちょうど、この子の様子を見に来てるところだった。

「……なんですか、このベッド」

「え、なんだ?」

ぐいっ、と少女が、俺の服の襟元を掴んで、引き寄せる。

「なんですかこのベッドはと聞いたのですよ!」

鬼気迫る表情で、少女が俺に問うてくる。

「超ぐっすり眠れました! 十時間くらい寝たかと思いました。今何時ですか? 一時間くらいしか経ってませんよね!?」

少女が部屋に設《しつら》えてある時計を指さして言う。

「あ、うん……」

「スゴいベッドです……どこで購入したのですか!? 購入先を教えてください!」

血走った目で俺を見上げてくる。

「ええっと……別に買ったわけじゃない。ウチの従業員が作ったんだよ、このベッド」

「従業員……?」

少女はどうやら、今置かれている状況がわからないみたいだ。

まあ倒れて起きたらここだもんな。

無理もない。

俺は軽くこの子を拾ってから、ここへ来るまでの経緯を話す。

ウチが宿屋であることも告げる。

「宿屋……。なるほど……」

ぎり……っと少女が口惜しそうに歯がみする。

「ワタシ、宿はあまり使いません。お金がもったいないので普段は野宿なんです。……ですが、ここは、しょうがない」

少女は懐から革袋を取り出す。

中から銀貨を一枚取り出して、俺に手渡してくる。

「これは宿泊費です。一泊ここに泊まります。ご迷惑をさっきかけた分ちょっと色をつけておきましたが、これくらいが適正価格ですよね？」

その言葉に、俺は「いや……」と言って首を振る。

「まさか金貨一枚ですか？　確かにそれくらいここのベッドの寝心地は良いですが、アメニティが不足してることや設備の状態から、銅貨五十枚。迷惑料込みで銀貨一枚が妥当かと思うのですが」

「いや、そうじゃなくって。うち、一泊銅貨十枚だから」

ちなみに、銅貨一枚で安いパンが一つ買える。

水入りの革袋が一つ買える。

一泊銅貨十枚。

それが、昔から父さんが設定していた、宿泊にかかる金額だ。

ちなみに銅貨十枚あればランチ一食が食べられる。

宿泊と食事込みで銅貨二十枚だ。

さらに言うと銀貨一枚＝銅貨百枚分である。

だから銀貨一枚はもらいすぎなのだ。

「…………」

ぽかーん、と水色髪の少女が、口と目を大きく開けている。

唇が震えていた。

「うそでしょう……？　一泊銅貨十枚ですって……？」

信じられない、とばかりに、少女の顔が次第に憤怒《ふんぬ》に変わる。

「こんな心地よい眠りを提供できるのに、銅貨十枚？　あなたたち商売する気あるんですか！」

かーっ！　と歯を剥く少女。

「いやうん。そうだよな。俺もそう思う」

以前ならいざしらず、今はベッドが改善されたのだ。

もう少し金額を上げて良いと思うのだが、子供の俺は経営に口を出せない。

フィオナに言わせようとするが、あいにく彼女は剣に生きる女なため、口でオーナーを説得させることができない。

よって一泊の金額は手つかずのままだったのだ。

それはさておき。

俺が同意を示すと、

「でしょう!?　まったくここのオーナーは」

　と怒り心頭の水色髪少女。

「あのお客様……」

「ルーシーです。ルーシー・ペンデュラム。まだ宿泊費を払ってないのでお客様なんてへりくだった言い方しなくて良いです」

「あ、うん。わかった……」

　ルーシーは「一言言ってやらないと」とぶつくさ文句を言っている。

「ワタシがここの経営者なら、一泊銅貨二十枚……いや、村がダンジョンに近いことを考えれば、五十枚は妥当ですね」

「あんまりいきなり高くすると客が来てくれないんじゃないか？」

「逆ですよ」

　ふぅと、息を吐くルーシー。

「ここサービスの割に安すぎです。それだと逆に客が不安になります。なにかわけありの物件なのではとか、あるいはあとから追加でサービス料として金を取られるんじゃないかと不安になるのです」

　やけに物知りだな、この子。

「安いことは長所でありますが、安すぎると宿に対する信頼が落ちて不審感が募ります。だから宿側は適正価格を見極める必要があり、だからこそ優秀な経営者がいるんです。違いますか？」

「いや……まったくもってその通りだと思う」

拍手したいくらいだった。

この子はどうやら、経営に知識があるみたいだった。

ルーシーはしばらく考え込んだあと、

「坊や。ここのオーナーに会わせてくれませんか？　ちょっとお話が……」

と、そのときだった。

ぐぅ～～～～～～～～～………………。

とルーシーの腹が、またしても盛大になったのだった。

「くぅ……」

とルーシーが顔を真っ赤にする。

「母さんが食事を用意してるよ。ここのオーナーは俺の母さんだ。話があるならそこですればいい」

ルーシーは頷くと、食堂に案内してくれるよう頼んでくる。

俺はルーシーとともに客室を出て、一階東側、食堂へとやってくる。

調理場には母さんとフィオナがいた。ソフィは二階でもう一人の【俺】と遊んでいるらしい。

「あら～。目が覚めたのね～。良かったわ～」

ぽわぽわ笑いながら、母さんが調理場から出てくる。

フィオナは料理を持って、ルーシーの座る席へとやってきた。

「あなたがここのオーナーですか？」

ルーシーがイスから降りて、母さんを見上げて言う。

「はい～。【はなまる亭】でオーナーやってます、ナナミと申します～」

「ナナミさん、実は折り入ってお話が……」

と話を切り出す前に、ルーシーがぴたり、と止まる。

テーブルの上に載っているポトフとパン、そして手ごねハンバーグを見て、

「……話は、食事のあとでいいでしょうか?」

イスにすとんと座る。

じゅる……とヨダレを口の端から垂らしていた。

子供みたいだな。

「……こんな美味しそうな食事、結構高いですよね。けど……我慢の限界です。食べましょう」

ルーシーがぶつくさそう言った後、

「いただきます」

「はい～。めしあがれ～」

ルーシーは最初にポトフに手をつける。

ジャガイモとにんじんがごろっと入っており、新鮮なキャベツはスープをすってしんなりしてる。

中には大きめのソーセージが一度焼いてから投入されている。

野菜は世界樹の実から栽培、ソーセージはダンジョンのモンスターからドロップした肉を【食神の鉢巻き】でプロ級料理人になった俺が加工したものだ。

ルーシーはソーセージをスプーンで掬って、かぶりつく。パリッ……! と皮がはじける。

「…………」

咀嚼したあとごくりと飲み込み、ポトフを凝視する。

次の瞬間には、ルーシーの手はとまることなく動いていた。

「…………！」

「がふがふ！　がつがつ！　ががっ、がががっ!!」

野菜やソーセージと一緒にスープを飲み干し、パンにかぶりついてまた目を大きく見開く。

ジャムの瓶からたっぷりとイチゴジャムを取り出して、白パンに塗りたくり、またもがふがふと勢いよく食べる。

ちなみにジャムは世界樹の実からイチゴとサトウキビを栽培。サトウキビを【創造の絨毯】で加工して【砂糖】にかえたあと、鍋でじっくり一時間煮込んで作ったものだ。

口周りのジャムに気づかずに、ルーシーは次にメインディッシュ、ハンバーグに着手。

これはダンジョンで取ってきた肉を、挽肉に加工して、手ごねして作ったものだ。

隠し味として、アイテムボックスに入っていた、【チカラの落花生】を砕いて入れてある。

【チカラの落花生】とは、眠りの花と同じで特別な植物だ。

食べると力のステータスが一定時間上昇する。

いわゆるバフの効果があるのだ。

スープに入っている世界樹の雫でＨＰＭＰが完全に回復。

さらにハンバーグを食ってステータス一時的に上昇。

冒険者向けに俺が考案した料理を、ルーシーが実に美味そうに食べていた。

残さず全部食べたあと、スープをもういっぱいお代わりする。

皿はきれいにからになっていた。

ルーシーは子供のような小さなお腹を、ぽんぽんと押さえながら、恍惚《こうこつ》の表情を浮かべる。

「素晴らしい……」

ルーシーはイスに座った状態で、オーナーである母さんを見る。

「オーナー。とても良い料理でした。心も体も満足する、そんな料理です」

ルーシーがとろんとした表情を浮かべる。

「ワタシ、あまり食事や睡眠に金を落とさない主義なのです。寝る場所なんて屋根さえあればいい、食事なんて腹がふくれればそれでいい。そう思ってました」

ですが……とルーシー。

「ここのベッド、そして食事は、とても……とてつもなく高品質なものでした。文句の付け所のないものです。しかも……」

と言ってルーシーがステータスを開く。

「ああ、やはりですか。食べる前に【鑑定】してたからわかってましたが」

ルーシーは得心顔でそう言う。

どうやらこの子、鑑定を使えるみたいだ。

「オーナー。この食事には【HP回復】【MP回復】【疲労回復】効果、そして【攻撃力＋二十％】の効果が付与されてます」

母さんがまぁ、と驚いている。

「すごいわ〜。フィオナちゃんの料理、まさかそんな効果があるなんて〜」

調理場の向こうに立っていたフィオナに、母さんが言う。

ルーシーは立ちあがると、フィオナの前まで移動。

す……っと手を出す。

「なんだ？」

「あなたに敬意を。まさかこのような辺境の村で、味、実用性を兼ねたハイクオリティな食事を提供できるなんて。さぞ高名な料理人かと存じます」

ルーシーがフィオナをべた褒めしていた。

「しかも客層が冒険者であることを考慮の上、客の需要にあった効果の料理を出す。思いついたとしても実際に作るのはとても難しいことです。誰にでもできることではありません」

するとフィオナが、「そうだろうそうだろう」と自慢げに頷く。

「これを作ったヤツはスゴいヤツなのだ。もっと褒めてやってくれ」

「は、はぁ？　あなたが作ったのに、まるで誰か他の人が作ったみたいな言い方をするのですね」

ルーシーが困惑していた。彼女はフィオナが料理を作っていると思い込んでいるため、赤髪少女の発言に疑問を持ったのだ。

「まあな。事実」「フィオナ」

俺は女騎士がボロを出す前にストップをかける。

「あなたでないとしたら……オーナーが？　【鑑定】」

と言って、ルーシーがスキルを発動させる。

鑑定を使えば、相手のステータスを見ることができる。……って、まずくないか？

「失礼ですがオーナー。あなたの料理スキルの数値は、この料理を作れるほどに高くありません」

「そうなの～？」

「はい。フィオナさんでないとすればあとは……」

そう言って、ルーシーが俺を見やる。

まずい。彼女は今、鑑定スキルを使っている最中だ。

つまり……。

「な、なんですかこのとんでもない数字は!?」

やはりか。しまった。

鑑定スキルを使って、ルーシーは俺のステータスとレベルを見てしまったのだ。

「物理攻撃力……九六八〇!?　バグですか？　しかし鑑定は絶対……。こんな数値……」

とルーシーが俺への疑念を深めていたので、俺は彼女の手を取って、

「ちょっと来てくれ」

彼女をさっき寝かせていた客室へと、連れて行ったのだ。

☆

俺はある程度の事情をルーシーに話した。

魔王と勇者のこと。

俺が勇者であること。

だからステータスが異常に高いのだということ。

そして未来から願いの指輪を使ってきたこと。

その動機が、過労で死んだ母さんの悲しい運命を変えるためであること。

母さんに親孝行したいから、こうしてあれこれと頑張っていること……。

全部を打ち明けた。

そうでないと、辺境村のただの十歳の少年が、物理攻撃力九千オーバーの化け物であることに、整合性がとれないからな。

「なるほど……あなたの異常なステータスの値は、そういうことだったんですね」

ベッドに腰を下ろすルーシー。

部屋の中だというのに彼女は帽子を被ったままだった。

「勇者に魔王ですか……。確かに古代には魔王という強大な魔の王がいて、それを勇者が倒したという文献があるにはあります」

俺は左手を彼女に向ける。

勇者を知っているなら、これも知っているだろう。

俺は普段から、両手に黒いグローブをはめている。

十歳の男の子だ。カッコつけて、こういうものを身につけていても不審がられないだろう。

グローブを取って、左手の紋章を見せる。

「勇者の紋章……」

「知っていたか」

「ええ、まあ……。しかし本当にあるとは」

うむむ、とルーシーが考え込む。

「では一周目の世界がって話も事実なのですね」

「ああ。勇者がいて、魔王がいた。勇者は魔王を倒して引退。今に至るってわけ」

「……母親の運命を変えるため、ですか」

ふむ……とルーシーが考え込む。彼女は俺の動機と目的を知っている。

「ユートくん、さっきの食事はいくらで出しているものなのですか？」

ルーシーがふと尋ねてくる。

「食事は銅貨十枚。食事付きで宿泊すると、二食つきで銅貨二十枚」

「……安すぎです。ガバガバすぎでしょ、その料金設定」

呆れたようにルーシーがため息をつく。

「まあ正直俺もそう思っている。なにせ母さんも俺も、経営の素人だからな」

「……そうですか。わかりました」

うん、とルーシーが頷く。

「ユートくん、ワタシを雇いませんか？」

「おまえを？　雇う？」

「ええ、ワタシはこう見えて優秀な商人です。まあ、駆け出しですが。それにワタシは鑑定スキルを持っています。利益計算の時に役に立ちます」

ものの価値・価格すらも鑑定できるらしい。

「それにいろいろと経営についてアドバイスできると思いますよ。ふたりでアイディアを出し合えばよりここを繁盛させられると思うのですがどうでしょうか？」

「そうだな……よろしく頼むよ。ただ黙ってて欲しいんだけど」

俺が未来から来たことは黙ってて欲しいとルーシーに伝える。

「かまいませんよ。ワタシがそれを公言したところでメリットはないですし。雇い主がそうしろというのなら素直に従います」

給料については、あとで相談することにした。

「では……ユートくん。これからよろしく」

す……とルーシーが手を伸ばしてくる。

「おまえって結構歳《とし》いっているのか？　俺のことくんってつけて呼ぶし」

どう見てもルーシーの方が見た目は子供だ。

「ええ、まあ。まあ秘密を知ったよしみで教えてあげますが、ワタシはハーフエルフなのです」

す……っとルーシーが帽子を取る。

ちょっと尖った耳がそこにあった。

「エルフほどではありませんが、人間よりは長寿です」

「なるほど……見た目は子供だけど、中身は結構いってるんだな」

「そういうことです。では、あらためて」

「ああ……よろしく、ルーシー」

こうして、俺は経営者とアドバイザーを手に入れたのだった。

2話　勇者、入れば傷を治す露天風呂を作る

ハーフエルフの商人・ルーシーが仲間になった。

その日の夜。日がすっかり落ちた頃合い。

俺はソフィとルーシーとともに、村近くの河原へとやってきていた。

と言っても別に水遊びがしたいのではない。

身を清めるためだ。

「ゆーくんとおっふろ、おっふろ、おっふ～ろっ！」

河原へとやってきたソフィは、俺が止める前に服を全部脱いで、川へと入っていく。

「…………」

その様を見て、ルーシーは絶句していた。

「ゆーくんはやくー！　はやくおいでよ～！　つめたくってきもちがいいよー」

川の浅いところで、ぱしゃぱしゃとはしゃぎながら、ソフィが俺を呼ぶ。

俺が服を脱いでいると、

「ゆーくんはりあっぷ！　はりーはりー！」

「わかったって」

俺はズボンとシャツを脱いで、タオルを腰に巻いて川へと向かう。

「……川って。川って。川って……」

ルーシーは目を大きく剝いて、口をあんぐり開けながら、何かをつぶやいている。

俺は服を脱いでソフィの元へ行く。

「ソフィ。頭洗うぞ。ほら、こっちこい」

「やっ！　ふぃー、あたまをあらわれるのが、きらいなのです！」

ソフィが腕で×印を作る。

「おめめにあわがはいるの、きらいなのっ！　だから、やっ！」

ソフィはそう言うと、川へぴょん、と飛び込む。

ばちゃばちゃと遠くへ泳いでいく。

「……川で頭を洗う？　水で？　ありえない……ふざけてますよ……」

ルーシーは依然として暗い顔をして、ぶつぶつとつぶやいている。

俺はソフィを呼ぶ。

「ソフィ。じゃあ頭かゆいかゆいになってもいいんだな？」

「むむぅ、それも……やっ！」

ばちゃばちゃいいながら、ソフィが俺の元へと帰ってくる。

俺とソフィは浅瀬へと向かい、そこで腰を下ろす。

アイテムボックスから、石けんを取り出す。

勇者時代、パーティで野宿することが多かったので、アイテムボックスに入れておいたものだ。

俺が石けんを取り出すと、ソフィは目をばってんにして、

「あんまりあわあわしないでよねっ。めにはいるとしんじゃうからっ！」

「了解」

俺は川の水で石けんを泡立たせ、その手でソフィの頭を洗おうとした……そのときだ。

「ちょおおおおおおおおおおおおおっと待ったああああああああああああ!!」

ルーシーが怒り心頭といった表情で、俺にストップをかけてきた。

「どうした？」

「どうしたじゃ……ないですよ！！！」

俺は、首をかしげる。

「つるぺたおばちゃん、なにおこってるのー？」

ソフィが言っちゃいけないことをおっしゃりました。

ルーシーがクワッ……！　と目を剝いたあと、

「子供の言ったこと子供の言ったこと子供の言ったこと……」

と念仏のように唱え、こほん、と咳払いする。

「……とりあえず説教はあとでします。ソフィちゃんの頭を洗ってあげなさい」

額に怒りマークを浮かべたルーシーが、俺に言う。

俺は手早くソフィの頭を洗い、川の水で流す。

「ふぃーさっぱりしましたっ！　ゆーくんはふぃーのあたまあらうの、おじょうずですねっ」

「お褒めいただきありがとう。ほら、川で涼んでこい」

「やっ！　ゆーくんもいっしょにいこー！」

「俺も頭洗ってすぐいくからさ」

「ちぇー、しょーがないなー。まってるからはやくきてねー」

ソフィはプクッと頬を膨らませた後、ぴょん、と川の水の中へとダイブする。

ずばばばば！　とスゴい勢いで泳ぎ出す。

泳ぐのが得意なのだ。

「さて、ではお説教ですね」

ルーシーが近くの石に腰をかける。

「ユートくん。お尋ねしておきます」

「なんだ？」

「……この宿、風呂ないんですか？」

ルーシーが当たり前のことを言ってきた。

いや、でもそうか。よそ者である彼女には、ここでの常識はわからないか。

「ないよ。村の人間はみんなこの村から離れた川で身を清めてる」

「原始人かよ！」

「原始人？　なにそれ？」

俺の答えを聞いたルーシーが、よくわからない単語を発する。

するとルーシーがハッ……！　とした表情になる。

「そうでしたね、あなた。異世界人でしたね」

「？」

「あなた髪の毛が黒色だから、つい地球人みたいなノリで言ってしまいました。すみません」

よくわからないが……なんだかルーシーに謝られた。

「別に良いけど……それでルーシーは何を怒ってるんだ？」

ルーシーはハァア……っとでかくため息をつく。

「風呂があって、温かいシャワーがでる。そんな宿なわけないってわかってたけど、川って……。これそうとう道のり遠いぞ……。ああ、蛇口を捻ればお湯が出てたあの頃がなつかしい……」

またルーシーが何か意味のわからない単語を発していた。

シャワー？　蛇口？

「まあいいです。無いものをねだるのが一番無意味です。無いのなら作る」

はぁ、とため息をついてルーシーが俺を見やる。

「さっきからワタシが落ちこんでいたのは、この宿のサービスの低さに嘆いているのです」

「サービスの……低さ？」

はい、とルーシーが続ける。

「いいですか？　宿屋に最低限欲しいもの。それは風呂です。風呂ならわかりますよね」

「ああ、それならわかるな。王都の宿屋、王様の城にあった。お湯を張って体を清めるあれだろ」

はい……とルーシーが頷く。

「宿……特に冒険者という、汗や血でよごれやすい客を相手にする宿屋には、風呂は必須サービスと言えます」

「まあ……言いたいことはわかるよ」

冒険者は外での体力仕事が多い。

特に今は夏場だ。汗を大量にかく。

鎧を着込んでいる騎士とかは、特にむれそうだ。

またダンジョンに潜るなら、戦闘の返り血をあびやすい。

さらに転んで、泥や土まみれになることも多々ある。

ゆえに汚れを落とすという意味で、風呂が必要であることはわかる。

わかるが……。

「難しいだろ。大工に頼む金ないし」

風呂を宿に用意しようにも、金がかかる。

大工に頼んだとして……果たしていくらかかるか？

おんぼろ宿屋には、工事を依頼できるほどの金はない。

まあモンスター狩りをすればすぐに貯まるだろう。

だが、それで稼いでも、母さんに怪しまれるから使えない。

「別に大工に頼む必要は無いでしょう。自前で用意すれば良いのです」

「自前……？」

俺がルーシーと話していると、

「ゆーくんおっせー！！！　ふぃーねっ、ふぃーねっ、もうぶちぎれちゃうよー!!」

かーっ！　とソフィが歯を剝いてる。

「とりあえず行ってあげたらどうです？　話の続きはまたあとで」

そう言うと、ルーシーは岩からぴょん、と降りる。が、着地に失敗して足をくじき、

「ぎゃふんっ！」

と、うつぶせにビターン！　と倒れる。

「大丈夫かルーシー？」

「……うう、すみません。くそぅ、この運動音痴すぎる体がにくい……」

「ウンドーオンチってなんだ？」

「気にしないでください。では後ほど」

ルーシーは風呂（というか川）に入らず、宿屋に向かってひょこひょこと歩いて行った。

あとで足を、魔法で治してやろう。

俺は、頬をぱんぱんに張ったソフィの元へと、向かうのだった。

☆

水浴びを終えて、俺はソフィとともに宿屋へ戻る。

彼女を二階のソフィ夫婦の部屋へと送り届けたあと、一階のルーシーの部屋へと向かう。

ルーシーはベッドにあぐらをかいて、羊皮紙を見てぶつぶつとつぶやいている。

「……なるほどなるほど。このチートアイテムを使えば……。それと水晶をあわせて……」

「ルーシー。来たぞ」

「ユートくん。では裏庭へ移動しましょう」

ひょいっ、とルーシーがベッドから降りる。ふわり、と花のような甘酸っぱいニオイがした。

良いにおいだ。

「……あまりにおいをかがないでください。汗臭いでしょう？」

「いや、別に。良いにおいだと思うぞ」

率直な意見を述べると、ルーシーは複雑そうな表情になる。

頬を染めて、口角をひくひくさせるが、首を振って待て待てみたいな。

「見た目は子供、頭脳は大人って漫画とかでよく見ますが、厄介ですね。東の高校生名探偵に対する空手お姉さんも、こんな気分だったのでしょうか」

「まんが？」

「いえ、こっちの話です。こっちの世界の人にはわからない話です」

なんだろうか。

ルーシーからは俺やソフィ、フィオナと違った何かを感じるんだよな。

俺の知らない言葉つかうし。

しゃべり方がそもそもなんか変というか。

気にはなる。

だがあんまりツッコんだことを聞くのはどうだろう。

フィオナとちがって、ルーシーとは今日会ったばかりの他人。

他人がいきなり、しゃべり方変ですね、どこ出身なんですか？　なんて聞けないしな。

「それでどこまで話しましたか？」

ルーシーが気を取り直して言う。

「この宿には風呂が必要って話で、自前で作れるだろっておまえが言ったところまでだな」

そうでしたね、と言ってルーシー。

「その前にこれ、おかえしします」

ルーシーはさっき読んでいた羊皮紙を、俺に手渡してくる。

そこには俺の持っている【チートアイテム】の名前と効果。

そして俺の持っているスキルや魔法について、書かれている。

俺の力を正確に把握しておきたいと、ルーシーが頼んできたのだ。

「持ってて良いぞそれ」

「いえ、平気です。覚えましたから」

ルーシーが自分の頭をツン、と叩く。

「ワタシ、【完全記憶】ってスキルを持ってるんです」

「……すげえな。それ、仲間の錬金術師も持ってたけど、確かレア度SSSのスキルだろ？」

勇者パーティの仲間、エドワードも持っていた【完全記憶】スキル。

スキルを発動させている間に、一度見たものなら、一生忘れなくなるというスキルだ。

「よくそんなスキル持ってるな」

「ええ。こちらの世界に来るときに、神様的な人から少々」

「？」

「まあそれは置いといて。さてユートくん、裏庭へ行きましょう」

ルーシーのあとを俺がついていく。

やってきたのは、作業場と化している裏庭だ。

「やたらデカい木ですね……」

とルーシーが世界樹を見上げて言う。

俺は森呪術師からもらった世界樹の枝がこれだと説明。

「……防犯対策しましょうね、あとで」

「え、ああ、そうだな」

さて……とルーシーが俺の前に腕を組んで立つ。

「それではお風呂を作りましょう」

「作るって……誰が？」

するとルーシーは俺をじっと見つめてくる。

「俺か？」

こくり、とルーシーが頷く。

「ワタシもある程度の能力は持ってますが、アナタほどぶっ壊れてません」

「ぶっこわれてるって……？」

「褒め言葉です。話を進めますよ」

ルーシーは地面にしゃがみ込んで、絵を描く。

長方形を二つ書く。二つの四角は、少し間が空いている。

二つの四角の間に、線を二本引く。

片側の四角の上には、筒のようなもの。

そして四角形の間をくりぬいて、そこに火の絵を描く。

「では説明します。あなたに作ってもらうのはふたつ、湯船とボイラーです」

ルーシーが俺を見て言う。

「湯船って……お湯を入れておく水槽だろ。ボイラーってなんだ？」

「お湯を作る装置です」

ルーシーが筒の書いてない方の四角形を指さす。

「この中に大量の水を入れます。ここが客が入る湯船です。水は川から引いても良いです。魔法で出しても構いません。勇者であるあなたはある程度の魔法は使えるんですよね？」

俺は頷く。

本物の魔法職にはかなわないものの、俺も錬金をはじめとした、ある程度の魔法は使える。

と言っても一般人と比較すれば、遥かにその強さも数も段違いだが。

ルーシーは湯船を指さして言う。

「水魔法を使って湯船を満杯にします。そして火の魔法を使って水を温めるのです」

これでお風呂の完成です、とルーシー。

「まあ……そうだろうけど、でも、それだと問題あるだろ？」

「ええ、そうですね。お湯は時間が経てば冷たくなります」

ルーシーもそこは承知しているみたいだった。

「そこでボイラーです」

ぺしっ、とルーシーが筒のついている四角形を指さす。

「ボイラーはようするに、水を温める装置です。この二本の線は鉄の筒……パイプです。筒を通って冷たい水がボイラーへ流れてきます」

ルーシーが湯船から矢印をボイラーの絵へ伸ばす。

「冷たい水がこのボイラーで温められます。水は温められてお湯になると、対流現象……えっと、軽くなって上へ行きます」

ルーシーはボイラーの下から上へ、矢印を書く。

「あとは上のパイプを通って、お湯が湯船へと戻っていきます」

ボイラーからまた矢印を伸ばして、湯船へともっていく。

「冷たい水は下にたまります。たまった水は下のパイプを通ってボイラーへ。ボイラーで水が温められると、お湯になって上のパイプを通って湯船へ戻る。こうやってお湯をえんえんと作って、湯船が温かい状態をずっと保てるのです」

「はぁー……」

正直ルーシーの言っていることは、ちんぷんかんぷんだった。

対流現象とか、お湯とか、よくわからん。

そもそもこの箱なんなのだ？

「とりあえず考えるより作りましょう。アイテムボックスに、まだ鉄鉱石は入ってるのですよね？」

俺は頷く。

この間木を切るときに鉄の斧を使って、その分の鉄鉱石は残っていた。

「ではめんどうなボイラーから。こう、入れ子のような構造をした箱を作ってください」

【凹】を左に倒したような図を、ルーシーが地面に書く。

「この窪みのところに熱源を置きます。箱の部分に水が入ってきて、熱源で熱せられてお湯になるわけですね。大きさは……」

ルーシーから指示を受けて、俺は【凹】形の妙な箱の作成に着手。

【創造の絨毯】を使って、ルーシーが要望している箱を作ろうとする。

しかし……。

「よっと。これでいいか？」

「違います。中は空洞の構造です。もういっかい」

「これか？」

「ちがいます。パイプを通す穴がありません。もういっかい」

「これか？」

「ちがう」

「これ？」

「ちがう」

……と、何度繰り返しても、ルーシーの要望にかなったものが作れなかった。

「上手くいきませんね……」

何度も失敗したあと、ルーシーが考え込む。

「そもそもさ、おまえが作りたいもののイメージが俺にはないんだよ。だからどれがおまえの欲しい形の箱なのかわからないんだってば」

言うまでも無いが、俺はルーシーの頭の中を覗くことができない。

彼女がこういうものを作りたい、という確固たるイメージがあったとしても、俺はそれを実際に見たことが無い。

だからどういうものが正解なのか、わからないのだ。

「……ふむ。ボイラーを見たことが無いから、わからない、か」

ぶつぶつ、とルーシーがつぶやく。

「……なら見たことのある人間が絨毯を使えば？」

「ああ、そうだよ。それだ」

俺はルーシーの言葉に頷く。

「ルーシー。おまえがこれ使ってくれ。俺じゃあどれが正解なのかわからない」

「……よいのですか？」

「おまえの頭の中じゃないと、正解の品がわからないからな」

「ですが……これはあなたのご友人からもらった、大切なものなのでしょう？」

ルーシーが俺に問うてくる。

「ワタシのような部外者が使って、良いのですか？」

俺は頷く。

「悪用しようっていうんじゃないんだ。使ってくれ」

「……では」

俺は口頭で絨毯の使い方を説明する。

材料を入れて、作りたいものを選択肢から選ぶ。

鉄鉱石を入れたあと、ルーシーが絨毯の前に座り込んで、手を突っ込む。

「……すごい、何でもあるじゃないですか」

ルーシーの頭の中にあの【表】が浮かんでいるのだろう。

あの……冷蔵庫とか発電機とかあるんですけど？」

ルーシーが額に汗を垂らしながら言う。

「え、それ何かわかるのか？」

そう、選択肢の中に、俺が知らないものまであったのだ。

【れいぞーこ】とか、【せんたくき】とか。

聞いたこともなければ、使い方のわからないものまであったのである。

「なるほど。選択肢はあっても、現地人じゃそもそも何の道具かわからなくて、選ばないんです
ね」

ふぅ……とルーシーがため息をつく。

「ユートさん、これ、思った以上に使えるアイテムかも知れませんよ」

ルーシーはそう言ったあと、きらきらとした目を俺に向けてくる。

「このようなアイテムをもってるなんて……羨ましいです」

「ああ、俺の仲間がくれた、自慢のアイテムだ」

そうですか……とルーシーが微笑む。

「あなたには仲間がいていいですね。羨ましい。ワタシは……ひとりでしたから」

暗い表情になるルーシー。そこには今日までの苦労が見て取れた。

仲間、いなかったのか……。

こんなにも色んなことを知っていて、頭の良い人なのに……。

「何言ってんだよ。今日から俺たち、仲間だろ?」

するとルーシーがガバッ……！　と顔を上げて俺を見やる。

そしてじんわりと目の端に涙を浮かべる。

「……泣かせないでくださいよ。ばか。ありがと」

「おう」

その後はルーシーは目を閉じて、「仲間のために、頑張るとしますか」

と自分の頬を叩く。

そして絨毯に手を突っ込んで、そして中身を思いっきり、

「えいっ！！！」

と持ち上げる。

ずおっ、と中から、大きな鉄の箱と木の箱が出てきた。

ルーシーが地面に描いたものが、そっくりそのまま、絨毯から飛び出てきたのだ。

「……完璧です。すごいですね、この絨毯。イメージを元にして作りたいものを作れるなんて」

きらきら……とした目を創造の絨毯に向ける。

「これで風呂ができるのか？」

「ええ。ですがまだこれで終わりではありません。お湯加減がちょうど良くなるように、熱源の調整をしますよ」

薪を切ってボイラーの【凹】の窪みのところにセット。

火魔法を使って火をつける。

その後、

「熱すぎます。もうちょっと火力を落として」「落としすぎですもうちょっとあげて」

と細かい調整作業をすること数時間。

「できました……!!」

ついにボイラーと湯船が完成した。

熱源は薪と火力調整した火属性魔法で試行錯誤して作った。

あとは湯船の中の水がここで温められて、お湯となって湯船に還元される。

ここでちょっと問題が発生した。

誰かが風呂に入っているときは、火属性魔法を使い続けないといけないのだ。

そこで俺はこの問題を、もうひとりの【俺】を使って解決することにした。

もうひとりの【俺】には、現在、無限魔力の水晶が埋め込まれている。

だからいくら火の魔法を使い続けても、魔力が減らない。

延々と火をつけていられる。

こうして熱源で水が温められたあと、湯船の水が冷たくなったらまた【たいりゅーげんしょう】

とやらで下へ水がいき、ボイラーへ自動的に戻ってくるらしい。

「ではワタシがお客様第一号になります！」

ルーシーは俺から離れて、服をいそいそと脱ぎ出す。

タオルで体をおおって、湯船の方へ行く。

「湯船少し大きくないか？」

「いえ、これくらいが客たちにとってはちょうど良いのです。比較対象が子供体型のワタシだから大きく見えるだけですよ。……自分で言っててちょっと凹みました」

「ど、ドンマイ……」

湯船に足をひっかけて、ルーシーが中に入る。

ざばーん！　と大きな音を立てて、湯船から水があふれ出す。

水しぶきが俺に当たる。……普通に温かかった。

「すげえ……」

俺は湯船に近づいて、手を入れる。

「お湯だ……ほんとにお湯ができてる」

王城や王都の宿にしかなかったお風呂が、俺の目の前にあった。

「すげえなルーシー」

俺はこの湯船を作った彼女に拍手を送る。

「すごいのはあの絨毯を持っていたあなたですよ」

彼女が苦笑する。

「……なるほど、地球の知識とあの絨毯を組み合わせれば、地球のあれやこれやが作れるんですね……。ふふ、これは作りがいがありそうです」

うんうん、と頷いたあと、ハッ！　と正気に戻る。

「もちろん私利私欲のために使いませんよ！　そこは約束します。あくまでこの宿の経営のためだけにお借りしますので！」

「？　そんなの最初からわかってるよ」

「あ、そ、そう……。そうですか……」

ルーシーは湯に顔をつけたあと、ぶくぶくと泡を立てる。

そしてザバ……っと顔を上げて、ふぅ、と吐息をついた。

「しかしはぁ……ひさしぶりのお風呂……　いいですねぇ。やっぱ日本人は一日一回はお風呂入らないとです」

ルーシーがまたもおかしなことを言っていた。

「さて風呂ができましたね。これでサービスが向上し、客が増えることでしょう。あとは宣伝なのですが……」

とそのときだった。

俺はふと、思いついたことがあった。

「なあ、ルーシー。実は森呪術師《ドルイド》の特別な薬草の中で、こんな効果のものがあるんだが……」

と俺はかつて、王都の風呂で見かけた【アレ】をマネしてはどうかと提案。

ルーシーは明るい顔になると、

「素晴らしい！　素晴らしい発想ですよユートくん！」

きゃっきゃ、とルーシーが笑顔になる。

「これなら宿の料金をさらにつり上げることができます……ふふふ、儲かりますよ……ふふふ……」

☆

翌朝。

俺と母さんが一階ホールを掃除していると、「ナナさーん！！！」

と冒険者パーティ【若き暴牛】の連中が、どたどた……と俺たちの元へとやってきた。

若き暴牛の面々たちは、全員がほかほか……と体から湯気を立てている。

昨日作ったばかりの風呂を、さっそくこいつらは利用したみたいだ。

俺は彼らに風呂があることを伝えてある。

「すげえよ……すげえよナナさん！」

「あら～？　なにが～？」

暴牛のリーダーが、代表して母さんに言う。

「ナナさんの宿にまさか風呂ができてるなんて……ってことにも驚いたんだけど、それ以上にっ！」

リーダーがその場で上着を脱ぐ。

「見てくれ！」

「あら～。とってもいい筋肉ね～」

母さんがニコニコしながら、リーダーの力こぶを見やる。

「そうじゃなくってですね……体の生傷が消えてるんですよ！」

冒険者は生傷が絶えない職業だが、リーダーの体は、つやつやとしていて、傷が癒えていた。

「すげえよ！　風呂に入っただけで昨日の傷が消えてた！」

「俺打ち身があったんだけど、それもなくなってたぜ！」

「軽くねんざしてたんだけど、それも治ってた！！！」

すげーすげー！　と暴牛の面々が母さんを褒めている。

「すごいでしょ～。最近ウチの従業員になったルーシーちゃんがね、アイディアを出して、ウチの天才フィオナちゃんが作ったの～」

ということになっている。当の本人《フィオナ》は我関せずな感じで朝食を作っている。

「すげー！　ナナさんまじすげえマジ最強！」

「さっすがナナさんのところの従業員だぜ！」

「結婚してくれナナさん！　俺と一緒に風呂に入ってくれー！」

と暴牛たちが騒ぐかたわらで、ルーシーが部屋から出てくる。

「上手くいってますね」

とことこ、と普通に歩きながら、俺に近づいてきて言う。

「ああ。おまえの足も治ってるみたいだし、【薬風呂】、上手くいってるな」

昨日俺が思いついたのだ。

風呂の中に、傷を癒やす薬草を混ぜればどうかなと。

スープに世界樹の雫を混ぜたら、飲めば体力を回復するスープができた。

同じ要領で、お湯に薬草を混ぜれば、浸かっただけで体を癒やすお湯ができるのではないかと思ったのだ。

俺は勇者パーティの優秀な森呪術師《ドルイド》から教えてもらった薬草を、村近くの森の中に探しに行った。

さいわいなことにこっちには森呪術師の知識と、それに【鑑定】スキル持ちの少女がいる。

鑑定を使えば、普通の草かそうじゃない草かの区別が容易くつく。

俺は森の中をさまよい歩き、【治癒の薬草】が大量に生えている場所を発見。

鑑定を使ってもらいそれが目当ての薬草であることを確認したあと、アイテムボックスに入れて戻ってきた。

【治癒の薬草】

これは傷にぬる軟膏の素材となる薬草アイテムだ。

食っても意味が無いので、森呪術師たちは潰して軟膏に加工していたのだが。

俺はこの薬草を【万能水薬】を使って溶かしてみた。

すると水薬は【治癒の水薬】へと変わった。

飲めば傷を治す薬を、湯に混ぜた。

結果は暴牛やルーシーを見れば明白。

ちょっとした傷ならば、お湯に浸かっただけで治る、薬温泉が完成したわけだ。

「ナナさんもうマジパネエよ!!」

「食事にベッドに風呂に……もう最高だよ！」「ほんと最高だよ最高！」「ナナさん最高だ!!」

四バカこと若き暴牛の面々が、口々に風呂を褒めるのだった。

3話　勇者、商人と作戦会議する

風呂を作った翌朝。早朝。

俺はぱちり……と目を覚ます。

ぐいっと伸びをして、屈伸運動。

壁に掛けてあった時計を見ると、六時だった。

「しまった……寝坊した……！」

俺はベッドから降りて部屋を出る。

二階の俺の部屋から一階受付へと向かう。

今は早朝。

客たちはまだ眠っているので、宿の中はしんと静まりかえっている。

その中に……母さんがいた。

「母さんっ」

受付のテーブルを雑巾がけする母さんがいた。

俺に気づくと、太陽のような笑みを浮かべる。

「ユートくん〜。おはよ〜」

にこにこーっと笑う母さんを見て、俺は口惜しい思いをする。

「母さん……掃除はみんなで手分けしてやろうって言ったじゃん」

廊下も、受付も、ホールさえも、全部がぴかぴかに磨かれていた。

母さんの足下にあるバケツは、汚れた水で、真っ黒になっている。

「うん～。でもフィオナは料理で忙しいし～。それにルーシーちゃんは遅くまで難しいこと考えてるみたいだったから～。ママがやろうかな～って」

……この人の、ホント悪いところだ。

「……俺が手伝うよ」

俺は母さんから、雑巾を受け取る。

「じゃあママはお外はいてくるね～」

「それもっ、俺がやるから。母さんは客が起きるまで仮眠しててくれよ……」

「え～。でも～」

「いいからっ！」

俺に気圧され、母さんは「わかった～」と言って受付の裏へ引っ込んでいく。

母さんは受付の裏にある、物置小屋で寝泊まりしているのだ。

ほんと、やめてほしい。

もうちょっとちゃんとしたところで、寝て欲しい。

俺には客室をあてがっていて、自分は物置小屋という劣悪な環境で寝ている。

あの人は、自分より他人を重んじる人なのだ。

俺は受付テーブルを拭こうとして……気づく。

「……もう拭くとこないじゃん」

テーブルはぴっかぴかだ。

床も壁も、すべてが輝いている。

いったい何時に起きて、掃除をしているのだろうか。

「…………」

母さんは、この宿を愛している。

たとえ見た目がぼろっちい木造の宿でも、父さんが残してくれた宿を、こうして毎朝ぴっかぴかにするのだ。

俺が二周目世界に来る前、母さんはひとりで掃除をしていた。

朝は早くから客室以外の掃除。日中は食材の買い出しに客室の掃除。

そして誰も食わないのに、毎食の料理の準備と……。

ほんと、いつ寝ているのか、不安になるレベルの仕事量だった。

フィオナ、ルーシー（といちおう俺も）という従業員が増えたとしても、彼女は実に真面目に労働にいそしんでいる。

休んで欲しい。

ほんと、切実にそう思う。

「……食堂で朝飯の準備するか」

受付を拭き終えて、食堂へと向かう。

「あ」

「ぎく～」

食堂に、母さんがいた。

何をしているのかと思ったら、床をモップで掃除していた。

「こ、これは違うの～」

わたわた、と母さんが慌てる。

「別にユートくんがやるって言葉をね、ママ信じてないわけじゃないの～。ユートくんが受付の掃除を頑張ってるから、ママも頑張らなきゃーって」

むんっ、と母さんが両手を曲げて力こぶを作る。

「だから……はぁ」

宿を繁盛させる。そうすれば金に困らなくなる。

そうすれば母さんを楽させてやれる、そう思っていた。

……けど経営を向上させるだけじゃだめだ。

母さんの仕事を、もっと楽にさせる方法も、考えないといけない。

俺が二周目世界に来たのは、母さんの運命を変えるためだ。

繁盛だけに重きを置いていては、この働き者の母さんのことだから、一周目のときと同じ運命をたどりかねない。

「母さん。掃除はこれくらいにして、お風呂にでも入ってきなよ。朝風呂、気持ちいいと思うよ」

すると母さんは、「でもぉ～」と申し訳なさそうな顔になる。

息子の俺がかわりに掃除をするんじゃ、とでも思っているのだろう。

「気にしないでって」

「…………。あっ！　良いこと思いついたわ～」

にこにこー、と母さんが明るい顔になる。

「ユートくん」

「うん」

「ママおふろ行ってくるね～」

「おう」

「ユートくんも一緒に入ろうか～」

「はぁ!?」

な、何を言ってるんだこの人は……！

「い、いやいや良いって！　俺掃除してるから！」

「ふっふっふ～。いけないよ～。お手伝いするユートくんはとっても良い子だけど～。息子を働かせてびばのんと風呂に入る、そんなことはママできないんだぜ～」

だからと言って、息子と一緒に風呂に入ろうとしないで欲しい。

こっちとあなたは血がつながってない上に、精神年齢がおっさん。

あなたは二十三の若い女性。

「そ、そういうのは教育上に悪いと思うし……ほら、俺たち血がつながってないし」

「関係ないよ～。ユートくんは血がつながってなくっても、家族だもん～」

いやそうだとしても……。

あなたにはもうちょっと、自分がとても魅力的なボディをしている自覚を、持って欲しい。

「ユートくんが一緒にお風呂入らないなら～。ママはお掃除をするんだぜ～」

「…………………。わかった」

この人は純粋に、息子と風呂に入りたがっている。

ただそれだけだ。

ここで躊躇《ちゅうちょ》してはいけない。母さんは俺の中身が30歳であることを知らないのだ。10歳の息子が、ここで拒否するのはおかしい。

それにここで俺が拒否すれば、働き者の母さんは、また働こうとするだろう。

「はいけって～。みんなが起きる前に、一緒にお風呂入ろうね～」

俺は母さんと手をつないで、裏の露天風呂へと向かった。

やましい気持ちは何もない。

俺はひたすらに目線をそらし、ひたすらに心頭を滅却していた。

やがて母さんと風呂に入り終えて、一階食堂へと戻ってくる。

そこにはフィオナがいた。

朝食の準備をしていたようだ。

「…………ユート」

フィオナが凍てつく波動を発しながら、俺に尋ねてくる。

「貴様、どこへ行っていた？」

「あ、えっと……お風呂に」

「そうか。風呂か。……ところでナナさんが湯上がりのようにほかほかしているのだが？」

フィオナは俺に近づくと、ぎりり……と俺の耳をつねってくる。痛い痛い痛い。

「フィオナちゃんおはよ～。お風呂今わかしたところだから、入ってくればどうかな～？」

にこにこー、と笑って母さん。

「……私は結構だ。風呂など入らなくても死にはしない」

すると食堂に、「おっはー！」とソフィが入ってくる。

「ゆーくんおっはー！」

ぴょん、とソフィが俺に抱きついてくる。

「くんくん……。むっ、ゆーくんからせっけんのにおいがしますな。おふろにはいってたの？」

「え、ああ……」

俺が頷く。

「さっきママと一緒に入ってたの～。お湯わいてるから、ソフィちゃんも入る～？」

そんなことを母さんがおっしゃる。

「はいるっ！　ゆーくんとっ！」

するとフィオナがクワッ！　と目を大きく見開く。

「ふぃーね、ふぃーね、ゆーくんとおふろはいりたいな～。おせなかながしあいしたいの～。だめ～？」

「いや……まあいいけど」

さっき入ったばかりだが、五歳児を一人で風呂に入れるわけにはいかないからな。

湯船で溺れるかもしれないし。

「まてユート。私がその役目を引き継ごう」

ひょい、とフィオナがソフィを米俵のように肩で担ぐ。

「むー！　はなしてフィオナちゃんっ！　どうしてゆーくんとのばすたいむをじゃまするの～！」

「ユートは風呂に二度も入る必要は無い。無駄だ。よってまだ風呂に入ってない私が背中を流してやろう」

「やっ！　やっ！　フィオナちゃんとはいるのやだやだー！」

じたばた暴れるソフィを連れて、フィオナが食堂を出て行こうとする。

「……貴様のそういう、欲望に率直すぎるところが、時に羨ましくなるし、ねたましくなるよ」

フィオナは肩に担いだ過去の自分を見て、はぁ、とため息をつき、その場を後にする。

入れ代わるように、ルーシーが食堂へとやってきた。

「朝から賑《にぎ》やかですね」

「ルーシー。おはよう」

「るーしーちゃんおはよ～」

水色髪ハーフエルフに、俺と母さんがあいさつする。

「朝からうるさくしてスマンな」

「いえ……こういうの嫌いじゃないです。ずっとひとりでしたので、ワタシ……」

微笑むルーシーは、どこかさみしそうであった。

「も～。だめよるーしーちゃん～」

母さんはポワポワ笑いながら、しかし柳眉を逆立てて、ルーシーに近づく。

口の端を、両方の親指でぐいっとあげる。

「笑顔笑顔〜。笑顔でいればなんとでもなるんだよ〜。笑顔が最強なんだから〜」

にぱーっ！　と太陽と見まがうほどの、美しい笑みを浮かべる母さん。

「…………。そう、れふね」

ルーシーがさっきのさみしそうな微笑から、明るい顔になる。

母さんは手を離して、満足そうに頷く。

「うんっ。それそれ〜。ルーシーちゃん美人なんだから〜。笑ってないとだめだよ〜」

母さんが笑顔で褒めるものだから、ルーシーは照れて頬を朱色に染める。

「……お、お世辞でも嬉しいです。ど、どもです」

「おせじじゃないのに〜」

にへー、っと笑う母さんから、ルーシーが目をそらす。

「それじゃあユートくんはルーシーちゃんと先にご飯食べてようか〜」

「そうだね、母さん。手伝うよ」

俺は調理場へ向かう母の後に続く。

「ユートくん。あとでちょっとお話が。経営について会議を開きたいのですが」

「……わかった。あとでおまえの部屋へ行くよ」

よろしく、と言ってルーシーはイスに腰を下ろす。

俺は母さんを手伝って、フィオナの作ったポタージュスープをお皿によそうのだった。

☆

朝食に降りてきた客たちに朝食を出して、その後片付けが一段落したあと。

俺はルーシーの部屋へと向かった。

この宿の一階西側、一番奥の一人部屋が、ルーシーの借りている部屋である。

ノックして中に入る。

ルーシーがベッドに腰を下ろしている。

俺に気づくと、おいでおいでと手招きする。

ドアを閉めて、俺は彼女のそばまでやってきた。

「まあとりあえず座ってください」

ぽんぽん、とルーシーが自分の隣を叩く。俺は彼女の要望通りにする。

ふわり……と異国の花を思わせる甘酸っぱいにおいがした。

エルフのにおいだろうか。

「さてでは会議を始めましょう。フィオナにはあとで会議の議事録を渡しておきます」

ルーシーには、フィオナが俺と同様に、一周目の人間であることを伝えてある。

「今日の議題は現状の確認。そして今後の方針。このふたつについて話し合いましょう」

そう言ってルーシーは、ベッドの脇に置いてあった【紙の束らしきもの】を取り出す。

それは子供の顔くらいの大きさの紙の束だ。

だがおかしいのは、その紙が、おそろしくつやつやとしているのだ。

紙の束は紐を使ってないのにまとまっており、本のように開いたり閉じたりできる。

不思議な紙の束だった。

「なにこれ？　羊皮紙じゃないよな」

「これはノート」

「ノート？」

「まあ、早い話が羊皮紙より書きやすい紙です。あなたがこの間とった原木から紙を作って、紙からノートを作りました」

ルーシーには仲間の山小人からもらった、【創造の絨毯】を貸している。

それを使って昨日から今朝にかけて、色々作ったみたいだ。

ルーシーはノートを開いて、鞄の中から羽根ペンとインクを取り出す。

「まず目的を明確にしましょう」

かりかり……とルーシーがノートに【目的】と書いて、その下に文字を綴《つづ》る。

「あなたは親孝行がしたい。母親を楽させたい。そのためには金が必要。ゆえに宿を繁盛させたい」

【目的】
・母親を楽させる
【目標】
・宿の経営状態の向上

・母親の仕事の負担軽減
「あなたは母親を楽させるために、このふたつの問題をどうにかしないといけないのです」

「金だけ稼げばいいわけじゃないもんな」

今朝の様子を見ればわかるだろう。

もし仮に宿が繁盛したとしても、あの母さんは働こうとするだろう。

あくまでも俺は母さんに楽をさせてあげたいのだ。

「つまり今後は宿の経営だけじゃなく、仕事の負担軽減の方法も考えていかなければなりません」

「経営はサービスを向上させていけばいいだろうけど仕事の負担の軽減か。どうすりゃいいかな?」

「まあ色々とアイディアはあります。手っ取り早いのは従業員を増やすことですね」

目標二の隣に線を引っ張ってきて、従業員と書く。

「今現場を回しているのはフィオナさんとナナさんの二人だけです。あなたもいますが表だっては動けません。客数が少ない今でさえ結構いっぱいいっぱいなのです。サービスを向上させて宿を繁盛させたとしても、このままでは処理しきれなくなります」

従業員のところを、ルーシーが丸で囲む。

「かといってすぐに従業員を雇えるかという話になってきます。言うまでも無く人を雇えば金がかかります。金がいるなら金を稼がねばなりません。そうすると宿を今以上に忙しくする必要があり結局は……」

「人が足りないから忙しくできない」

はい、とルーシーが頷く。

「人を雇いたくてもその金がありません。なので発想を変えます」

かりかり……と従業員の下に線を引っ張っていって、【魔導人形《ゴーレム》】と書いた。

「ゴーレムってなんだ?」

「魔力で動く人形です。王都の大きな店とか宿は、みんなこのゴーレムを導入しています。ようするにロボットです。ペッパーくんみたいな」

またルーシーがよくわからないたとえを出す。

「ゴーレムの原理は単純です。まず人間サイズの人形を作ります。そこに【動作入力《プログラミング》】っていう、無機物を動かす魔法をかけるのです」

「【動作入力】の魔法か。俺それ使えるぞ」

勇者は簡単な属性魔法、無属性魔法ならだいたい使えるのである。

まあ魔王相手にはあんまり意味ないんだが。

魔王には魔法が効かないのだ。

それでも道中の魔物を追い払うときは、聖剣を使うより魔法を使って追っぱらったのである。

「知ってます。あなたのスペックはこの間教えてもらいましたからね」

かきかき……とルーシーがノートに人形の絵を描く。

「構造は複雑にしなくて良いです。話す必要も無いので顔はいりません。のっぺらぼうのマネキンみたいなのを作ります」

もうよくわからない単語については、いちいちツッコミを入れないようにした。

「手だけは作業をしたいのできっちり作ります」

「素材はどうすんだ？」

「木材でも土でも何でもいいです。加工のしやすいのは土でしょうから、あとで【絨毯】を使って形を作り、錬金の魔法で材質を変えましょう」

ようするに人体錬成の技術を応用して、あれよりもシンプルに、俺の命令に従って動く人形を作ろう、ということらしい。

「動力はどうするんだ？」

「すごいものを、あなた持ってるじゃないですか？」

「ああ、無限魔力の水晶か。でもあれはもうひとりの【俺】に埋め込んでいるぞ。あいつには俺の振りをさせておく必要があるから、外したくないんだけど」

そこで……と言ってルーシーが懐から何かを取り出す。

小さな紫色の石だった。

「これは魔力結晶といって、中に魔力を溜めておける特別な結晶です。ようするに魔力の電池です」

魔力結晶を指でいじりながらルーシーが言う。

「これに無限魔力の水晶から魔力をひっぱってきて、この魔力結晶に魔力を充電させます。そうすれば無限とはいきませんが、膨大な魔力《エネルギー》を秘めた電池が完成するわけです」

ひょいっと俺に魔力結晶をいくつか手渡してくる。

「あとはこの魔力の電池をゴーレムに埋め込む。そこに【動作入力】の魔法を使って、どういう動作をすれば良いのかを命令し、動かすというわけです」

人形《ロボット》に魔力結晶《でんち》を埋め込み、魔法で動きを設定する。

そうすることで皿洗いや床掃除といった、簡単な仕事をさせられるという。

「すげえなルーシー。そんな発想俺にはなかった」

「これ別にワタシのオリジナルではありませんよ。実際に大きな店ではこの魔導人形はすでに投入されてます。まあ、自分でゴーレムを一から作ってる店は見たことありませんが……。しかしアナタにはできます。しかも元手タダで」

魔導人形は山小人たちがオーダーメイドで作るらしく、一つ買うにも結構な値がするらしい。

「それをタダで量産できるなんて……タダ……無料……良い響きです……」

うっとりとルーシーがつぶやく。

「まあ実際には試行錯誤は必須でしょうが、あなたとワタシがいればすぐにゴーレムを作れます。安定して作れるようになれば、それを売りに出すことも可能です。ワタシが売りさばいてきます」

なんとも心強いやつが味方になったものだと、俺は嬉しくなった。

「ゴーレムを作れば作業の負担は減ります。これで目標二はある程度改善されるかなと」

問題は……とルーシーが続ける。

「目標一の経営状態の向上です」

難しい顔をしてルーシーが言う。

「単にサービスを拡充していれば、ワタシは自然と人が集まってくると思いました。しかし問題はそう簡単じゃない」

ルーシーの言葉に、俺は同意するように頷く。

「ああ。そうだ。宿っていうか、この村に問題があるんだよな」

ルーシーが頷く。そして昨日、ルーシーが村長の家から追いだされた時のことを思い出す。

彼女はこの村に店を開こうとしていた。だが村長はそれを突っぱねた。そして家からルーシーが追いだされた。

「ユートくん、この村どうして……」

ルーシーが問題の核心を衝いた発言をする。

「どうして、この村、この宿以外に、お店がないのですか？」

☆

中であれこれ言っていても始まらない。

ということで、俺はルーシーを連れて、宿の外に出た。

道行く人たちは俺……というか、俺のとなりを歩くハーフエルフに、嫌悪の視線を向ける。

「なんかいやな感じです……」

「髪の色が目立つからな」

きょろきょろ、とルーシーが道行く人たちを見回す。

黒髪の少年少女たちが、俺の横を走り抜けていく。

頭頂部だけがはげあがった黒髪のおやじが、俺たちをじろ……っとにらみつけてくる。

老人がふたり家の前でひなたぼっこしている。

老婆の方は白髪頭だが、男性の方はまだ黒が残っていた。

「ユートくん。すごい不思議なんですけど」

「なんだ？」

「村の人、みんな髪の毛の色、黒ですよね？」

俺はこくりと頷く。かくいう俺の髪の毛も黒髪だ。

「この異世界はだいたい金髪とか色のついた髪の人が多いです。黒髪は【転移者】以外に見かけません。だのに……ここの村の人は、全員が黒髪です」

俺は知り合いに異世界人がいるので、転移者のことについては知っていた。

別の世界から転移してきた人間のことをそう言う。たいていが黒髪に黄色い肌をした人間だ。

ちょうど、この村の人間のような見た目をしている。

「他にも【転生者】というのがいて、こっちもよその世界から来てるのですが、転移者とちがって現地人……つまりこの世界にいる人間として生まれ変わるんです」

「そっちは知らなかった。転生者なんていうんだな。一度見てみたいわ」

「…………」

ルーシーがもにゃもにゃ、と口を動かした。何かを言おうかまよっているようだった。

「どうした？」

「あ、いえ……。いずれあなたにお話ししますので」

それはさておき、とルーシー。

「転移者はいるにはいますが、少数派です。だのにこの村には、転移者みたいな見た目の人間が多い。とても不思議です」

俺はその答えを知っていた。なにせこの村の子供だからな、俺。

「簡単だよ。この村のご先祖様が転移者なんだ」

だからその子孫である俺たちは、異世界人のような黒髪で黄色い肌をしているのである。

「村長が言ってた。昔、転移者が今よりも少なかった時代。転移者は異端者あつかいされてたらしいんだ。それで迫害にあってたんだってさ」

「……そう、ですよね。まわりはファンタジー。その中で黒髪黄色い肌に平らな顔は、さぞ目立ちますよね」

俺は頷いて続ける。

「だから転移者は迫害されて、居場所を求めて各地を放浪したんだ。そんで最後にたどり着いたのが、この森の中ってわけ」

俺とルーシーは村の外へ出る。

門番の兄ちゃんが俺に手を振るが、ルーシーにはツバを吐いた。

「なるほど……。迫害された人間たちが作った村だから、よそ者に冷たいってわけですか」

村に店がないのと、宿に人が訪れない理由はそれだ。

俺たちの村の人間は、よそ者にとても冷たい。

それはかつて、村人が、この世界の住人に迫害されていたからだ。

ゆえにこの村は、非常に閉鎖的だ。

よそ者に対して優しくない。

だから、村の外から来る人間のためになるようなことを、しない。

「店がないのはそういうことだ。よそ者のために、よそ者を相手に商売なんてしないわけだ」

ふむ……とルーシーが考え込んだあとに言う。

「ユートくんやナナさんはよそ者に冷たいって感じないんですけど？」

「母さんは村の人じゃないから普通なんだよ。父さんもこの村からしたら異端者だった」

「異端者？」

「父さんは村の生まれなんだけど、この村でも変わり者でさ。外の人に対して優しいんだ」

父さんはこの村において異端者だ。

よそ者に優しくしようって思っていた人だったのだ。

俺はそんな優しい父さんと母さんの背中を見て育ったから、よそ者に対して、嫌悪する感情は芽生えないのである。

「父さんは村の外の人にも、この村のことを好きになってもらいたいって思ってる人だったんだ」

「村を好きに……ねえ」

ルーシーが顔をしかめる。

まあ、難しいのはわかっているし、父さんも頭を悩ませていた。

この村の住民は、よそ者を歓迎しない。冷たく当たる。

ゆえにさっきのルーシーに対して取ったような態度を、ほかのよそ者に対してもするのだ。

「まあ村に人が来ない大きな理由は、この村にアイテムショップや武器屋、冒険者ギルドといった、冒険者にとって必要な施設がまるでないからだ」

けど……と俺が続ける。

「もっと根本的な問題として、村人がよそ者を歓迎しない。そういう雰囲気が村から出てるから、人が寄りつかないんだよ」

ちょうどそのときだ。

ダンジョンから冒険者の一団が出てきた。

「腹減ったー。さっさと帰ろうぜー」

「なあ、あの村よってかないか？　飯の美味い宿があるって若き暴牛のやつらが言ってたぞ」

すると全員が顔をしかめる。

「あー……パス。あそこの村ってなんか雰囲気悪くてさ」

「わかるわー。村人の態度悪いんだよね」

「んじゃ、いつものとこ行くか。ちょっと宿には興味あったけど、ギルドもないし」

そう言って、冒険者たちが、俺たちの村をスルーして、ちょっと離れたところにある大きな街へと向かって歩き去って行った。

「……なるほど」

ルーシーはその場にしゃがみ込む。

「…………」

肩をふるわせている。思った以上に問題の根が深くて、途方に暮れているんだろう。

わかる。俺もそんな感じだ。正直どうしていいのか俺には見当もつかない。

と思っていたのだが……。

「くく……」

ルーシーがニヤリ、と笑う。

「くくく……あははっ！　いいですねっ！　いいですよこの状況！　最高です！」

呵々大笑《かかたいしょう》するルーシー。

「古くからピンチはチャンスということわざがあります。この状況、いっけんピンチに思えますがじつはかなりのビジネスチャンスが転がってます。わかりますか？」

ビジネスとか言われてもわからないので、首を振っておく。

「そうですか。いいですか、この村は現状、村人が店を出そうとしないですし、外の人間がここに店を出したくてもできない状況です」

「村人が出さないってのはわかるけど……外の人が店を出したいってのはどういうことだ？」

ルーシーはダンジョンをびしっ！　と指さす。

「ここはダンジョンの真横の村です。大勢の冒険者が、ひっきりなしにこの村を通りかかります。その人たち全員を相手に商売できたら……ものすごく儲かると思いませんか？」

それはルーシーが昨日、村長に言っていたセリフだ。

「村の外にいる商人は、このおいしい場所で商売をしたいと思ってます。ですができない。なんでかわかります？」

「そりゃ村長が出店を許さないからだろ。昨日おまえが断られたろ？」

あんな感じでよその商人も、この村で出店しようとして断られていたのだ。

「そうですそうです。しかしです……ワタシは違います。ワタシには、あなたが……そして、あの宿があります！」

ルーシーが俺に抱きついてくる。

薄い胸が俺の顔に当たって、骨が当たって痛い。

「店は出せません。ですが、あの宿にショップを作ればどうでしょう？」

「ショップ？」

「ですから、あの宿でアイテムを売るんですよ」

スゴい良い笑顔のルーシー。

「村に新たに店を建てて商売させてくれないのなら、あの宿のサービスの一環として、アイテムや武器を売れば良いんです！」

「いやでも……村長許すかな？」

「許可なんて取りませんよ。だってアイテムを売るのは、あくまで宿のサービスの一環です。別に店を出そうってわけじゃないです」

いやでもそれは屁理屈だろ……。

「屁理屈も理屈のウチです。それに宿にアイテムショップを併設すれば、それを目当てに人が来るのでは？」

言われれば……なるほど……と納得してしまう俺がいた。

「村人の意識改革は、すぐにはできない。態度を改めろって言ってもすぐにはこの排他的な雰囲気は治らないだろう」

「ええ、ですから、ショップを宿の中で開くのです」

「それは良いアイディアだと思う……」

店がこの村にないから、装備を調《ととの》えに、冒険者がこの村に立ち寄らないのだ。

もし宿にアイテムショップがあるとみんなが知れば、それを目当てにやってくるかもしれない。

「けど……どうやって宣伝するんだ？」

「と、言いますと？」

「だから、ウチは宿屋だ。看板は宿屋って出してる。アイテムショップって看板は出せない。どうやってアイテムも売ってることを冒険者たちに宣伝するんだよ」

するとルーシーが、にやり……と笑う。

「ワタシに秘策ありです」

くるくる、と俺を抱っこした状態で、その場で回るルーシー。

「あなたという高レベル高ステータスの異世界人がそばにいて、ワタシとってても嬉しいです……」

「よくわからないが、回るのはやめてくれ。目が回る」

ルーシーが俺を離す。

「ようするにです。冒険者の皆様に、宿の存在を広く知ってもらえばいいわけです」

「うん、だからそれをどうするんだって話だよ」

にこーっとルーシーが笑う。

「ところでユートくん。話違いますけど、ワタシの故郷では、有名人が泊まったホテルとか、飲食店って、めっちゃ人が来るんですよ」

まあ、有名な人がここに来たんですよ、ここ美味いんです、って言ったら、そりゃみんな興味持ってここへ来るだろうな。

「それを応用します。つまり有名人がこの宿をよく利用するよ、と宣伝してもらうわけです」

「は？　有名人なんてウチを利用してないだろ」

「いいえ。いるじゃないですか、とっても有名な人が、ひとり。ワタシの目の前に」

考えて、まさか……と思って言う。

「俺か？」

正解、とばかりに、ルーシーが頷く。

「いやルーシー。確かに俺は勇者だったけど、それは一周目の世界での話だぞ。こっちじゃ一般人だ。勇者なんてみんな知らない」

俺は二周目世界では、一般人であり、知名度なんてゼロだ。とてもじゃないが、宣伝にはならない。

「でしょうね。しかし今有名人でないのなら……有名人になれば良いのですよ」

「は？　どういう……？」

するとルーシーは、懐から何かを取り出す。それは、薬の瓶のようなものだった。

「この【外見詐称薬】はめっちゃ高いんですけど、先行投資です。うん」

そう言ってルーシーが俺を見やる。

「ではユートくん。はなまる亭を繁盛させるために、やってもらいたいことがあります」

真面目な表情でルーシー。

元勇者のおっさん、転生して宿屋を手伝う
勇者に選ばれ親孝行できなかった俺は、アイテムとステータスを引き継ぎ、過去へ戻って実家の宿屋を繁盛させる
茨木野
Illustration へいろー
初回版限定
封入
購入者特典
特別書き下ろし。
勇者、母に女騎士を雇ってもらうよう頼む
※『元勇者のおっさん、転生して宿屋を手伝う』をお読みになったあとにご覧ください。
EARTH STAR NOVEL

それは俺の仲間であるフィオナが、二周目の世界に来た直後のこと。

フィオナをうちで雇ってもらうために、俺はフィオナとともに、母さんの元を訪れていた。

食堂にて。

「母さん、この人がうちで働きたいんだって」

正面に座る母さんに、俺が言う。彼女にはフィオナが、父さんの古い知人であると伝えた。

……母さんに嘘をつくのは心苦しかった。

しかしフィオナを仲間として側に置いてもらうためである。

仲間を増やし、母さんの仕事の負担を減らすための、必要なウソなのだ。

俺がある程度事情を説明し終わった後、フィオナが頭を下げる。

「フィオナだ。すまないナナさ……ナナミさん。私を雇って貰えないだろうか。他に頼るあてがないのだ」

深々と頭を下げるフィオナに、

「うん～。いいわよ～。よろしくね、フィオナちゃ

「ああそうだ。ユートが私のために名前をつけてくれたのだ。私のためにな」

ソフィが顔を真っ赤にして、プリプリと怒った後、俺を見やる。

「きー！　ずるい！　ゆーくん！　ふぃーにも名前つけてっ！」

「ユート。耳を貸す必要は無い。あの女に名前なんぞつけなくていいぞ」

「なにさ！　邪魔しないで！」

「今は私はユートと話している。邪魔するな」

言い争いをするソフィとフィオナ。それを見ていた母さんが、

「うふふ～。ふたりともユートくんのことが好きなのね～」

ぽわぽわと笑った後、「あ、わかったわ～」と手を合わせる。

「な、なにが？」

言動が似てるから、ふたりは同一人物である……とバレてしまったか？

「あのね、さっきに似てるって話し。フィオナちゃんとソフィちゃんって……」

やばい、バレたか？

「髪の毛の色、にてるわね～」

……良かった。バレてなかった。

「そぉかなぁ。ふぃーのほうがキレイだと思うの。ね、ゆーくん！」

「何を言う。私のほうがキレイだ。そうだろうユート！」

むきー！　とケンカし合う【ソフィ】たち。

「ふたりとも仲良しこよしだね～。うふふ、宿が賑やかになってママは嬉しいわ～♪」

母さんはどうやら、フィオナを完全な一個人として見てくれてるようだ。

こうして無事（？）、フィオナはうちのメンバーになったのだった。

「おう、なんでも言ってくれ。俺は店を繁盛させるためならなんでもするぞ」

では……とルーシーが言う。

「ちょっとあなた、高ランクの有名冒険者になってきてください」

第４章

1話　勇者、（宣伝のために）冒険者になる

商人のルーシーとともに、この宿、ひいてはこの村が抱える問題点を上げた、一週間後のこと。

十分に準備をして、俺は村を出た。

村のある森を抜けた先にある、【カミィーナ】という街にやってきた。

カミィーナは王都から離れた、地方都市である。

人が最も集まる場所からは離れているため、王都と比べると人が少ない。

だがこの国の南側においては、そこそこ栄えている、大きな街だ。

「なぁルーシー、大丈夫かな？」

カミィーナの街に入ったあと。

俺はとなりを歩く水色髪のハーフエルフを……見下ろしながら、問いかける。

「バレないかということでしょうか？」

ちょこちょこ、と子供のような短い歩幅で、ルーシーが俺の後についてくる。

ルーシーは俺を見上げて、首をかしげてくる。

「大丈夫です。完璧ですよ」

ぐ……っとルーシーが親指を立てる。

「今のアナタを見て、ユートくんを子供と思う人間はいません」

そう言ってルーシーが確信に満ちた顔で頷く。

俺は自分の体を改めてみやる。

俺の体は、大人になっていた。

もともとルーシーと二周目の俺は、同じくらいの身長だ。

だのに今は、彼女の顔が俺の腰のあたりにある。

手足は長くなっている。

筋肉の付き方や、顔の形など、一周目の世界での俺の外見、そっくりそのままだった。

俺は久しぶりとなるこの体の感覚に、懐かしさを覚えた。

「しかしスゴいな、【外見詐称薬】ってやつは」

一週間前、ルーシーから秘策を授かった。

それは俺が冒険者として名を売ること。

そうすれば宿屋のことは広く知れ渡り、結果、宿に来る人が増えるというわけだ。

ただ冒険者をやるにあたって、ひとつ、問題があった。

それは……今（二周目）の俺が子供であるということ。

冒険者は自由業であり実力主義だ。まだ子供じゃないかというやつが、普通に現役でやっているケースも珍しくない。

ただ俺の場合だと、このままの見た目では問題がある。

母さんだ。

母さんは俺をただの子供と思っている。

このままの姿で冒険者となり、有名にでもなると、

【ユートくん何してるの……？　あぶないよ～】

と彼女を悲しませることになる。

またじゃあ家にいるもう一人の俺はなんだったの、と、芋づる式で都合の悪い事実が明るみに出てしまう危険性があった。

ゆえに俺は外見を変える必要があった。

大人の見た目にしたのは、その方が周りから舐《な》められないだろうという、ルーシーの計算である。

あと単純に大人のほうが広告塔として機能しやすいのだそうだ。

まあ子供が「ここすごくいいよー！」と言ってもな。宣伝にならん。

「ふふ……一本五十万円もする、超高価な外見詐称薬です。見た目だけじゃなくて年齢さえも完全に詐称できます。まあ、強さのステータスだけは変えられませんが」

ルーシーが空瓶になった水薬を持って、ふふふ、と暗く笑う。

「る、ルーシー。すまん、そんな高価なものを譲ってもらって」

「いえ、なにをおっしゃる。先行投資ですよ。これがいずれ利益に変わるのです。多少の出費くらい……出費くらい……なんてことありませんよ！」

無理してる感はあった。

声が震えている。

よく見るとルーシーは半泣きだった。すまん。

「効果は一本で一日です。まだ在庫は数本ありますが、大切に使いましょう」

「だな……」

一本五十万円（チキュウというルーシーの故郷の金の単位）もする薬だ。

そう何度も使えない。

だから今から何度も、この大人の姿にはなれない。

少ない機会で、最大の効果を出す必要がある。

失敗はゆるされない。

「ユートくん、顔が暗いですよ。大丈夫、安心してください」

にこ……っとルーシーが余裕のある笑みを浮かべる。

「あなたの持つ強さは、鑑定スキルを持つワタシがよくわかっています。上手くいきます」

「そうだろうか……」

「そうですよ。ほら、行きますよ」

すたすた、とルーシーがカミィーナの街を、慣れた感じで歩いて行く。

いっさいまよっている様子はなく、一直線に冒険者ギルドを目指していた。

「この街に詳しいのか？」

「まあ。商人ですからね。色んな街には立ち寄るんですよ。ここも数回来てます」

数回にしては足取りに迷いがない。

と思ったのだが、彼女には【完全記憶】というスキルがあった。

一度見たものは必ず覚えるというスキルだ。

だから彼女は、こんなにもすいすいと、道に迷うことなく進んでいけるのだろう。

「あそこがギルドです。まずは冒険者として登録して、ギルドカードをもらうところからです」

ほどなくして俺たちは、冒険者ギルドへとやってきた。

石造りのしっかりとした三階建てである。

「ついてきてください」

と言って、ルーシーが物怖じすることなく、ギルドの出入り口のドアを開ける。

入ってすぐは酒場になっていた。

長いすに人が座っていて、めいめいが飲んだり食ったりして騒いでいる。

奥にはカウンターがあった。

周りにはコルクボードがあり、紙がピンでとめられている。

「奥が受付で、あの紙は依頼書です。紙に書いてある条件を読んで、依頼を決めるのです」

ルーシーは商人だ。

冒険者相手にものを売ることもあるのだろう。

だから冒険者のことについても詳しいみたいだ。

ルーシーと一緒に、俺は受付へと向かう。

すると途中で、柄の悪い連中が俺を、じろっとにらんできた。

「おい待てよ兄ちゃん」

「え、あ、はい。何か用ですか？」

するとルーシーが、どす……っと肘で俺の脇腹をつついてきた。

「……なんだ」

「こういう手合いの相手をしてやる必要はありません。百害あって一利無しです。行きますよ」

そう言ってルーシーが、男たちを無視して進もうとする。

するとルーシーの前に男がスッ……と足を出してきた。

ルーシーが足を引っかけ、転びそうになる。

俺は後ろから彼女の脇に手を入れて、ひょいっと持ち上げた。

「大丈夫か？」

「……ありがとうございます。助かりましたが、この格好は非常に不服です。可及的速やかに下ろしてくれると助かります」

どうやら子供っぽい扱いが、ルーシーは気にくわなかったのだろう。

まあ大人にするやり方じゃないしな。

俺はルーシーを下ろしてやる。

すると柄の悪い連中がチッ……！　と舌打ちをした。

「行きますよ」

「ああ……」

俺たちはそいつらを無視して歩き出す。

「怒ったりしないんだな」

「まさか。あんなやつらに腹を立てるほど、ワタシは子供ではありません。それにいさかいを起こしても、何の利益にもなりませんしね」

おっしゃるとおりだった。

俺はルーシーとともに受付へとたどり着く。

そこにはキレイな女性がたっていた。

ギルドで働く受付嬢みたいだ。

ルーシーは俺の代わりに、あれこれと、受付嬢さんと会話してくれる。

俺は出された書類にサインをしただけだった。

「これで登録手続きは終了です。続いてギルドカードの発行に移ります」

受付嬢さんは、カウンターの上に、水晶玉をごとりと置く。

「これに手を当ててください。水晶があなたの情報を読み取ります」

「俺の情報……」

俺はルーシーをちらっと見る。

余計なことは口にしない。

年齢とか大丈夫か？　と目で語る。

だがルーシーは安心させるようににやりと笑った。

「あなたの情報を読み取り、強さから適正なランクが与えられます。もっともほとんどの人は最低ランク、Ｆランクからスタートするのですが」

「ほとんどが最初はFなら、別に強さとか測らなくて良くないか？」

「いえ、中には高いステータスを最初から持ってやってくる人もいますので」

なるほど……俺みたいにか。

「ランクはFから始まり強さに応じてE、Dと上がっていきます。Aの次はS。SSと上がっていき、SSSが最高ランクです」

では……と言って、受付嬢が水晶を差し出してくる。

この水晶から情報を読み取られると言った。

外見を偽っていることがバレる……という心配は、俺はしてない。

なぜならルーシーを信頼しているからだ。

彼女が何も言ってこないし、慌ててない。だから安心して俺は水晶に手をのばす。

水晶を掴む。するとパァアアッ！　と光り輝く。

次の瞬間、水晶が消えて、そこには一枚のカードがあった。

受付嬢はカードを拾い上げる。

「え～っと……。適正ランクは………………………………」

ピシッ！　と受付嬢さんの顔が固まる。

「ウソ……そんな……ありえない……」

わなわな……と受付嬢さんの唇が震える。

にやりとルーシーが笑って、

「えー。どうしたんですかー？　はやく適正ランクはどのくらいだったのか、教えてくださいよ

――」

と声を張って、受付嬢さんに言う。無論ワザと大きな声を出している。

「なんだ……？」

「あの新人がどうかしたのか……？」

と周りにいる人たちが、俺たちに注目している。

ルーシーは隠れてガッツポーズすると、すました顔で言う。

「それでどうだったのですか？　彼のランクは？　ステータスは？」

「ええっと……。あ、あれ……？　おかしいですね……適正ランク、SSS、だそうです」

その言葉を聞いて、周りにいたやつらが、

「「「ハァッ!?」」」

と驚愕に声を張る。

「適正が最高ランクってどういうことだよ!!」

そう言って俺の元へ、誰かがやってきた。

さっきカラんできた、柄の悪い男だった。

男が受付嬢さんに食ってかかる。

「水晶が読み取った結果が、この方のランクがSSSであると示してるのです」

「ふざけんな！　こいつ新顔だろ!?　新しく入ってきたばかりのヤツが、最初からSSSランクだと!?」

顔を真っ赤にして、男が受付嬢さんに絡む。

「その水晶壊れてるんじゃないか!?」

「そ、そんな壊れてませんよ。パラメーターも確かに、最高ランクにふさわしい値を示してますし」

受付嬢さんが俺のギルドカードを見下ろしてつぶやく。

男が俺のカードをひったくるようにして受け取ると、驚愕に目を剝いた。

「全ステータス……オール九千オーバー!?　数値四桁ってなんだよ!?」

男の言葉に、周囲がざわめき出す。

「数値四桁って初めて聞いたぞ」

「しかも全部九千ごえってなんだよ」

「もうチートだろ」

周囲のやつらは全員が驚いていた。

俺はやりにくさを覚えていたが、ルーシーはその場で小躍りしていた。

「こんなの……こんなのでたらめだ！　こいつがなにかずるして数値をいじってるんだ！　そうに違いない！！！」

男が顔をゆでだこにして、俺に絡んでくる。

やけに絡んでくるなこいつ。何なのだろうか。

「しかし……」

と受付嬢さんが反論しようとした、そのときだった。

「では、どうすればあなたは、この人がＳＳＳランクであると信じるのですか？」

そう言って男の前にずいっと出てきたのは、ルーシーだ。

子供のような女の子が、柄の悪い男を、まっすぐに見上げてにらみつけている。

そこにはいっさいの恐れもおびえもなかった。

むしろ不敵に笑っていた。

すげえなこの人。

「なら……ならこいつを受けてきてみろよ!!」

柄の悪い男が、受付近くのコルクボードへと行く。

そして依頼書を一枚べりっ！　とはがすと、俺につきだしてくる。

【暴君《タイラント》バジリスクの討伐。難度Sランク】

「ああ、最近大陸南側で騒がれてるモンスターですね」

物知りのルーシーは、この暴君バジリスクのことを知っているようだった。

「にらまれたら石になる目を持ち、全ステータス九百オーバーのパーティが徒党《クラン》を組んで挑んで、この間、負けてましたね」

「そうだ！」

男が血走った目で笑いながら言う。

「SSSランクの実力、全ステータス九千オーバーのおまえなら、ソロで余裕だろ？　まあ無理だろうがな!!」

とかなんとかおっしゃる。

「行けますよね？」

とルーシーが聞いてきたので、

「もちろん」と俺は答えた。

男は一瞬ひるんだあと、

「はったりだ！　はったりに決まってる!!　どうせびびって受けないつもりだろ!!」

と挑発してきたが、別にそんな挑発に乗る必要は無い。

「ルーシー。どうする？」

「構いません。ちょうど良いです。サクッと倒してきてください」

「ん。了解」

俺は依頼書を、受付嬢さんに手渡す。

「じゃあさっそくこれを倒してくるよ」

「えっと……ええっと、本当に単独《ソロ》で挑まれるのですか？　確かに数値からしたら余裕で倒せる数値ですけど……」

受付嬢さんも、不安がっていた。そりゃ冒険者になりたての男が、Ｓランクの依頼をソロで受けようって言うのだから当然だ。

いくら数値の上では最強とはいえ、許可は出しにくいのだろう。

「この人が大丈夫だと言っているのです。なら大丈夫なんですよ。それにこの仕事って基本自己責任じゃないですか。別にこの人がモンスターにやられてのたれ死んでも、別にアナタの責任ではありませんよ」

とルーシーが受付嬢さんを説得する。

「まあもっとも、彼ならこんな低レベルの依頼、子供のお使いよりも容易くこなすでしょうがね」

わざとらしく、ルーシーが男を挑発するように言う。

「凄い自信だ……」

「まさか本当にやるのか……」

「やれるのか、あいつ……」

と周囲からの注目がどんどん上がっていく。

ルーシーはすごい笑顔になっていた。

目が$になっていた。

「そ、そこまで言うならおれはおまえについていくぜ!!」

柄の悪い男が、俺についてくるらしい。

「別に俺ひとりで普通に倒せるけど」

「おまえが不正しねえかどうか見張るためだよ。おれはてめえが危なくなろうがなかろうが、いっさい手は出さねえ。見てるだけだ」

「ご自由にどーぞっ！　彼が危なくなるわけ無いですけどねっ！」

となぜかルーシーが男に言い返す。

なぜおまえが……まあいいや。

こうして、俺は冒険者ギルドに登録し、Sランクの依頼を受けることになったのだった。

2話　勇者、S級モンスターを単独で倒す

俺はS級モンスター・暴君《タイラント》バジリスクを、単独で倒しに行くことになった。

ギルドからの情報によると、暴君バジリスクは大蛇型モンスター。

出現場所は、この国の南側に広がる大森林。

バジリスクは普段地中にもぐって、森の中を駆け巡っているらしい。

討伐に当たっては、まずは森の中でこの蛇と出会う必要がある。

それはさておき。

俺は柄の悪い男とともに、ギルド側が用意してくれた馬車に乗って、南側の大森林入り口までやってきた。

「はったりだ……どうせできっこねえ……」

と道中ずっと、男は俺に聞こえるように、つぶやいていた。

露骨に俺にかみついてきているのだが、俺は無視した。

ルーシーから、こういう手合いは無視した方がいい、という助言を受けているからな。

当の本人《ルーシー》は、カミィーナの街で俺の帰りを待っている。

【あなたの帰りをギルドで待ってます。がんばって、ユートくん】

とルーシーが俺を鼓舞してくれた。彼女がついてこないのは、その必要が無いから。俺を信用し

て、俺がちゃんと依頼をこなして帰ってくると。

そう思ってくれているからこそ、彼女はついてこなかったのだ。

彼女の期待には応えないとな。

「よし……やるか」

パンッ、と俺は頬を張る。

「おまえ気合い入れたのはいいが、これからどーすんだよ」

森の入り口にて、男が俺に問うてくる。

「どうってなにがだ？」

「けっ、素人が。いいか、討伐対象となっているモンスターはフィールドをうろついている。どこにいるのかわからない。しかも地中を潜って移動してるんだ。見つけ出すのは至難の業だろうよ」

ゆえに暴君バジリスクの討伐には、大人数でまずは森の散策を行う。

その後、モンスターを発見したあと、全員でバトル……というのが通常の戦闘方法らしい。

「てめーは単独だ。どうやってこの広大な森の中から、地中に潜る敵を見つけ出すんだ？」

ハッ……！　と男が鼻を鳴らして俺に言う。

あきらかにバカにしている。

俺には無理だと思っていやがる。

俺はアイテムボックスを開いて、弓を取り出す。

勇者パーティのエルフ、えるるからもらった弓、【聖弓ホークアイ】だ。

この魔法の弓は、構えると空から地面を見下ろすような視点を持つことができる。

そして目で敵を捕捉すれば、矢を必ず当てることのできる、という優れた弓だ。

「あ？　なんだぁその安っぽい弓は……。装飾もなにもねえじゃねえか？　そんな貧相な弓しか持ってないとか、やっぱりおまえの実力はその程度なんだろうな」

……仲間がくれた大切な弓をバカにされ、一瞬腹が立ったが……思い直す。

言葉でなく行動で、仲間《えるる》からもらったこの弓のすごさを知らしめれば良い。

俺は弓を構える。

弦を引っ張って、魔力をありったけ込める。

空を打つようにして仰ぎ見る。

「おいおいばかかよ。矢をまだつがえてないぞ。それで弓を打つつもりですかぁ？」

「ああ、その通りだよ」

俺は魔力を注ぎ込みながら、弦を力一杯引く。

この弓は、弦を引っ張れば自動的に魔法の矢が生成されて、魔法の矢を射出する。

「つーかそんな適当に弓矢を打って地中にいるバジリスクに偶然当たるわけねえだろ」

「だな。おまえの言うとおりだよ」

俺は弦を引く。

ぎりり、ぎりり……っと弦を引くと、弦は輝きを増す。

俺の膨大な魔力が注ぎ込まれて、強く……強く輝く。

「当たるわけ無い。これは陽動。やつを地中からおびき出すための一射だ」

俺は思いきり引っ張った弓矢を、天に向けて、解き放つ。

すると……。
……ずぁあああああああああああ！！！
と光り輝く魔法の矢が、雨あられのごとく、無数に射出された。
「な、なぁああああ！？！？！？」
男は腰を抜かしてその場に倒れ込む。
無数の魔法の矢が、ホークアイから飛び出していった。
矢は、頂点で折り返すと、森に豪雨のごとく降り注ぐ。
それはあたかも、流星が地面に落ちているかのようだった。
魔力を注ぎ込めばその分、魔法の矢はその数を増やすことが、できるのだ。
注ぎ込んだ魔力量は、俺の保有する魔力の半分。
膨大な量の魔力を吸い込んだのだ。
魔法の矢の数は、それこそ数えきれないほどになる。
俺はホークアイを持ったまま、森全体を上空から見下ろす（視点を持つ）。
降り注いだ光の矢は、森のあちこちに突き刺さり、ハデな音を立てる。
やがて……。
【GYURAAAAA！！！！！！！】
ここから南西に数百メートル。
そこに、討伐目標である、暴君バジリスクの姿を見かけた。
降り注いだ無数の魔法の矢。

その一本が、地中を移動するバジリスクに当たったのだろう。

それこそ偶然だが、これだけの数の偶然が重なれば、それは必然になる。

「俺はこのまま敵の元へ向かうけど、おまえはどうするんだ？」

男に俺が問いかける。彼は俺の出した無数の矢に腰を抜かしている。

ハッ……！　と我に返ると、

「も、もちろんついていくに決まってんだろ！」

とかみついてきた。

「好きにしろ」

俺はグッ……と身をかがめる。

「ついてこれるならな」

そのままぐんっ！　と前に飛び出す。

「なっ!!　はえええ！！！」

驚きに目を見開く男の姿が、ぐんぐんと小さくなる。

勇者の身体能力により、光の速さで、俺は森の中をかけぬける。

ホークアイを使ったことで、敵の居場所はわかっている。

俺はその方向へ向かって走っていく。

後から男がついてきているみたいだが、まるで俺に追いついていない。

やがて俺は、討伐対象であるバジリスクの元までたどり着く。

「GYURARARARARARARA!!」

そこにいたのは、見上げるほどの大きさの、銀色の蛇だ。

ウロコ一つ一つにすさまじい魔力が込められている。

大きなは虫類の目は紫色だ。

やつに見られた人間は石化すると、ルーシーは言っていた。

蛇は地面から出てきたばかりなのだろう、体の後ろ半分が、地中に埋まっていた。

「………ん？　なんだ、この嫌な感じは」

俺は眼前のでかい蛇を見ても、別に恐れる気持ちはまるでなかった。魔王やその手下の悪魔たちに比べれば、こんな蛇、赤子のようなもんだ。

ただ違和感はあった。この蛇にある違和感。目の前にいるヤツと、ヤツから感じる【何か】がかみ合わない。

「まあいい。すぐに片をつける」

俺はアイテムボックスから【勇者の聖剣】を取り出す。

別にこんなザコに聖剣を使う必要などない。なのだが、一番使い慣れた剣がこれなのだ。

俺はグッ……と身をかがめる。

「GYURAAAAAAA!!!」

バジリスクは俺に気づくと、大きな口を開けて、俺に突進してくる。

俺をそのまま丸呑みにするつもりだろう。

だが突進攻撃をしてきたのがあだとなったな。

俺は前方にダッシュ。

蛇の体の真下に潜り込み、

「っらぁああ！！！」

そのまま真上へと跳び上がる。

聖剣がバジリスクのウロコを、バターのようにさっくりと切り裂く。

バジリスクのウロコには硬化の魔法がかかっているようだ。

剣をはじこうとしていたが、俺は力任せにウロコをたたき切る。

そして首の筋肉、骨そして逆側のウロコと、一直線に跳び上がって、ぶった切った。

切断されたバジリスクの頭は、勢いのそのままに前方へと飛んでいく。

「ぜえ……はぁ……追いついたぞぉ……」

と後からやっとこさやってきた男の眼前で、切断された頭が地面に激突。

ズドォぉおおおん！！！　と大きな音と、そして衝撃波を立てる。

「うわぁあああああ!!」

と男が大きな情けない声を上げて、後ろへ吹っ飛ぶ。

そのまま木に頭をぶつけそうになっていたので、俺は地面に着地した後、男が木にぶつかる前に
男の真後ろに移動して、キャッチ。

「大丈夫か？」

俺は男を下ろして尋ねる。

「あ、ああ……」

わなわな……と男が唇を震わせて、俺と、そして切断されたバジリスクの首を見た。

「す、すげえ……こんなでかい蛇の首を、一撃で……」

感心しきったように、男が言う。

「魔法の矢の数は魔力量によって変わる。あの無数の矢。それにさっきのスピード。そしてこのモンスターを一撃で倒したパワー……。これは……まさか本物か……?」

とかなんとかぶつぶつ言っている。

と、そのときだった。

俺は男をぐいっ、とひっぱり、後ろへころがす。

「なにすんだよ!」

「気配がした。敵の気配だ」

俺は二十年間、凶悪かつ強大な悪魔たちとたたかってきた。

そのため、戦闘のカンのようなものを身につけている。

気配を読むというか。

とにかくカンが俺に告げていた。

まだ、終わりではないと。

切断された胴体。その胴体は地中に埋まっている。

あの地面の下には果たして何があるのか。

そう思っていると、ずずずずず……と地面が盛り上がる。

「な、なんだよなんなんだよ!!」

地面が音を立てながら隆起する。地面からずおっと顔を出したのは……ついさっき俺が吹っ飛ばした首と同じものだ。

バジリスクの首が……八つある。

さっき俺が吹き飛ばしたものを加えれば、九つ。

暴君バジリスクとは、九の頭を持つ蛇のことだったのだ。

「…………」

男が九つの頭を持つ化け物を見て、言葉を失っている。

そりゃ一体でも見上げるほどの大きさの蛇が、たくさんくっついているのだ。

すでに高さは見上げていると首が痛くなるくらいだ。

立ちあがったヤツの影によって、あたりが軽く夜になる。

「GYURAAAA!!!」「GYURAAAA!!!」「GYURAAAA!!!」「GYURAAAA!!!」「GYURAAAA!!!」「GYURAAAA!!!」

全員が俺たちを見下ろしてくる。

周囲の木々がパキパキパキ！　と石に変わっていく。

「ひぃいいい!!　足がっ！！！　俺の足がぁあああ！！！」

男にも石化の魔法がかかってきているのか、足首からものすごい速度で、石化がはじまっていた。

あまりのんびりしていると、証人が石で固まってしまう。

「すぐ助ける。ちょっと待ってろ」

俺は聖剣を抜いて、上段に剣を構える。

剣に残りの魔力を、ありったけ込める。

一匹ずつちんたら倒していたら、遅い。

「はぁあああ…………」

俺は魔力を聖剣に込める。

魔力を吸った聖剣が光り輝く。

練り固めた魔力がチカラを持つ。

俺は光る剣を、斜めに振り下ろす。


ズッバアアアアアアアアアアアン！！！！


衝撃波とともに、魔力の塊が、刃《やいば》となって森を駆け抜ける。

「GYU……」

末期《まつご》の言葉を残すこともできず、聖剣から飛び出た魔力の刃が、八つ頭の化け物を消し飛ばした。

首を吹き飛ばした……ではない。

存在そのものを、丸ごと消滅させたのだ。

やがて衝撃波が収まる。

そこでは九つ頭の化け物はおろか、森も、消し飛んでいた。

刃が通ったあとには木々の一本も残らず、地面すらもえぐり取られて、ぶすぶす……と焼け焦げている。

さっきのワザはワザでもなんでもない。

単に剣に魔力を乗せて、振り下ろした。

それだけで、あの程度のモンスターなら一撃で消せる。

「…………」

ぱくぱく……と男が失語症になったように、口を開いて何かを言っていた。

「これで俺の実力、わかってくれたか？」

俺の質問に、男はただ黙って、何度も何度も頷いていたのだった。

☆

暴君《タイラント》バジリスクを消し飛ばしたあと。

男とともに、ギルドへと報告しに戻ってきた。

俺がクエスト完了の報告をすると、受付嬢さんは驚きに目を剝いていた。

「まさか本当におひとりで倒してしまうだなんて……」

と感心しきりだった。

一方であの男はというと、

「あいつはすげえ！　天才だ!!」

と、背後の酒場で、周りにいたやつらに、さっきの戦闘の様子を語っている。

「首を一瞬で切り落とした。と思ったら八つ首の蛇を、必殺奥義で一瞬にして消滅させたんだよ！」

熱弁を振るう男に、俺は申し訳なくなる。

さっきのは奥義でも何でも無い。

奥義はあるっちゃあるけど、アレは対魔王用のワザである。

あんなザコモンスターに使ったら、それこそ過剰すぎる攻撃になってしまう。

そう思っている傍《かたわ》らで、男は俺をべた褒めする。

「おれは最初からわかってたね。やつはどこか違うと。ランクSSSにふさわしい実力を、彼は持っていると！」

おおー！　と周りにいたやつらが驚き感心している。

すすすっ、とルーシーが俺に近づいてきた。

「お疲れ様です」

「すまん、待たせたな」

「いいえ、全然待ってませんよ」

にっこり笑うルーシー。

「そして……ナイス働きです」

ルーシーが手をす……っと出してきたので、俺は彼女とパンッ！　とハイタッチをかわす。

そんなふうにしていると、

「お、おいあんた！！！」

とさっき俺に同行してきた男が、俺に近づいてくる。

「ぜ、ぜひウチのパーティに入ってくれ！！！」

とさっそく俺にスカウトをかけてきた。

その後ぞくぞくと、

「うちにきてくれ！」

「おれんところに！」

「いやおれの！」

「おれが！」

と、その場にいた全員が、俺にスカウトをしてくる。

ルーシーはものすごい良い笑顔になると、

「はいはいちょっとどいてくださいね」

と言って、男たちと俺の間に、割って入る。

「彼に話があるのなら、マネージャーであるワタシを通してください」

ルーシーは男たちの前に立って、堂々とそう言う。

「彼に仕事やパーティへの加入のお願いをするのなら、ワタシのもとへ来てください」

するといっせいに、ルーシーに男たちが詰め寄っていく。

「まあお待ちくださいみなさん」

とルーシーが声を張る。

「こんなにたくさんの人の話を、ひとりずつ聞いてくのは難しいです。日が暮れてしまいますし、なによりこのギルドに迷惑をかけてしまいます」

なので……とルーシーが続ける。

「日を改めましょう。一週間後、ギルドの酒場を貸し切って面接を行います。そこで彼にふさわしいと思われたパーティに、彼を所属させることにします」

ルーシーの言葉に、みんな頷いている。

「一週間後か……」

「長いな……」

「すぐやれよ……」

と冒険者たちが、不満そうにつぶやく。

「ああ、そうだ」

とルーシーがわざとらしく声を張る。

「ワタシと彼は、ここからちょっと遠いんですけど、ダンジョンそばの村にある、宿屋【はなまる亭】にて宿を取ってます。何かご用のかたは、そちらまで」

では……と言って、ルーシーは俺を連れて、ギルドを出る。

「はなまる亭か……」

「なるほどそこにいるんだな……」

「よし……抜け駆けすっぞ……」

と背後で冒険者たちがブツブツとつぶやいていた。

俺はルーシーとともに、宿に向けて歩く。

「ふふっ、大成功です！」

るんるんっ、とルーシーがスキップしながら前を歩く。

「なあルーシー。さっきのあれってどういうことなんだ？」

「あれとは？」

「だから、なんでわざわざ面接を一週間後にしたんだ。それに宿屋の名前を言ったのは？」

ああ、と言ってルーシーが頷く。

「簡単ですよ。彼らに時間を与えたのは、彼らに宿へ来てもらうためです」

にんまり笑ってルーシーが続ける。

「一週間後に面接をすると言ったら、あの人たちはみんなこう考えるのです。面接なんて待ってられるか。他のやつらを出し抜いて、すぐにでもあなたに声をかけよう……とね」

「ああ、それで俺に会いに、宿にあいつらが来ると」

「ええ、その人たちは宿にやってきて、そのサービスの良さに驚き、便利さに気づくのです」

ルーシーがウキウキしながら語る。

「見ましたあのギルドホールに集まっていた人たちの数！　あの人たち全員が宿に来たら！　どれだけ客が増えるか！」

喜色満面だったルーシーは、一転して冷静に言う。

「まああなたに会いに来た全員が宿に泊まるとは考えにくいです。そもそもあの村はよそ者に冷たいので村に泊まろうって人は少数派でしょう」

「まあそれでも……」

「ええ、それでもっ」

あの大量の人たちが、宿にやってきてくれる。宿のことを、あれだけの人が、知ってくれる。

「宣伝作戦は大成功です！　五十万をかけたかいがありましたー！」

うぉおお！　とルーシーが拳を振り上げる。

「さっ！　急いで帰りますよ！　客を出迎える準備をしなきゃです！」

だだだっ、と走るルーシーの後に、俺は続く。ほんと、すげえ人がアドバイザーになってくれてるよな……と思いながら。

3話　勇者、客が来る前に打ち合わせする

俺が冒険者として、暴君バジリスクを倒した、数時間後。

俺とルーシーは村へと戻ってきていた。

「さっ、客がたくさん来る前に、明日からに備えて作戦会議と最終調整しますよ」

俺のとなりを歩きながら、ルーシーが俺を見て言う。

「面接が正式に開かれる来週までの一週間、ドッと人が来ます。ここでよりよいサービスを提供し、今後もここを利用してくれる客を増やすのです」

ふんっ、とルーシーが鼻息を荒くする。

「これを乗り切れば宿のランクがFからEになるかも……いや、かもじゃないです、Eにしてみせます！　アドバイザーとしての腕が鳴りますよー！」

水色髪のハーフエルフは、気合いに満ちあふれていた。

目がなんというか、燃えている。

ん？　というか……。

「なあルーシー。今おまえランクって言ったよな」

「ええ、言いましたよ。ランクを最低から最低ひとつ上にあげると。それが何か？」

「いや……ランクって何だ？」

俺の質問に、ルーシーがぴたり、と足を止める。

「……まさか、商業ギルドランクをご存じではないのですか？」

「商業ギルド……ランク？」

なんだそれは。初めて聞くぞ。

ルーシーはこめかみを押さえつつ、

「……すみません、説明が不足していました。ワタシとしたことが」

とぺこり、と頭を下げる。

「説明すると長くなります。なのでそれは帰ってからにしましょう」

「わかった。その、いつもありがとうな」

ルーシーは俺への助言はおろか、俺の知らないことを丁寧に教えてさえくれる。

しかも無知をバカにすることなく、優しく教えてくれるので、実に助かっている。

「お気になさらず。ワタシたち……その……な、仲間じゃないですかっ」

かぁっとルーシーが顔を赤くして、

「い、いきますよっ。お腹が空きましたっ」

と言ってスタスタと前を歩いて行く。

エルフ耳がピクピクと動いているのがなんだか愛らしい。

そうこうしていると、我が家が見えてくる。ルーシーから薬瓶を受け取る。

「それは解除薬です。外見詐称薬の効果を打ち消す効能のある薬です」

「これ飲むと元の姿に戻るんだな」

「ええ。もう今日その姿でいる必要はありません。飲んでください」

俺はルーシーからもらった解除薬を飲むと、ぼうんっ、と体が煙に包まれる。

煙が晴れると、元の俺の姿に戻っていた。

「では先に入ってもう一人のあなたを外に出してきます。そのタイミングで中へ戻ってください」

俺の留守を母さんたちに悟《さと》られぬよう、宿の中には、人体錬成して作った【俺】がいる。

彼がいる状態で中に入ると、俺がふたりいる、となって非常に都合が悪い。

ルーシーが先行し、中からもうひとりの俺と出てくる。

【お疲れさん。首尾は?】

「上々だ」

【そりゃ良かった】

もうひとりの俺をアイテムボックスにしまって、俺はルーシーとともに宿の中に入る。

時刻は夕方少し前。

まだ冒険者たちはダンジョンへ行って帰ってきてないため、宿の中はがらんとしている。

ルーシーは一階の様子を見て、くくく……と笑う。

「これが今に満室で予約待ちとかになるのです。いや、なるのです、じゃないですね、満室にするのです」

挑むようにルーシーが笑う。

「おんぼろFランク宿屋をSランクにした敏腕商人としてワタシは一躍有名になるのです……。見てろよハーフエルフかっこわらとか言ってバカにしてたやつら。めんたま飛び出させてやりますよ」

ルーシーの瞳は、髪の毛と同じキレイな水色をしている。

その奥にめらめら……と赤い炎が燃え上がっているように見えた。

「あら～。ルーシーちゃんおかえりなさい～」

ちょうど食堂からルーシーちゃんの気配を感じて、母さんが出てきた。

濡れた手をエプロンでふきふきしているところから、皿洗いをしていたのだと思われた。

「ただいま帰りました、ナナさん」

比較的身長の大きな母さんを、子供体型のルーシーが見上げながら言う。

こう見ると母と子に見えるな。

「おなかすいたでしょ～。フィオナちゃんがお料理作り終えたところなの～。みんなでごはんたべましょ～」

ポワポワ笑いながら、母さんがルーシーに言う。

「いえワタシはこれからちょっと部屋で仕事を……」ぐぅ～～～～～…………。「……する前にご飯をいただきます」

顔を真っ赤にしてルーシーがうつむく。母さんはニコニコ笑いながら調理場へと駆け足で向かう。

あとには俺とルーシーだけが残される。

「ご、ご飯のあとに会議です。良いですねっ」

すたすたすたーとルーシーが小走りに、俺から逃げるように、去って行く。

俺は食堂へと向かう。そこにはソフィがイスに座っており、フィオナは調理場に立っていた。

フィオナはすっかり、我が宿屋にはかかせない、重要人物になっていた。

彼女がいないと、料理は作れないからな。

「ユート」

フィオナが俺に気づくと、たたたっ、と俺の元に駆け寄ってくる。

そして俺の前でピタッ！　と立ち止まる。

「…………」

両手を広げて、わきわき……と手の指を動かしたあと、両腕をもとにもどす。

「無事で何よりだ」

「ああ、心配かけてすまん」

「ふん。心配などしてない。貴様の強さは弟子である私がよく知っている。だから貴様を心配など微塵《みじん》もしてなかったぞ」

「そうか」

「ああそうだ。別に貴様と半日会ってなかったからといって、私は全然さみしくもなんとも……」

「ゆーくーーーーーん!!」

ソフィが駆け寄ってきて、俺に抱きついてきた。

「もうっ、もうっ、どこいってたのっ。ふぃーはしんぱいしましたよっ」

ぎゅーっとソフィが俺に抱きついてくる。

「は……？　え……？」

一瞬、頭の中が真っ白になった。

この子は今、なんと言った？

まるで俺が大人の姿となって、宿を離れていたことを、知っているかのような口ぶりではないか。

ま、まさか俺、何かミスを犯してしまい、ソフィに俺の動きを、感づかれてしまったのだろうか。

「五ふんくらいふぃーのそばをはなれたでしょっ！」

……。

…………。

俺は、心からほっとした。

この子、クローンの【俺】が、五分その場を離れたことに対して、心配していただけみたいだ。

俺とルーシーが何をしていたのか、まったく気づいていなかった。

良かった……ばれたかと思って、すげえ心配したよ。

心から安堵する俺をよそに、ソフィが言う。

「ふぃーね、しんぱいでしぬかとおもいました。ふぃーはゆーくんから一びょうでもはなれたらさみしくてしんでしまいます。ないちゃうよ。それでいいのっ？」

俺はちらりと未来のソフィ、つまりフィオナの方を見やる。

彼女は顔を手でおおって「違うから」とだけ言うと、その場にしゃがみ込んだ。

「ふぃーね、ふぃーね、ゆーくんと五ふんあえなかっただけで、むねがはりさけそーでした。もしはんにちあえなかったら、それこそずっとえーんえーんないてるじしんあるね」

「ふざけるな小娘。泣くわけがないだろ」

フィオナの顔をよく見ると、目の下が赤く腫《は》れていた。

「むー。こむすめっていうのやめてよフィオナちゃんっ」

「では貴様も私をちゃん付けで呼ぶな」

「じゃあおばちゃん」「ワザとやっているのか貴様？」

むー、っとフィオナとソフィがにらみ合っている。

「ゆーくんきいて、フィオナちゃんったらね、なんかしらないいんだけどおトイレでぐすぐすってねないて」

「ないから。信じるなよユート」

フィオナが人を殺せそうな眼を向けてくる。俺は「わかったわかった」と言って流すことにした。

そうこうしていると、母さんが料理を運んでくる。

今日はポタージュスープとパンとスパゲッティだ。

食材はそれぞれダンジョンや世界樹の木の実からとってきた。それを創造の絨毯で加工して乾麺やパンを作ったのである。

「フィオナさん、食材の在庫はどうでしょうか？」

ルーシーの問いかけに、女騎士は、

「余裕はあるが明日以降忙しくなるのだろう？　そう考えると少々こころもとない」

と淡々と答える。

「了解です。ユートくん、あとでお願いしますね」

「わかった」

「おねがいー？　ゆーくんなにをおねがいされたのー？」

「ん。ああ、あとで肩を揉んでくれってお願いされたんだよ」

「ほほう。ではふぃーにもおねがいしますねっ」

「わかったよ」

言うまでもなく、さっきのルーシーのあれは、ダンジョンへ行ってきてください、という意味だ。

みんながいる前でダンジョンへ行くなんて、おおっぴらに言えないからな。

「おまたせ～」

母さんが自分の分をよそって、テーブルに置いて、イスに座る。

「それじゃ～。食べましょう～」

「「「いただきまーす」」」

☆

夕食後、俺とフィオナは、一階ルーシーの部屋へとやってきた。

部屋の中は書類やらノートやらで、山ができている。

ついこの間までは普通の客室だったのだが。

「か、片付けは苦手なんです。あまり周りを見ないでください」

ちなみにルーシーはこの部屋を間借りすることにしたのだ。

ちょうどソフィの両親と同じように。

「あの人たちとワタシを同じくくりにしないでくださいよ」

ふぅ……とこめかみに手を当てるルーシー。

「だな、ルーシーはちゃんと金払ってるもんな」

「ええまあ。いちおう彼らも払ってくれるようになりましたけどね」

ルーシーが宿を繁盛させる策を実行した翌日。

ルーシーはまず真っ先に、ソフィ両親に金を取り立てに行った。

ソフィの両親は、うちに部屋を借りていても、家賃を滞納していたのだ。

『今まではなあなあで済ませていましたが、これ以上滞納するつもりなら出て行ってもらいます。そして二度とうちを利用させませんよ？』

ルーシーは半ば脅すように、ソフィの両親に、そう言ったのだ。

またソフィの面倒を見ていることに対しても、

『これからは面倒見た分の料金もきっちり請求します。いやなら出て行ってください』

と金を請求していた。

「今まで温情かけまくっていたのです。これくらい強く出ないと、ああいう手合いは図に乗ってきますからね」

ふう、と大きく息をつくルーシー。

「滞納した家賃を踏み倒してこの宿を出て行くって可能性はなかったのか？」

「ないですね。彼等の収入を考えるとこの安宿を出て行けるはずがありません。また娘を預けるサービスなんてやってくれてる宿、ここ以外にありませんよ。ゆえに彼らはここを出て行くわけにもいかないと」

確かに宿屋で子供を預かりますみたいなサービスをしているところ、見たこと無いな。

「……ふむ、よく考えればこれはビジネスチャンスなのでは？　いやでも子連れ冒険者なんてそんなにいないし……いやでも需要はあるような……」

ぶつぶつとルーシーがつぶやく。

「ユート。あの女は何をつぶやいているのだ？」

「わからん。俺たちにはわからない何か高度なものを考えてるんだろう」

ややあってルーシーが、

「すみません、考え事してました」

気を取り直して、ルーシーがベッドに腰を下ろす。

「ではユートくん。こちらへ」

ぽんぽん、とルーシーが自分の隣を叩く。俺はそちらへ行こうとすると、

「では失礼する」

と言って、フィオナがずいっ、と俺とルーシーとの間に割って入り、腰を下ろした。

「可愛らしいですね」

ルーシーがふふふ、とフィオナにほほえみかける。

きっ……とフィオナはルーシーをにらみつけるが、商人はニコニコ笑って平気そうだった。

そのとき偶然、フィオナの太ももに、俺の太ももがぶつかる。

「ひゃんっ」

「ひゃん？」

「き、聞かなかったことにしろ」

フィオナが顔を真っ赤にして、そっぽを向く。

「さてそれでは人数もそろったところで会議に入りましょう。議題は二つ。一つ、ランクの説明。二つ、職員たちの役割分担の確認。以上二つになります」

ルーシーはノートを広げると、紙に羽根ペンで【商業ギルドランク】と文字を書く。

「説明がまだでしたね。いいですかユートくん。商売をする建物……アイテムショップだったり、武器屋だったり、人に何かを売った金で生活していく人たちは、みんな【商業ギルド】に登録しているのです」

「例外なく？　全員がか？」

「ええ、例外なく」

そう言ってルーシーが、懐からカードを取り出す。

それは冒険者ギルドでもらったカードと同じものだった。

俺はルーシーから、カードを受け取る。

カードには母さんの名前が書いてあった。

「ナナさんに父親の持ち物を調べさせてもらったんです。そしたらこの【商業ギルドカード】がありました」

「そんなものあったんだな……」

「ナナさんも同じ反応してましたよ」

俺の反応に、ルーシーは苦笑する。

「まあ仕方ありません。もともとはあなたの父親がこの宿の経営者です。ナナさんにその役は引き継がれましたが、もともとは父親が一人で切り盛りしていた仕事です。うまくナナさんに業務の引き継ぎができなかったのでしょう」

父さんは、母さんに色々と教える前に、急死したからな。

「無論二十年間勇者をやっていたあなたがこの宿のことを把握してるわけもないです。知らなくて当然でした。説明せずにすみません」

ぺこっ、とルーシーが素直に頭を下げてくる。

「でもユートくん、知らないからといってそのままにしておくのは危険ですよ。何か知らないことがあったら聞いてください。ワタシもその都度説明します。ですが、質問されないと、あなたが何を知っていて、何を知らないのか、ワタシは知り得ませんので」

「わ、わかった。なるべく色々と質問するよ」

謝るべきところはきちんと謝り、しめるところはしっかりしめる。

ルーシーのその姿勢に俺は好感を覚えた。

「さてではギルドのランクの話になるのですが、冒険者と一緒です」

ルーシーがノートに大きな三角形を書く。

下から線を引いていって、F、E、D……と文字を書き、一番上にSを書いた。

「冒険者が強さでランク付けされてるように、商業ギルドもFからSまでランクで割り振られてます。ここまではついて来れてます？」

「まあ、なんとかな」

「ユート。私はさっぱり理解できないぞ」

フィオナにはあとで説明しておこう。

「冒険者はステータスでランク付けするけど、商業ギルドの場合は何でランク付けされてるんだ？」

ルーシーが一息ついて続ける。

「一年間にどれだけお金を稼いだかによって、ランクが変わってきます。二万五千枚以下だとFランク。五万枚でE。七万五千枚でDと」

ルーシーは紙にランクを書く。

Fランク：金貨、二万五千枚以下
Eランク：金貨、五万枚
Dランク：金貨、七万五千枚
Cランク：金貨、十万枚
Bランク：金貨、二十万枚
Aランク：金貨、五十万枚
Sランク：金貨、百万枚
※金貨一枚＝一万円

「またランクは上中下でも分かれてます」

下級：F～Eランク
中級：D～C
上級：B～S

「ランクが上がると何か良いことがあるのか？」

「まず人気の指標になります。ランクが高いということは売上が多い。つまり人がそれだけたくさん来るということですからね」

「まあ人が来なきゃ売上が増えないよな」

　次に……とルーシーが続ける。

「ランクが上がるとギルド側から下りる出店許可のグレードが上がります」

「出店許可ってなんだ？」

「商業ギルドに登録したからといって、経営者は好き勝手に店を出してはいけないのです。店を出すにはここで店を出して良いですかと伺いを立てる必要があります。そして許可される店舗の出店場所は、ランクによって決まるのです」

F、Eランク：田舎で店を開ける
D、Cランク：地方都市で店を開ける
Bランク：王都で店を開いても良い

Aランク：王都で店を是非開いてください
Sランク：お願いしますから王都で店を開いてくださいお願いします！

「Bランク以上から王都で店を出せるのか」

「はい。逆に言うとCランク以下は王都で商売をさせてもらえません。一攫千金を夢見て商業ギルドに入っても、まずは田舎でこつこつと商売する必要があるんですよ」

どうやら勝手に王都で商売を始めるんだ！　ということはできないらしい。

王都で商売をしたいのなら、売上を最低でも二十万にしないといけないのだそうだ。

「以上がランクの説明です。何か質問は？」

「ランクを上げるにはどうすれば良いんだ？」

簡単です、とルーシー。

「お金を稼げば良いんです。ただ売上でランク付けされてます。それだと一年に一度しか昇級のチャンスがないかと思われますが、そうじゃない」

「チャンスは年一じゃないのか？」

「はい。つまり一ヶ月ごとに査定が入ります。そこで月の売上高から一年間の売上高を割り出して、規定値を超えていればランクアップできます」

ようするに、Eランクに上がるためには、金貨五万枚を稼がないといけない。

十二ヶ月で五万を稼ぐとなると、一ヶ月に約四千枚。

一ヶ月に金貨四千枚を稼げば、Eランクへと、上がるのだそうだ。

「ただ冒険者と違って、商業ギルドはランクが下がることがあります」

「ああ、月の売上高が減ればランクも下がるってことか」

「はい。冒険者のように一回ランクが上がったらずっと上にいるってわけじゃないんです。シビアな世界なんですよ」

たとえ今月の売上高が四千でEランクになったとしても、翌月で稼げないとFランクに逆戻りするそうだ。

「まずはなんとしても最低ランクを脱却することからです。目指せEランク。目指せSランクです」

「Sランクって金貨百万枚だろ？　できるのか？」

「できるできないじゃないです。やるんです。アナタの宿、ひいてはアナタはSランクになれるだけの実力を秘めてます。胸を張ってください」

にこっとルーシーが大人っぽく笑う。

「ユート」

フィオナが俺の太ももをつねってきた。

「恋人の前で他の女にみとれるな」

「す、すまん……」

ルーシーはさて……と気を取り直して言う。

「まずは今月、Eランクになることを目標に頑張りますよ。そのためにはこの一週間でいかにお客様を満足させるかです」

また……とルーシーが続ける。

「根を詰めすぎて過労で倒れては元も子もありません。ユートくん、ゴーレムの準備は？」

「ばっちりだ」

魔法で動く人形、ゴーレム。

それを俺はルーシーと協力して、何体か作ったのだ。

「ゴーレムには現状、簡単な仕事しか任せられません。床掃除、洗濯、皿洗い。逆に言えば雑用はゴーレムに任せます。他の仕事は職員で回します」

こく……と俺とフィオナが頷く。

「ナナさんには主に受付と食堂での配膳を任せようと思います。ワタシはアイテムショップをやりながら、あなたをスカウトしに来る冒険者たちの相手をします」

うちの一階には、最近になってものを売るスペースを作ったのである。

無論村長には無許可だ。

「ユートくんは裏方作業。食材がなくなってきたら補充。アイテムの補充。もう一人のユートくんにはソフィちゃんの相手をさせつつ、さりげなくナナさんの見張りをお願いします。働かせすぎないように気を配ってください」

わかった……と俺が頷く。

「フィオナさんは食堂での仕事を主にお願いします」

「わかったぞ」

ある程度の役割分担を終える。

ルーシーはノートを閉じて俺と、そしてフィオナを見やる。

「この日のための準備はしてきました。勝算はあります。必ずこの一週間を成功で乗り切り、ランクをEに上げましょう」

俺たちは強く頷く。

その後の打ち合わせと準備は、夜中まで続いたのだった。

第5章

1話　勇者、客引きする

ルーシーたちと作戦会議をした、翌日。
朝の早い時間。
俺はソフィとともに、村の入り口の近くの森にいた。
「でーとっ、でーとっ、ゆーくんと～～～～でーとなんだぜっ！」
喜色満面のソフィ。
俺は彼女に、外に遊びに行かないか誘ったのだ。
そうしたらソフィは、デートと解釈したみたいだ。
実はデートというわけじゃない。
遊びに来たわけでもない。
「ごめんな、ソフィ」
あとでちゃんと、遊んであげるから。

おまえを利用するみたいなことをして、ごめんなと謝る。

「んえー？　なにあやまってるのー？　へんなゆーくんですなっ。そゆとこすきだけどぉ～」

きゃっきゃ、とソフィが無邪気に笑う。

「おそとでなにしてあそぶ？　おままごとー？」

とソフィが俺に聞いてきた、そのときだ。

ざっざっざっ、と村に近づく足音。

「およ？　だれだろー？」

「……さっそく来たか」

足音の方を見やると、そこには革鎧に身を包んだ一団がやってきていた。

騎士が腰にぶら下げているのは長剣。

手に杖を持つのは魔術師だろう。

短弓を背負うのはレンジャーか。

とにかく、冒険者の一団であることは、俺にはすぐにわかった。

「ここがあの新人が言っていた、宿のある村か……」

リーダーらしき女が、村の入り口を見てつぶやく。猛禽類《もうきんるい》のような鋭い目をした女だった。

「でもよぉリーダー。マジでこの村行くのか？」

リーダーの女に、魔術師の女が言う。

身長は高く、体つきもしっかりしている。

ともすればイケメンの男に見えなくもない。

「知り合いに聞いた話じゃ、この村かなり人当たり悪いみたいだぜ？」

「……せっしゃもきいたでごじゃる」

同意するのはレンジャーの女の子だ。

口元をマフラーでかくしており、どことなく暗殺者の雰囲気がある。

「……よそものにつめたいといってたでごじゃる」

どうやらリーダー以外は、村に入ることを嫌がってるみたいだ。

……ルーシーの読み通りだ。

「しかし彼には是非わが【黄昏の竜】に入ってもらいたい。適正ＳＳＳ、Ｓランクモンスターを単独で倒すその強さ。逃すにしてはおしすぎる逸材だ。みんなもそう思うだろ？」

「そりゃあまあそうだけどよぉ。でもさぁ」

と渋っている魔術師。

ここだな。俺はソフィとともに、彼女たち、黄昏の竜の面々に向かって歩き出す。

「あの……この村に何か用でしょうか？」

俺はリーダーの女に声をかける。

リーダーは俺に気づくと、「ん、ああそうだ」

と言ってしゃがみ込んで、目線を合わせてくる。

キレイな金髪を三つ編みにして、両手には銀の指輪をはめていた。

「私たちはこの村の宿屋に用事があるんだ。きみたちはこの村の子供かな？」

リーダーが丁寧な口調で言う。

「そーだよっ。ふぃーもゆーくんも村にすんでるのっ」

ソフィが前に出て言う。

「そうか。ふむ……これをあげよう」

リーダーは腰の袋から、何かを取り出す。それは包み紙に入ったあめ玉だった。

「あめちゃんだー」

ソフィは目をきらきら輝かせると、「いいのっ、いいのっ、くれるのっ？」とリーダーに聞く。

「ああ。どうぞ」

「わーい！　おねーちゃんありがと～」

ソフィはリーダーからあめをもらう。口に放り込むと、ほっぺを膨らませてころころとなめる。

「あまくてとろけそうだよ～」

頬に手を添えて、くるくる、とソフィがその場で回る。

「可愛いガキじゃねーか」

「……そうでごじゃるな」

魔術師とレンジャーの女たちも相好を崩していた。よし。

ソフィ、ありがとう。良い仕事だ。

「それでお姉さんたちは、この村に何をしに来たんですか？」

俺はリーダーに尋ねる。魔術師とレンジャーはソフィの頭をガシガシとなでていた。

「この村にある【はなまる亭】という宿に用事があるんだ。知っているかな？」

案の定、彼女たちは村に観光に来たわけでも、ダンジョンに潜るためにここに立ち寄ったわけでもない。俺（が変装した姿）に会いに来たのだ。

「知ってます。そこは母がやってるんです」

「そうなのか。それはついてるな」

いや、じつはそれ別にあなたがついてるわけでも、偶然でもないんです。とは言わない。

「できれば案内してもらえるかな？」

そう、俺はこのために、村の外にいるのだ。

この村の悪評は外にまで伝わっている。俺に会いたいからといって、村の冷たい態度が気にくわないと、宿へ来ないというケースもなくはない。

そこで子供（俺とソフィ）が、村の外にいて、宿へとガイドする。

村の人間が冷たくする前に、俺が接触し、中を案内する。

村人との接触を極力避けさせて、宿に来る人を増やす作戦だ。

考案したのはもちろんうちの水色髪の少女だ。

そして、この作戦はこれで終わりじゃない。

「なにゆーくん。このおねーちゃんたちとでーとするの？」

魔術師にソフィが肩車されている。

「違うって。この人たちお客さんみたいだよ。ウチの」

ということに、する。

「あ、いや……私たちは別に……」

と気まずそうなリーダー。

「そうなんだっ」

にぱーっ、とソフィが笑顔になる。

「ナナちゃんのところにおきゃくさんだっ。ナナちゃんとぉってもよろこぶよっ。やったー！」

「うん、そうだね。母さんスゴく喜ぶと思うよ」

喜ぶ子供たちをよそに、大人たちは実に気まずそうだ。

悪いと思いつつ、俺はソフィに乗っかる。

俺とソフィは、この冒険者パーティが、宿に何をしに来たのか、知らない（ことになっている）。

宿に用事がある＝宿に泊まりに来た、と解釈しても、おかしくはない。

ただこの人たちは、別に宿に泊まりに来たわけじゃない。

俺（変装版）に会いに来たのだ。別に泊まりに来た客ではない。

だが子供たちは、そんな大人たちの事情なんて知らないのだ。

だから宿に用事がある、となると宿に泊まりに来た。そう思ってしまう。

ソフィが喜ぶ顔を見て、気まずそうなメンバーたち。

だよな、彼女たちは別に泊まるつもりはないわけだ。

そこで帰らせないための、この策である。

子供がこうしてはしゃいでる姿を見せて、罪悪感を覚えさせるわけだ。

泊まらずに帰ってしまうことに対して、後ろめたさを植え付ける。

これがルーシーの考えた策である。

「ナナちゃんの宿のりょーりね、とってもおいしいのっ！　おなかまんぷくひっすだよっ」

「ほう、そうなのか」

リーダーがつぶやく。

「ええ、ウチの母さんの料理は絶品ですよ。それにお風呂もあるんです」

とさりげなく営業をかける俺。

「風呂があるのか」

「そりゃいいな！」

「…………いい」

ぱあっと、メンバーたちの顔が明るくなる。風呂のある宿は少ないからな。それこそ王都とか大きなところじゃないと。

「よぉリーダー。これ一泊くらいならしてもいーんじゃねーか？」

「そうだな。このまま泊まらず帰るのは、この子たちに悪いし」

よしっ……！

ルーシーの策が上手くハマってくれた。

俺は内心でガッツポーズを決める。

「それじゃあ案内しますね」

「さんめーさま、ごあんな〜い」

俺は冒険者パーティ、黄昏の竜の面々を連れて、はなまる亭へと向かった。

これで泊まり客、三人ゲットだ。

☆

黄昏の竜のメンバーたちを連れて、俺は、はなまる亭へと向かった。

まだ朝の早い時間なので、俺目当てで来たやつらはいない。

彼女たちが一番乗りだ。

「あら～。いらっしゃーい」

受付に立っていた母さんが、客に気づく。

リーダーと魔術師、そしてレンジャーは、

「……でかい」

「……でけえ」

「……でかすぎる」

と、母さんの体つきに、目を丸くしている。

若く、そしてメリハリのきいたボディに、同性であっても引かれるものがあるみたいだ。

「お泊まりですか～？」

「ああ。三名だ。とりあえず明日まで」

「かしこまりました～。じゃあお部屋へとご案内します～」

そう言って母さんが、「こちらへ～」と言って、宿の出口から出て行く。

「ご主人、店の外に出てどこへ行かれるんだ？」

とリーダーが首をかしげながら問いかける。

「裏の、別館にご案内します～」

「「別館？」」

彼女たちがハテと首をかしげる。

「うらにおふろしかないよ～」

と、ソフィも首をかしげていた。

もともとは裏庭には、何もなかった。

最近作った風呂以外には、何もな。

だがそれは、一週間前の話だ。

ルーシーはちゃんと、客が増えたときのために、策を考えている。

母さん先導の下《もと》、やってきたのは裏庭。

そこには……木造の、大きな建物があった。

「ほう、これはなかなか立派な」

「つかリーダー。本館より別館の方が立派じゃね？」

「……言われてみればそうでごじゃるな」

そこにあったのは、三階建ての木造建築だ。

田舎村には土地がアホみたいにあまっている。

うちの裏もちょっとした広場になっていた。

そこを活用しないのはもったいないと、ルーシーが言った。

そこで俺たちは作ったのだ。

裏庭に、別館となる建物を、だ。
もちろん大工を呼んで作ったのではない。
そんな金も時間も無い。
ではどうやって作ったか？　こんな大きな建物を、どうやってゼロから作ったのか？
答えは簡単だ。
勇者パーティの仲間、山小人の山じいからもらったチートアイテム【創造の絨毯】だ。
これは素材さえあれば何でも作れる。
何でもとは、文字通り何でも作れるのだ。
風呂も、ボイラーも作れた。
だから作れたのだ。別館……建物すらもだ。
むろん建物を作るには、とてつもなく大量の木材が必要だった。
でもそれは俺の作ったゴーレムが解決した。
ゴーレム、魔力を込めれば昼夜問わず働ける土人形。
ゴーレムをフルで働かせて、大量の木材をゲットした。
幸いこの村は森の中にある村だ。木材のもととなる木は、腐るほどある。
ゴーレムを稼働させて、膨大な木材を手に入れた。
そして絨毯を使って、別館を作ったわけである。
「三階の四人部屋が広くてながめもいいですよ～」
「ではそこに泊まろう。みんなもそれで異存ないな？」

リーダーの言葉に、メンバーたちが頷く。

彼女たちは母さんに先導してもらい、別館の建物へと入っていった。

俺とソフィは別館の前で取り残される。

と、そのときだった。


「お疲れ様です。ユートくん」

本館の方から、ルーシーが出てきたのだ。

「上首尾のようですね」

「ああ、ルーシーの作戦通りだ」

俺たちはハイタッチをかわす。

「最高の仕事です、ユートくん」

「いや、俺だけじゃない。ソフィもいたからだ」

ソフィのアシストもあったおかげで、冒険者パーティ【黄昏の竜】が宿の客として泊まりに来てくれたのだからな。

「ありがとう、ソフィ」

「！　ゆーくんが……ふぃーをほめたっ。これはうれしい、これはうれし～」

くるんくるん、とその場で回りながら、喜色満面になる。

「良かったですね、ソフィ」

微笑むルーシーに、ソフィは「うんー！」と笑う。

「あなたたちは最高の仕事をしてくれました。あとはワタシの仕事です」

すっ……とルーシーが仕事人の目つきになる。

「どのパーティが、一番名を広めるのに使えるのか、見極める。それがワタシの仕事です」

「俺はその場にいなくて良いんだよな？」

「ええ。外見だけ精巧に作ったゴーレムを隣に座らせておきます。面接は主にワタシが行い、ゴーレムは座ってるだけ」

座ってるだけなので、別にしゃべる必要が無い。だからもう一人の俺は出る必要がない。

もう一人の俺には、ソフィの相手を。そして俺は……裏方作業をする。

「後は任せたぞルーシー」

「任せてください、ユートくん」

俺たちは頷き合う。ちょうど黄昏の竜たちが、別館から出てきた。

ルーシーは頷いて、彼女たちの方へ。俺はソフィを連れて、本館へと向かう。

こうして俺たちの一週間がスタートしたのだった。

2話　勇者、陰ながら宿を手伝う

冒険者パーティ、黄昏の竜が我が宿を利用してくれた、その翌日。

朝から昼にかけて、ひっきりなしに、冒険者がやってきた。

全員が変装した俺に会いに来たのだ。

ルーシーは次々やってくる冒険者を、華麗にさばいていく。

彼女がいるのは、別館一階の一人部屋。

そこに机とイスをおいて、ルーシーがやってくる冒険者を相手している。

俺は時々、ルーシーにお茶を出しに行くフリして、中の様子をうかがう。

「ではうちのディアブロを仲間に入れたい理由を述べてください」

イスに座ったルーシーが、眼前に座る冒険者パーティのリーダーに問いかける。

「ディアブロさんのあの強さに惹かれました！　彼がいれば我がパーティ、【草原の牡鹿】はさらに名声が高まるかと！」

するとふぅ……とルーシーがあきれかえったように吐息を吐く。

「ウチのディアブロは、どうやらあなたのパーティにふさわしくないようです」

「な、どうしてですか!?」

ルーシーは隣に座る俺（実際にはゴーレム）をちらりと見て、冒険者を見て言う。

「ディアブロはあなたたちの名声を上げる道具ではありません。彼のチカラが欲しいならまだしも、彼を利用して自分たちの価値を上げようという浅ましさに、ディアブロは呆れています」

ね、と隣に座るゴーレムに、ルーシーが問いかける。

するとこくり……とゴーレムが頷いた。

音声で頷くように、魔法がかかっているのであろう。

「そういうわけでお引き取りください。お疲れ様でした」

草原の牡鹿のリーダーは、口惜しそうに歯がみすると、部屋を出て行った。

あとには俺とルーシー、そしてゴーレムだけが残る。

俺はルーシーの机にお茶を置いてやる。

「ありがとう、ユートくん」

んんーっとルーシーが背伸びをする。俺はちらり、と俺に変装したゴーレムを見やる。

ルーシーはこの変装した俺《ゴーレム》を、ディアブロと呼んでいた。

「なあルーシー。ちょっと気になってんだけど」

「はい？」

伸びをしてたからか、ルーシーの服から、ちらりとかわいらしいおへそが覗いた。

ルーシーは俺の視線に気づいて、いそいそ、と服の位置を直す。

「どうして大人バージョンの俺の名前、ディアブロにしたんだ？」

するとルーシーは「ああ、それですか」と言ったあと、懐から羊皮紙を取り出す。

はい、とルーシーが手渡してきたそれを、俺が見やる。

そこには名前がずらり、と並んでいた。

「ユートくん大人バージョンの名前の候補リストです」
・ゆー太郎
・ゆー次郎
・ゆー太郎次郎三郎
・ユユユン
・ユーユン
この後にも残念な名前の候補が並んでいる。

そして最後に、
・もうあえてユートで良くないですか？（半ギレ）
と書いていた。

「………………」

「わかってますユートくん。そんな目をしないでください。ワタシにセンスがないのは自覚してますから」

はぁ……と言ってルーシーがため息をつく。

「みんなキャラクターの名前ってどうやってつけてるんでしょうね。ファンタジーとか特にそうですが。ワタシはほんと、名前をつけるのが苦手です」

「気にすんなよ。人には向き不向きがあるって。ルーシーにはすごい商人の才能があるじゃないか」

「……ありがとうユートくん。優しいですね」

ふっ……とルーシーが淡く微笑む。

「まあこの通りワタシの名前のセンスは皆無です。ゆえにアナタから聞かされた、一周目の魔王の名前を使わせてもらいました」

「別にいいけど……魔王の名前を騙《かた》って大丈夫なのかよ？」

「大丈夫でしょう。なにせ二周目の世界では、魔王が君臨する前にあなたが倒してしまったのです。ディアブロの名前を知っている人間は、この二周目の世界にはいません」

「まあ確かに、一周目の世界とはつながりが完全に途絶えているわけだからな」

「ええ。そんなわけでディアブロくんにはこれからバンバンと活躍してもらいます。期待してますよ、ディアブロくん」

ルーシーが俺を見て言う。

まあ大人バージョンの俺＝ディアブロだから間違いじゃないんだが。

「できれば俺のことは普通に呼んでくれ」

「了解です、ユートくん」

「それで……首尾の方は？」

「あまり芳しくないですね」

平坦な顔でルーシーが言う。

苦い表情ではなかった。

冷静さがあった。

「上手くいってない割に凹んでないな」

「まあもとよりやってくるのは、さっきの草原の牡鹿のような、ユートくんを使って自分たちの地位を上げよう、ってやつらばかりだと思ってましたから」

この展開はすでにルーシーの想定内だったらしい。

「今回は宿に人を呼ぶのが目的です。やってくる彼らがいかにザコだろうと関係ないです」

たしかに今さっき出て行った草原の牡鹿は、宿に宿泊している。

このまま近くのダンジョンに潜りに行くのだろう。

そうやって朝からやってきたやつらは、だいたいウチに泊まっていっている。

もっとも、宿泊客は、黄昏の竜以外は、全員男だが。

理由は若き暴牛のやつらと同じ。

うら若いかわいいオーナーがいるからだ。

「主たる目的である、客足を増やすという作戦は成功しているのです。よしとしましょう」

「だな。……ところで今んところ誰も良さそうなパーティはないのか？」

「そうですね。利用価値が高そうなのは、最初に来た、彼女たちですかね」

ルーシーの言葉に、思い当たるパーティの名前を挙げる。

「黄昏の竜か？」

「ええ。まさか一組目からあんな有名な冒険者パーティが来るとは、さすがのワタシも思ってませんでしたよ」

ルーシーが手元にある紙の束を見下ろす。

そこには冒険者パーティの構成メンバー、ランクなどが書かれている。

「現状、彼女たちを利用するのが一番でしょう。この先もっとスゴいのが来るかも知れませんが」

「そんなに黄昏の竜ってすごいのか？」

「ええまあ。冒険者をやっている人なら、たぶん全員が名前を知ってるでしょう」

そんなに有名なのか、彼女たちは。

そのときだった。

コンコン……と部屋のドアがノックされたのだ。

「次のヤツが来たのか？」

「ですね。ユートくん詳しい話は後日」

わかった、と言って俺はその場を後にする。俺と入れ代わるように、冒険者の男が入ってくる。

ルーシーを見やる。彼女はハァと嘆息していた。たぶんこの冒険者の男も、たいして利用価値の高くないやつなのだろう。

☆

時間はあっという間に過ぎていき、夕方。

はなまる亭の食堂は、人で溢れかえっていた。

「ウエイターさん！　注文お願いします！」

「おおい、メシはまだかー！」

「てめえこのやろ、ナナさんが今メシ作ってんだろ。何せかしてんだよ!?」

食堂のテーブルとイスは全て埋まっている。

泊まりの客も、そうでない客（食堂だけ利用している）もいる。

「テーブルが全部埋まる日が来るなんて～」

と母さんは額に汗をうかべながら、しかし嬉しそうに、ニコニコしていた。

ごめん母さん、無理に働かせて。

「おい注文が遅いぞ！」

「す、すみません……」

慣れてない様子で、注文を取る人間が、約二名。

俺も皿を運びながら、彼女たちを見やる。

「注文を繰り返します。えっと……Aセットが二つ、でよろしかったでしょうか？」

「ああっ!?　ちげえよBセットだよふざけんなよ!!」

客に怒鳴られて凹む注文取りの人。そこに……。

「ままをいじめないでっ！」

たたた、っと小さな影がやってきて、客の前にバッ！　と飛び出してくる。

そこにいたのは……赤髪の少女、ソフィだ。

ソフィが客から、かばっている。

誰を？

「ソフィ……」

「ままはぼーけんしゃなのっ。おきゅーじさんなんてやったことないのっ。だからゆるしてよっ」

そう、注文を取っていたのは、ソフィの母だ。

そしてソフィの父も、せわしなくテーブルの間を走り回っている。

なぜ彼らがここにいるのか？

理由は簡単だ。

ルーシーが、働かせているのだ。

以前ルーシーは、ソフィの両親に、滞納している家賃を回収しに行った。

だがソフィ両親たちに、数ヶ月分の家賃を今すぐ用意できるほど手持ちがあるわけではなかった。

そこでルーシーはこう提案したのだ。

『今日から一週間、食堂を手伝ってください』

金としてではなく、労働で、滞納していた家賃を払わせたのだ。

無論、一週間の労働で、家賃が全てまかなえるわけでもないが。

人を雇う金がないゆえに、ルーシーはこうして、利用できるものを利用したわけである。

ほんと、ルーシーのアイディアには、いつも驚かされる。

『あ、もちろん家賃代わりに働いてもらうんです。賃金を期待しようとか思ってませんよね』

にこりと笑ったあのときのルーシーは、うん、怖かったな。

それはさておき。

ソフィ両親が食堂で注文を取り、調理場ではフィオナとゴーレムが、せわしなく動き回っている。

俺はフィオナから皿を受け取って、客に料理を出す。

これくらいのお手伝いなら、母さんは許してくれたのだ。

客に料理を出したあと、また調理場へ顔を出す。

「……ユート。大変だ。肉がもうなくなってきた」

「本当か？」

「……ああ、想定外だ。まさかここまで人が来るとは」

繁忙期二日目の夕方にして食料がつきかけていた。一週間持つように結構仕入れておいたのだが。

「わかったフィオナ。ここは俺に任せてくれ」

「頼む」

俺はこっそりと食堂を、そして宿を抜けて、村の外へ出る。

走りながら、俺は【とあるもの】を身につける。

バサッ……と【それ】を身に纏って、宵闇《よいやみ》に紛れて、俺はダンジョンに単身で潜り込む。

俺は旋風となり、ダンジョン内の動物型モンスターを狩って、狩って、狩りまくる。

自重するつもりなどいっさいない。

今は【これ】を着ているおかげで、誰も俺には気づかないし。

それに早く食材を取らないと、宿屋の飯がなくなってしまうからな。

俺はダンジョン内を風となって走り抜ける。

手に持った聖剣でモンスターの首を斬り、聖弓でまとめてモンスターの大群を蹴散らす。

そうやってモンスターを撃破しつつ食材を回収していると、前方に見知った影があった。

「ハァッ！！！」

そこにいたのは、黄金色をした騎士と、がたいの良い魔術師、そしてマフラーで口元を隠したレンジャーだ。

黄昏の竜の面々が、ダンジョン内で狩りをしているようだった。

「魔法を！」

「まかせろや!!」

相手をしているのは、【毒足スパイダー】の大群だった。

無数の毒蜘蛛が大挙して、黄昏の竜めがけて押し寄せてくる。

「そーら！【煉獄の爆炎】！！！」

魔術師が魔力を炎にかえて、そこらにいた大量の毒蜘蛛を燃やし尽くす。

ごぉっ……‼　とすさまじい熱気と爆発が起きて、毒蜘蛛が一瞬にして消し炭になる。

「……リーダー。大きいのが一匹、こちらに」

レンジャーが【聞き耳】スキルを発動させたのだろう、いちはやく敵を察知する。

「わかった！」

リーダーの女は腰から二本の剣を抜くと、レンジャーが指し示す方に、剣を構える。

「はぁあああああ！！！」

剣に魔力を宿し、黄金の槍と化したリーダーが、すさまじいスピードで特攻。

その先にいた毒蜘蛛の親玉に、見つかる前に敵を撃破。

リーダーが敵を倒しても、仲間たちは気を緩めず、リーダーの元へ集まる。

固まって壁際に立ち、レンジャーが【聞き耳】スキルを発動させる。

ややあって、

「……敵影無し」

ほっ……とリーダーと魔術師が安堵の吐息をつく。

敵を倒す手際。

そして最後まで気を抜かない注意深さ。

そこにはたしかに、ベテランの腕があった。

「しかし初級、中級向けのダンジョンって聞いたときには、アタシらには役が不足してるって思ったけどよぉ」

「……ここ、なかなかおいしい狩り場でごじゃるね」

「そうだな。出てくるモンスターがレアなものが多い。さほど強くないが出現頻度の低いモンスターが大量に湧いている。なるほど、ここを訪れる人が多いのも頷けるな……」

うんうん、と黄昏の竜たちが頷いている。なんと、ここってそういうダンジョンだったのか。

「なぁリーダー。しばらくあの宿に泊まろうぜ。どうせあと五日は、結果待ちで暇だろ？」

「それはいいが、ずいぶんとあの宿を気に入ったんだな」

「おうよ！」と魔術師が頷く。

「……せっしゃもあそこはきにいったでごじゃる」

レンジャーの少女も同意していた。

「……やはりお風呂があるのがいい」

「だな。しかも男女で風呂が別々ってのも高ポイントだぜ」

うんうん、と黄昏の竜のメンバーたちが頷いている。みんな満足してくれてるみたいだ。

「そうだな。あと結果がわかるまでこのダンジョンで狩りをしよう。あの宿を拠点にしてな」

異議無し！　とメンバーたちが同意する。俺は内心でガッツポーズを決める。

と、そのときだった。

俺は敵の気配を感じる。

すさまじく速いスピードで、何かが黄昏の竜たちの方へと向かってくる。

「！　リーダー！」

レンジャーが素早く気づく。だがそのときにはもう遅い。

そこには二メートルはあろうかという巨大なコウモリが、すさまじい速度で飛んできたのだ。

ポイズンバッドだ。

鋭い牙を持ち、そこから強い毒を出して相手を倒す……冒険者殺しと悪名高いモンスター。

黄昏の竜の反応は遅れた。

無理もない。

ポイズンバッドは強さはさほどではないが、特筆すべきはその速度だ。

速度だけなら、S級のレアなモンスターなのである。

まさか彼女たちも、こんなレアモンスターがここにいるとは思ってなかったのだろう。

だからこそ、反応が遅れた。

……シュコンッ！

と、俺が物陰から飛び出て、ポイズンバッドを縦に一閃。

ポイズンバッドはそのままふたつに断たれて、爆発四散。

俺はそのまま着地。

「…………。今のは、なんだったんだ?」

いきなりまっぷたつになったポイズンバッドを見て、リーダーが驚愕に目を見開いている。

「わ、わかんねー……。敵が来た、と思ったら、こうなってやがった」

俺のすぐそばで、彼女たちが困惑顔を突き合わせている。

俺がそばにいるというのに、気づいていない。

それもそのはず、俺が今身につけているのが、【透明外套《クリア・マント》】だからだ。

透明外套。

文字通りこれを身につければ、他人から見えなくなるという、魔法のマントだ。

これもルーシーの持ち物だ。

ダンジョンで動き回ると、人に出会う可能性が高くなるから……と貸してくれたのである。

「いったい誰が……?」

「わからん……」

「せっしゃが気づく前に気づいたなにものかが、たおしたのでごじゃろう……」

黄昏の竜のメンバーは、強い。

だがそれでも、元勇者の俺には、及ばないようだ。

俺は彼女たちの無事を確かめたあと、さっさとその場を後にする。

3話　勇者、裏方を走り回る

そこから数日は忙しい日々が続いた。

俺《おれ》が変装した姿、新人冒険者ディアブロ。

彼をスカウトしようと、ひっきりなしに冒険者たちが、はなまる亭にやってくる。

彼らは宿泊が目的でないので、俺へのスカウトがだめとわかると、たいていが帰って行く。

だがそれでも、全員ではない。

男の冒険者が多いパーティは、母さんがいらっしゃいと出迎えると、デレデレした顔で食堂なり宿泊なりをしていく。

また女性が多いパーティでも、風呂がこの宿にあるとわかると、嬉々として宿泊をしていくのだ。

またルーシーの提案によって、料金プランも見直された。

まず宿泊をすれば、二食ついて、そして風呂に自由に入れる。これで一泊銅貨九十八枚。

なぜそんな中途半端な値段にするのだろうか。

ほぼ百枚ならば、銅貨百枚にすれば良いのに。

そう思ったのだが、

『えーっと、そうですね。わかりやすく言うと、百と九十八だと、ほら、なんだかお得感がスゴくしませんか？』

言われてたしかにと思った。

三桁と二桁では、二桁の方が安いと思ってしまう。

結局たった二枚の差なのだが、すごくお得な感じがする。

次に宿泊をしないプラン。

食堂を利用すれば一食で銅貨十五枚。そして食堂を一回利用すると、風呂にタダで一回入れる。

風呂だけのプランもある。一回で銅貨十枚だ。

『こうすればみんな食堂を使ってくれるでしょう?』

たしかに風呂だけ利用すると十。

あと五枚出せば飯も食える……と思うと、十五枚出してメシと風呂のプランを選ぶだろう。

『一食だけお試しに食べれば、ここの宿のご飯がいかにおいしいか、そして食事によってステータスが上昇することがわかるでしょう。そうすればまた食堂を利用しようとなります。そして宿泊しようっていう客も出てきます』

食事を二食で銅貨三十枚。風呂に二回入れる。

一泊すれば(九十八枚出せば)二食+風呂は入り放題。

二食分(銅貨三十枚)に+六十八枚出すだけで、泊まれるし、風呂に何度も入れる。

しかも一泊して七回風呂に入れれば、一泊分の宿泊費の元が取れる(三十+七十=百なので)。

『まあ実際七回も風呂に入る人はいないでしょう。しかし何度も風呂に入れるというのは、特に女性にとっては魅力的に映るはずです』

ルーシーの読み通り、女性の宿泊客の大半は、滞在中何度も風呂に入っている。

朝起きて一回。

冒険から帰ってきて一回。

寝る前に一回入っている人も見る。

それ以上入る人もいるから驚く。

男の宿泊客でも、女ほどではないが、しかし冒険帰りに風呂に入れるのはありがたいと、みんな喜んで宿泊プランを利用する。

とにかく風呂とメシを、みんな褒めていた。

食べると体力が回復し、風呂に入れば疲労回復＋生傷がなおる。

メシのおいしさは保証されている。

なにせ勇者パーティの食を支えたクックの料理が食えるのだから。

風呂は本当に好評だった。

湯船があるようなレベルの風呂は、高い宿にしかない。

みんなこんな安い値段で風呂に入れるなんて！　と喜んでいた。

その風呂なのだが、男女で別に分けた。

創造の絨毯でついたてを作り、湯船も二つ作った。

一方を女湯、一方を男湯と分ける。

『湯船が同じだと嫌がる女性がいますからね。だから湯船を二つに分けました』

王都の宿だと、湯船はひとつしか無くて、男女は時間によって入る入らないが決まっていた。

なので風呂を二つにして、女性は安心して入れるようになった。

結果、女性冒険者の風呂の利用、ひいては宿泊する客数の上昇を招いた。

女性ばかりが泊まるかと思ったが、そうでもない。

男性客もしっかりいる。何せウチには、看板娘がいるからだ。

「いらっしゃ〜い」

「……すげ」

「……なんだこの人きれいすぎる」

「……きょ、巨乳で美人。若くて未亡人、だと!?」

と看板娘である母さんを見て、男たちはハートを打ち抜かれる。

ほぼ全員が、若き暴牛のやつらと同じで、母さんに気に入られようと宿泊したり食堂を利用したりするようになった。

女性客は風呂を、男性客は母さんを、それぞれ目当てに宿を利用していく。

その結果、宿は連日満員だった。

本館だけじゃなくて、別館までも客室が全部埋まるとは思わなかった。

四日目には満室で泊まれない客が出るくらいだった。

客室が満杯になったことで、従業員側の仕事は多くなった。

なにせ部屋数のわりに、従業員数が少ない。

俺とフィオナは、休むことなく動き回った。

まず朝。

食堂に宿泊客がドッ……！　と押し寄せる。

ソフィ両親に注文を取らせて、母さんと俺がメシを出す。

フィオナとゴーレムが厨房に立ち、フライパンや包丁を動かす。

ゴーレムは命令に従い動くが、繊細な動きはできない。

料理を美味しく作るためには、やはり【食神の鉢巻き】を巻いたフィオナが必要だ。(ゴーレムに鉢巻きは装備できないこともある)

なので調理場では、ゴーレムには、
食材のカッティング。

もりつけ。

回収した皿を洗う。

という、単純作業だけを任せて、あとはフィオナがやる。

料理ができるだけの精巧な動きができるゴーレムは、残念だがまだ作るにいたっていない。

フィオナの負担は増えるが、彼女は元騎士。

体力には自信があった。

それに俺は、過労で倒れないように、あるものを作った。

【万能水薬】に【ガンバリ蜥蜴《とかげ》】、【ぐんぐんきのこ】、【ゴーゴーにんじん】。

以上を混ぜて、【滋養強壮薬】を作った。

ルーシーいわく、『栄養ドリンクみたいなものです』

小さな小瓶に入った強壮薬を飲めば、瞬時に体力・気力が回復する薬だ。

これを俺もフィオナも何本か持って働いた。

あまり飲み過ぎはよくないみたいだが、これのおかげで疲れを知らずに動き回れる。

食事の時間が終わると、次は部屋の清掃だ。

部屋のベッドシーツの取り替え、アメニティの補充、掃除をする。

と言っても俺たちは何もしてない。

取り替える作業くらい、掃除をするくらいならば、ゴーレムにでもできるからだ。

掃除の時間、フィオナには休んでもらう。しっかりと休養を取ってもらう。

母さんはやってくる客の応対に終始してもらう。

受付カウンターに座っていて、ときおり部屋に人を案内したりする。

俺はその間、ダンジョンへ飛んでいって食材の補充だ。

モンスターを倒して倒して倒しまくり、食材の補充。

さらに裏庭に置いてある世界樹の樹から雫や実を回収する。

回収した洗濯物は、ゴーレムが川へ行き、洗濯する。

『本当は洗濯機も作れるのですが、必要な素材がレアなものが多すぎて作れませんでした』

とのこと。センタクキとやらはまだ導入に時間がかかるそうだ。

それでもゴーレムを使えば、自動で洗濯物をやってもらえるので、非常に楽である。

食材を取った後はゴーレムの残り魔力《バッテリー》の確認。

足りなくなっていたら魔力結晶を回収し、無限魔力の水晶から魔力を補充する。

食材の収集、ゴーレムの監督が俺の主な仕事だった。

ルーシーはひっきりなしにやってくる冒険者を面接しまくる。

だいたいお帰りくださいと突っ返す。

それでもやってくる量が量なのだ、一回の面接に五分かかったとして、それが十二で一時間。

六十人で五時間もかかる。

驚くことに、結構この宿に、俺に会いに来るパーティは多かった。

この間のあの場にいた冒険者だけじゃなく、国中から、俺のウワサを聞きつけて、ここへとやってきているらしい。

また面接に落ちたやつらも、他の冒険者に【こんなすげえヤツがいてスカウトしようと思ったけどだめだった……】と愚痴ることで、宣伝となり、それがまた客を呼び寄せる。

そうやってどんどんと、俺を引き入れようと、宿へと足を運んでいく。

ただまあ、全員が泊まるかというと、否《いな》である。

やはり村人の態度が悪いことが、そうとう足を引っ張っているようだ。

村にやってきたはいいが、宿の場所がわからなくて村人に尋ねて、その態度の悪さに気分を害する。……というパターンがままあった。

ほんと、おしい。実におしい。

村人が普通の村人ならば、今頃とっくにもっと客が増えてウハウハだったろう。

とは言え、それでも客室が満室になるくらいには、人が泊まっているのだ。

そうやってやってくる客を、俺たちは捌《さば》いていく。

びっくりするくらい、順調だった。

ここまで客がひっきりなしに来てるが、それでもなんとかやっていけている。

それはひとえに、うちの優秀なマネージャーであるルーシーがいたおかげだ。

彼女の的確な指示、下準備、そして綿密な計画があったからだ。

だからこそ、ここまで物事が上手く運んでいる。

本当に、ルーシー様々だ。

☆

五日目の深夜。

仕事が一段落して、俺はルーシーの部屋へと向かった。

「どうぞー」

ルーシーの部屋に入る。あいかわらず部屋は書類の山だった。

それはたいていが報告書だ。

この日にはどんなトラブルがあったのか、何があったのかを、従業員である俺たちが作成しているのである。

ルーシーはそれらに目を通し、改善策をすぐに打ち出してくれる。

「お疲れさん、ルーシー」

俺はルーシーの机に、強壮薬の入った紅茶を出す。ルーシーはありがとう、と言って受け取る。

ず……っと一口くちをつけて、きゅう、と顔をしかめる。

「どうした?」

「あ、いえ……。苦い……あ、なんでもないです」

どうやら紅茶が苦かったみたいだ。俺は厨房から砂糖を取ってきて、ルーシーに手渡す。

「ユートくん、ありがとう」

そう言ってルーシーは、どばどばどばー！　と砂糖をカップにぶち込む。

ずっ……とルーシーが紅茶を飲んで「良い味です」と満足そう。

「そんなに砂糖入れて大丈夫なのか？」

「飲んでみます？」

すっ……とルーシーがカップを俺に手渡してくる。

「いや、それだと間接キスにならないか？」

「おやユートくん。ワタシがその程度で動揺する女だと？」

にこり、とルーシーが余裕のある笑みを浮かべる。

「見た目は子供ですが、中身はそこそこあるんですよ」

「ああ、そう。なら一口だけ」

俺はルーシーから砂糖たっぷりの紅茶を受け取り、飲んで、おえっと吐き出しそうになる。

なんというか、甘すぎる。胸焼けしそうになった。

ルーシーにカップを返す。

彼女は美味しそうに飲んでいた。すげえなこの人。

「ふぅ……これで五日目終了ですね」

ルーシーがイスの上でぐいっと伸びをする。

「だな。ここまで上首尾に事が運ぶとは思わなかったぞ。さすがルーシー」

「いえいえ。上手く回せているのは、あなたがゴーレムを頑張ってたくさん作ってくれているのと、あと食材を絶えず補充してくれているからです。ワタシひとりではここまで上手くいきませんでした」

ふ……っとルーシーが淡く微笑む。

「ユートくんとフィオナさんがいてくれたからこそ、上手くいっているのです」

「ルーシーにそう言われると、光栄だな」

凄腕商人から言われると、俺までできるやつみたいに思えて、なんだか嬉しくなる。

「……いいですよね、ほんと」

ルーシーが俺を見て笑う。

「何がだ？」

「ん。仲間っていいなって」

そう言えばルーシーは、ずっと一人だったと言っていたな。

「ワタシ今まで勘違いしてました。群れるのは力の無い弱者の証拠だと。でも……ワタシ、間違ってました」

紅茶を飲み終えて、ルーシーはつぶやく。

「仲間と協力して何かをなすのって、いいんですね、うん」

ルーシーがにこりと微笑む。

その目の端には……心なしか、涙が浮かんでいるように見えた。

「ルーシー。本当におまえには感謝してもし切れないよ。おまえっていう仲間がいてくれて、俺は嬉しい」

「ば、ばか……やめてくださいよ。お礼を言うのはワタシの方ですって……」

てれてれ、とルーシーが照れていた。

「それに感謝の言葉はまだ早いです。繁忙期はあと二日あります。明後日の夜を乗り切ってから、お礼をまた言ってください」

「ああ、そうか。あと二日あるんだったな」

忙しい時期の七日間。そのうちの五日目を終えた。たしかにあと二日ある。

「まあでも五日間、大丈夫だったんだから、残り二日も余裕だろうな」

俺の言葉に、ルーシーが黙り込む。

沈思黙考して、

「だと、いいんですが……」

と考え込む。

「何か気になることでもあるのか?」

「……ええ。忙しい時期が五日も続いたのです。そろそろどこかに不具合が出てくると思います」

ルーシーの顔に、真剣みが増す。

考えすぎじゃ……という言葉は、引っ込んでしまった。

「俺もフィオナも倒れないよう、強壮薬をこまめに飲んでいるぞ。倒れないように食事はしっかり取っているし、休憩もきちんと取っている。だから大丈夫だ」

「……いえ、心配してるのはあなたたちではありません」

俺たち以外に、ルーシーは懸念を抱いているようだ。

「じゃあ母さんか？」

「違います。ナナさんは肉体労働してないでしょう。だから過労で倒れることはないです」

本格的に、ルーシーが何を心配しているのか、俺にはわからなかった。

「……考えすぎですかね。まあ数ヶ月分の家賃をチャラにしてやるのです。まさかとは思いますが……バックレることはないですよね」

大丈夫、とルーシーが自分に言い聞かせる。

「何が心配なんだ？」

俺がルーシーに尋ねる。

「……いえ、ユートくん。気にしないでください。あなたに余計な心配事を増やしたくないので」

そう言って、ルーシーはそれ以上なにも言ってくれなかった。

まあ、彼女が気にしなくて良いというのなら、気にしなくて良いか。

「それよりユートくん。もう夜遅いですよ。早く寝ないと」

ルーシーが俺の体を気遣ってそう言ってくる。

「それはルーシー。おまえもだろ」

「ワタシは……まだちょっとやることがありますし、少し仕事やってから寝ます」

書類の山を見て、苦笑するルーシー。

「だめだって。寝ろよ」

「……ふむ。では、こうしましょう」

ルーシーが立ちあがって、ベッドに腰を下ろす。そして自分の隣を、ぽんぽん、と叩く。

「ユートくん。お姉さんと一緒に寝ましょう」

とかなんとかおっしゃるルーシー。

「あなたが帰ったらワタシは明け方まで仕事しちゃうかもですよ。ならほら、一緒に寝ましょう？」

にやーっとルーシーが意地悪な笑みを浮かべる。どうやら俺をからかっているみたいだ。

「わかったよ」

俺は電気を消して、ルーシーの隣へ座る。

一緒にベッドに横になる。

「……大丈夫です、ユートくん。あなたの、仲間の期待には、絶対に応えます。絶対に、上手く行かせます」

ルーシーの声には、使命感のようなものがこもっていた。

「大丈夫、何もない。絶対に上手く行かせる……」

「……ルーシー。あんま気負わなくても」

いいぞ、と言う前に、

「ぐー」

とルーシーが眠ってしまった。寝付き良すぎるだろう……。

くうくうと可愛らしい寝息を立てるルーシー。俺は彼女の顔を見ながら、俺も目を閉じる。

大丈夫。上手く行く。だってこっちにはルーシーがいるのだから。

☆

そして翌朝。六日目。
事件が起きた。
食堂を手伝っていた、ソフィの両親が、夫婦そろって、食堂へ、あらわれなかった。
二人は仕事を、ばっくれやがったのだ。

第6章

1話　勇者、新たな責任を背負い込む

六日目。

その日の朝、俺は食堂でルーシー、フィオナ、母さんと食事を取っていた。

「あら～？」

真っ先に異変に気づいたのは、母さんだ。

きょろきょろ、と辺りを見回す。

立ちあがって、んんー？　と食堂の外を見やる。

出て行って、帰ってきて、あれ？　と首をかしげる。

「どうしたんですか、ナナさん？」

ルーシーが母さんに言う。

母さんはあいている席を見て、

「ソフィちゃんがいないな～って」

言われて、俺もフィオナも、気づいた。

いつもならソフィは、俺たちが来る前に、ここにいるはずなのだが。

今日は俺たちがほぼ全員集合しているというのに、ソフィの姿が見えない。

「寝坊でもしてるんじゃないか?」

「いや……ソフィは毎日同じ時間に寝て、同じ時間に起きるはずだ」

ソフィは二十時に寝て、六時に起きている。いつもそれは変わらない。

彼女の体が、二十時にバッテリーが切れて、六時に目を覚ます、と習慣づいているのだ。

だのに……今は六時半。

いつも起きてるはずの時間に、目を覚ましてない。

「ユート。私はあの小娘の様子を見てくる」

がたり、とフィオナが立ちあがる。

「ワタシも行きます。嫌な予感がします」

フィオナが真っ先に食堂を出る。

そのあとにルーシー、俺と続く。

足の速い俺とフィオナが本館二階へと登り、ソフィ家族の使う部屋の前までやってくる。

「おい、いるか?　いるなら返事をしろ。おいっ!」

フィオナがドンドン!　とドアをノックする。

だがソフィ夫婦はおろか、娘すら起きてこない。

「クソ!　ユート蹴飛ばしていいか!?」

フィオナが切羽詰まった表情で、ドアに蹴りを噛まそうとする。

だが俺は慌てて彼女を止める。

おそらく鍵がかかっていると思ったのだろう。

「まて、マスターキーがある。取ってくるから」

と俺がきびすを返そうとした、そのときだった。

ルーシーが俺たちの間をすり抜けて、ドアノブに手をかける。

「マスターキーを持ってきました。どいてください」

万事において用意の良いルーシーが、フロントによってマスターキーを取ってきたみたいだ。

ガチャリ、と鍵を開けて、ドアノブを回す。

ルーシーのあとに俺とフィオナが続く。

そこにいたのは、ソフィだけだった。

ベッドの上にソフィだけがいて、くうくうと寝息を立てている。

フィオナが、あれだけ大きな声を上げたというのに、ソフィは眠ったまま起きない。

そこに俺は、タダならない雰囲気を感じた。

枕元にはガラスのコップがあり、緑色の水薬が入っている。

「ソフィ！」

俺は彼女に近づいて抱きおこす。

強く揺すっても、ソフィは起きようとしない。

「ソフィ！　ソフィ！　おい！」

「…………ユートくん」

ルーシーが枕元のガラスコップをとりあげて、すんすん……とにおいを嗅ぐ。

「睡眠薬です。たぶん、これを飲んでソフィちゃんは眠らされたのでしょう」

ぎり……とルーシーが歯がみする。

いったい誰が飲ませたんだ？　と聞かなくても、俺はなんとなく察していた。

部屋に鍵がかかっていた。そして娘だけがベッドに残っている。

「……決まってるだろう」

声が、震えている。ルーシーではない。俺でも、ない。

「……あいつらが、あいつらに、決まっているだろう」

フィオナがぎゅっと握り拳をにぎりしめて、言う。燃えるような髪と瞳が、業火《ごうか》のようにめらめらと燃えているようだった。

「……クズが」

最初は小さく、

「あのっ、クズどもがぁあああああああああああ！！！！」

激昂に身を任せて、フィオナがその場にあった調度品を蹴り壊した。

テーブルや棚に穴があく。

「フィオナ！　落ち着け！」

俺はフィオナを羽交い締めにする。身体能力的には俺の方が上だ。

だが怒りに我を忘れた彼女を、止めることはできなかった。

「あいつら！　クソがぁ!!　そうやっていつも私を！！！　私が！　どれだけ辛い思いして！！！　どれだけさみしい思いをして!!　それをっ！　クソっ！　ちくしょう!!」

「フィオナ……ソフィ！　ソフィ！　落ち着け！！！」

俺は二周目（フィオナ）ではなく、一周目（ソフィ）の名前を呼ぶ。

だが彼女は止まらない。壁を殴る、殴って、穴を開けそうになる。

「私はお荷物なのかよッ!!　おまえらにとって私ってなんなんだよッ！！！　邪魔者なのかよッ！！　じゃあ私を産むんじゃねぇよバカヤロウぉおお！！！！」

……フィオナの怒りが止まることはない。このままでは宿を破壊しかねない。

意を決した俺は、フィオナの顔を掴んで、

「！？！？！？」

……無理矢理、フィオナの口に、自分の口を押しつける。

フィオナの目が大きく見開かれる。

彼女のチカラが、だらりと抜けた。

そのままずとん……とフィオナが脱力し、そのましゃがみ込む。

「落ち着いたか？」

口を離して俺が聞く。

「…………」

フィオナの怒りは収まったが、うつむいて、そのまま何も答えない。

「私は……邪魔者だったんだ。私を置いて、あいつらは……やっぱり、私は……」

先ほどまでの激しい怒りは通り過ぎ、あとには抜け殻のようになったフィオナがつぶやいている。

ルーシーはフィオナの様子を見て、さらに表情を険しくする。

「……最悪です。最悪の事態になりました。あの二人だけじゃなく、フィオナさんまで」

すると……。

「ぱぱー？」

今の騒ぎで、ソフィが起きた。むくっ、と体を起こして、辺りを見回す。

「あれ？　みんなー？　ねえ、パパは？　ママも？　ねえ、みんな、パパとママは、どこー？」

俺は、何も言えなかった。みんなも、何も言えないでいる。

まさか、君を置いて、逃げた……なんて、言えなかった。

☆

あれから三十分後。

フィオナを俺の部屋に残し、俺は食堂へと戻る。

そこには重く沈んだ表情のルーシーがいて、イスに腰掛けている。

正面に座る母さんは、ソフィを抱っこした状態で、同じく険しい表情をしていた。

「……フィオナさんは？」

ルーシーが俺に気づいて言う。

「落ちつきはした。けど……」

「意気消沈、ですか」

彼女の言うとおり、フィオナは抜け殻のようになっていた。

「無理もありません。フィオナさんもまたソフィちゃんなのです。過去の自分が、過去の両親によって捨てられた現場を見たら、怒り狂うのもいたしかたありません」

ルーシーがぎり……と歯がみする。

「ソフィの部屋に両親の荷物はありませんでした。恐らく……あの二人は一時的じゃなく……」

「……んだよ、あいつら」

俺まで腹が立ってきた。

ソフィが、フィオナが何をしたというのだ。彼女は何も悪いことをしてないじゃないか。

「なんでソフィを置いてくんだよ。ソフィが何したって言うんだよ」

「……邪魔だったのでしょう」

ルーシーの言葉に、俺は暗い気持ちになる。

口惜しいが両親の気持ちをわかってしまったからだ。

ソフィの両親は冒険者だ。

ふたりとも働いていた。

子供は今まで、無料で見てもらっていた。

だが今後はそうはいかない、料金を取るとルーシーは言った。

そうなると、本格的にソフィは負債でしかない。

タダでさえかつかつの生活の上に、ソフィの面倒代。

さらにこの一週間は、本業による収入はなく、ただ働きだ。

加えてこの五日間の激務。

……そりゃ、逃げるよな。

「？　ねえナナちゃん、どうしてみんな、くらーいかおしているの？」

置かれてる状況を、ソフィはまるで理解してない。きょとんと目を丸くしている。

「……ソフィちゃん、ごめんね」

ぽつり……とルーシーがつぶやく。

その声は、驚くほどまでに、弱々しかった。俺はルーシーを見やる。

「ごめん、ごめんねソフィちゃん。ワタシのせいだ……」

彼女は、泣いていた。

逆境にも笑っていた彼女が、ひとり、さめざめと涙を流している。

「……ワタシのせいだ。ワタシが、人の気持ちを考えずに取り立てたから。ごめん、ごめんね、ごめんねぇ……」

ルーシーは自責の念に駆られているようだった。

「ルーシー。おまえのせいじゃない。悪いのはあのクズ親だよ」

「いえ……でも……」

ぽろぽろと涙を流すルーシー。

「るーしーちゃんどうしたの？　おなかいたいの？　だいじょうぶ？」

一番の当事者が、ルーシーの身を案じる。

ルーシーはぐす……っと目をこすったあと、

「……大丈夫です。ご心配をおかけしました」

ふぅー……っとルーシーが長く重く、吐息を吐く。

「ソフィちゃん。安心してください。あなたの身は、ワタシが保証します」

ルーシーはソフィの前に立ち、彼女の小さな手をきゅっ、と握る。

「はえ？　るーしーちゃん？」

「あなたはワタシが、責任を持って育てます」

ルーシーが、よいしょと、ソフィを持ち上げる。

「これからは……ワタシが、ソフィちゃんの……くぅ、おもっ」

ふらふら、とルーシーがソフィを持ち上げる。彼女がふらついていると、

「よいしょー」

と言って、母さんがルーシーごと、ソフィを持ち上げる。

「な、ナナさん」「ナナちゃんちっからもちー」

ルーシーが目を白黒させ、ソフィはきゃっきゃとはしゃぐ。

「話は、聞いたよ～……」

母さんが一瞬だけ、沈思黙考して、にこーっと笑う。

「ソフィちゃん。パパとママ、ちょっと遠くに行っちゃったみたいなの」

母さんがソフィを見て言う。

「そーなの？　おしごと？」

「そう、お仕事よ～」

ルーシーが目を見開く。

母さんは目を閉じて、ふるふる……と首を振った。

まだこの子には、真実を告げないほうがいいと。そう言いたいらしい。

「おしごとかー……。さみしくなるなー……」

しゅん、とソフィが気落ちする。

「だぁいじょうぶよ～」

母さんが暗い雰囲気を吹き飛ばすように、明るく笑って言う。

「ソフィちゃんのそばには、ルーシーちゃんと、わたしが、いるよ～」

「ナナさん……。これはワタシだけの……」

母さんはルーシーの唇に、人さし指を当てる。

「暗い顔しちゃ、だめだよ～。笑顔笑顔、笑顔でいないと～」

ルーシーは母さんを見やる。彼女の明るい笑みを見て、水色髪エルフも、

「……そうですね」

と言って微笑を浮かべる。

「ほえ？　ほえほえ？　なになに、どーゆーこった？」

「つまりね～、これからはママとルーシーちゃんが、ママとパパの代わりだよーってことだよ～」

するとパァッ！　とソフィが笑顔になる。

「ほんとっ？」

「ええ」

「本当よ～」

母さんとルーシーが笑顔で、ソフィに頷く。

「じゃあふぃー、ぜんぜんさみしくないっ。るーしーちゃんとナナちゃんがいるし、それにそれに」

ぴょん、とソフィが母さんから下りる。

俺に抱きついてくる。

「ナナちゃんがいっしょーってことは、ゆーくんともいっしょーってことだよねっ！」

無邪気に笑うソフィ。俺は小さい彼女の身体を、ぎゅっと抱きしめる。

「……ああ、そうだ。これからは、ずっと一緒だ」

ルーシーのミスは、パートナーである俺のミスでもある。

ソフィの両親が出て行ったのは、俺にも原因があるということだ。

彼女はもう俺の家族だ。なら家族として、彼女を支える義務が俺にはある。

母さんだけじゃない、ソフィも、俺は支えていこう。

そう、決意したのだった。

☆

支えていこうと決意をしても、日々の業務が軽くなってくれるわけじゃない。

むしろ労働力が三人分も、減ってしまったのだ。

「くそ……どうしよう……」

俺は自分の部屋に一度戻って、一人考える。

「ホールの数も足りないし、なにより料理を作ってくれる人間がいない」

母さんに任せる手もあるが、食神の鉢巻きの説明を上手くできないので、使わせられない。

フィオナは、この不思議な鉢巻きのことを知っている。効果と、出所を。

しかし母さんは何も知らない。

俺が勇者であることも。

未来からもらってきたアイテムのことも、なにも。

ゆえに鉢巻きを使えるのは、俺か、ルーシー。

だが俺が調理場に立つわけにはいかない。

ルーシーも冒険者の相手をしないといけない。

「打つ手無し、か……」

新しく人を雇った場合でも一緒だ。

結局は食神の鉢巻きを使える、安心して使わせられる人間が、いない。

「クソ……」

俺は部屋の中を歩き回る。

せっかく上り調子なのだ。

ここで宿を閉めるわけにはいかない。

昨日からの宿泊客が、そろそろ朝食にどっと押し寄せてくるだろう。

「どうする……人がたりない。人が、人が……」

本格的に打つ手がなかった。

「くそ……こんなときに、みんながいれば……」

俺の脳裏には、一周目の世界で出会った仲間たちの顔が、浮かぶ。

彼らが今この場にいればどれだけ心強かったか。

あの仲間たちにならば、俺は安心して任せることができる。

「みんな……」

だが、無理だ。彼らは一周目、未来の人間だ。

彼らはこの二周目の過去の世界には、いない。

どこを探しても、彼らを見つけることはできない。

彼らに会うためには未来へ行く必要がある。

フィオナのように、時空を、渡る必要がある。

「……そう言えばフィオナは、」

時空を渡って、ここへやってきた。

どうやって……？

「そうだ」

俺は部屋の片隅に目をやる。

そこには……小さなナイフが落ちていた。

俺はそれを拾い上げる。

【時空の悪魔】が使っていた、時間と空間を渡ることのできるナイフだ。

「これを使えば……未来の世界へ行ける」

だがフィオナは言っていた。

これは、悪魔にしか使えないと。

フィオナは時空の悪魔にナイフを使わせて、ここへやってきたのだ。

「悪魔じゃないとナイフは使えない……か」

と、そのときだった。

ぼぉ……っとナイフが、淡く光り出したのだ。

「なんだ？　光ってる……？」

そしてナイフだけじゃなくて、俺の中の【なにか】が、反応を見せた。

俺はアイテムボックスを開いて、【それ】を取り出す。

【それ】は、ナイフと同様に、光り輝いていた。

それどころか、【それ】とナイフは、呼応するように、光っている。

「…………」

俺はナイフを強く握りしめる。行ける……という確信が、俺にはあった。

なぜかは、わからない。なぜ【これ】があると、ナイフが光り輝いたのだ。

だが……今はそんな疑問を挟む暇はない。

行けると思ったのだ。

なら、行くべきだ。
俺はナイフを振り上げる。
そして、振り下ろした。

2話　勇者、仲間を召喚する

ユートの働きによって、激昂状態だったフィオナが冷静さを取り戻した。
だがフィオナは抜け殻状態になってしまう。
話はその六時間後。
夕方くらいのことだ。
「…………」
フィオナは自分の部屋で目を覚ます。
天井を、そして窓の外を見やる。
窓からはオレンジ色の暖かい夕日が差していた。
部屋の中は暗く、まるで自分の心の中のようだ。
「……。……！　しまった!!」
フィオナは自らの過ちに気づく。
今日は忙しい時期の六日目。
厨房を支える自分が今ここにいるのは、まずい。
フィオナは立ちあがろうとする。
しかし……ぽすん、とその場に尻餅をつく。

「あれ……なんで……」
何度立ちあがろうとしても、フィオナは立ちあがれなかった。
力を入れようとしても、とたんに虚脱感が襲ってくる。
まるで体のどこかに穴があいてしまったようだ。
そこから自分を動かす燃料のようなものが、漏れているようである。
「どうして……行かないと。ゆーくんを……たすけないと」
幼い頃の呼び方に戻っていることに、フィオナは気づいていなかった。
「ゆーくん……」
今この場に愛しい彼がいないことに、とてつもないさみしさを感じる。
これでは、まるで過去の自分に戻ってしまったようだ。
過去の自分。
弱かった自分。
一周目の自分は、二周目のソフィと同じで、弱く、甘えん坊だった。
両親は冒険者だった。
忙しくていつも、自分を構ってくれなかった。
それどころかいらない子みたいな扱いをしてきて、フィオナはそれが悲しかった。
そんな中で、ナナミと、そしてユートだけが、フィオナの支えだった。
優しいはなまる亭のふたりがいたからこそ、フィオナは腐らずにいられたのだ。
ただそれは、裏を返せば、ふたりに甘えていたということ。

ユートもナナミも底抜けに優しかった。

だから、優しい彼らに、甘えていたのだ。

けれど……ユートは勇者になってしまった。

彼は国王に呼ばれて、魔王退治に召集された。

そのときフィオナが感じたのは、両親が死んだとき以上の喪失感だ。

このまま彼が遠くへ行ってしまう。

優しい彼が、大好きな彼が、自分の元を離れて行ってしまう。

フィオナは嫌だった。

彼のそばにずっといたかったから。

だから彼についていく決心を決めた。

だが今までの、甘えん坊な自分では、魔王退治に行く彼の足を引っ張ってしまうだろう。

だからこそ、フィオナは仮面を被った。

弱い自分を捨て、強い自分になるべく。

そして彼女はユートが出て行ったあと、王都の道場で剣の修行をつけてもらい、力を身につけた。

幸いなことに、フィオナには剣の才能があった。

だから数年で達人レベルまで、剣の腕が上昇した。

あとはこの国の各地に散らばる悪魔を倒しているユートの元へ行った。

彼の役に立ちたいと、そしてこの国のために自分も剣を振るいたいと、ウソをついたのだ。

そう、ウソだ。

世界なんてどうでも良い。

ただ、彼のそばにいたかった。

彼のそばにいるためには強くないといけなかった。

だから、仮面を被ったのだ。

「…………ゆーくん」

だが、所詮はウソの仮面を身に纏っていただけに過ぎない。

本当の自分は、弱虫で、泣き虫の、弱い自分だ。

両親が自分《ソフィ》を捨てた。

両親が娘《じぶん》を愛してなかったと、確信を得た。

一周目の時は、その確信を得る前に、両親は死んだ。

だから両親は自分のことをいらない子だと思っていた【かもしれない】、と憶測ですんだ。

予感はあったが、確証はなかった。

けど……二周目の世界で、フィオナの憶測は、真実だったと知ってしまった。

自分はいらない子だったのだ。

自分は、両親にとって邪魔な存在だったのだ。

一番かわいそうなのは、二周目のソフィだろう。

けど……二周目だろうと一周目だろうと、どちらもが自分《ソフィ》なのだ。

自分はいらない子。

それを知って、フィオナの仮面はあっさりと落ちて、弱い自分が露呈してしまった。

所詮自分はいらない子。
誰にも必要とされない子供。
ユートとナナミという例外を除き、誰も自分のことを愛してくれない。
誰からも、心配もされない。必要とされない。
そんな脆弱な存在が……自分であると。
そんな自分を愛してくれるのは、ユートだけだ。
だが今、その最愛の彼に、とてつもない迷惑をかけている。
早く行って彼を助けないと……と思っていても、体と心に、チカラが入らない。
所詮自分は、いらない子なのだ……と。
そうやって凹んでいた、そのときだった。
「フィオナ。入るぞ」
がちゃり……とドアが開いた。
そこにいたのは、大好きな彼、ユートだった。
「ユート……」
ぱっと心が晴れやかになる。
だが瞬時に暗い気持ちになった。
申し訳なさで、死にそうになった。
こつこつ……と彼が近づいてくる。
彼の方を見ることができなかった。

きっと……彼は怒っている。あきれている。仕事をさぼって、夕方まで寝ていたのだ。

きっと……彼は責めに来たのだ。

「フィオナ」

だが彼の声音は、底抜けに優しかった。

フィオナは顔を上げる、穏やかな表情の彼がそこにいた。

好きで、大好きな、彼の優しい笑顔だった。

「大丈夫か？　気分は悪くないか？」

「……………うん。大丈夫」

気が緩んでしまい、しゃべり方が昔に戻ってしまっていた。

「……ゆーくん。ごめん。私のせいで、迷惑をかけて」

すると彼は微笑んで、

「ぜんぜん。迷惑なんてかかってないぞ」

と言ってくれる。彼の優しさが骨身に染み渡る。

「しかしゆーくん……。私が半日眠っていたせいで、大変だったのでしょう……？」

特に食堂は悲惨なことになっているのは、想像に難《かた》くない。

食神の鉢巻きを使えるのは、現状、自分ひとりなのだから。

「大丈夫だ」

ユートは笑って首を振る。

フィオナを気遣って大丈夫だと言っているのかと思った。

その思いが顔に出てしまっているのだろう。

「見てもらった方が早い。きっと驚くぞ」

ユートは手を伸ばしてくる。小さい、子供の手だ。

その手を摑むと、ぐいと彼が引き寄せる。

体が持ち上がる。

彼は見た目は子供だが、勇者の強化された身体能力があるため、大人を軽々と引き寄せられる。

ふらつくフィオナ。

だが彼が抱きとめてくれた。

彼の体温が実に温かい。

心がぽわぽわとする。

そこでフィオナは気づいた。

さっきまで立ち上がれないほどに消沈していたはずだが、自分の足で立っていられることに。

「行こう」

「……うん」

彼が手を引いてくれる。簡単に足が動く。

さっきまで動けなかった体が、ウソみたいだ。

じわりと視界がにじむ。

軽くなった気持ちと体が、如実に語る。

彼が好きなのだと。彼を愛しているのだと。

だからこそ、こんなにも自分は、彼に安らぎを覚えているのだと。

だが同時に申し訳なさが鎌首をもたげる。

彼の足を引っ張ってしまったことに。

彼の【大丈夫だ】という言葉に、どこか疑念を持ってしまっている自分に。

フィオナは頼りない足取りで、ユートとともに階段を降りる。

一階へ到着し、食堂へと行く。

食堂は機能しているのだろうか。

だって厨房に立つ人間がいないのだから。きっとがらんとしているに違いない……。

「うめー！」

「おーい！　まだかよ！　こっちは腹ぺこなんだよ！」

「うっせー！　せかしてんじゃあねえーよ！　ナナさんが運んでくるまで大人しく待ってろやごらあ！！！」

食堂の中は、人で溢れかえっていた。

テーブルは全て満席。

冒険帰りのパーティたちが、飲んで食っての大騒ぎ。

若き暴牛がステーキを食いながら、ホールを駆け回るナナミを見て、でれでれとした視線を送る。

黄昏の竜が、風呂上がりなのか顔をつやつやとさせ、デザートのプディングを食べている。

ホールのあちこちからは、注文を呼ぶ声と、そして料理がこないことに対する不満の声が上がる。

だが……。

「い、今行きますぅ～……」

「フンッ！　Ａセット持ってきたわい！」

「空いたお皿を回収シマスネ」

すかさずやってきた【その子】が、注文を取る。

料理を持った小柄な【その人】が、テーブルに乱暴に食器を置く。

長身の【彼】が、空いた皿を持って調理場へと戻っていった。

「……ゆーくん」

目の前の光景を呆然と見やり、ぽつり……とつぶやく。

「私は、夢でも見ているのだろうか。ここにいるはずのない人間が……」

と、そのときだった。

「あー！　そふぃーさぁーんっ！」

ホールにいた【彼女】が、フィオナに気づいて、パァッ！　と表情を明るくする。

ばるんばるん！　とその大きな胸を弾ませながら、彼女がフィオナの前へやってきた。

長い金髪。常に泣きそうな垂れ目。そして目を見張るほどの大きな乳房。

そして……特徴的な、長い耳。

そう、そこにいたのは、エルフの少女だ。

だがエルフの少女などどこにでもいるだろう。

しかし彼女は、この子は、この世界にいるはずのない人《エルフ》だ。

「えるる……。どうして、ここに？」

かつての仲間、冒険者パーティでいっしょだった少女。

エルフのえるるが……そこにいたのだ。

「え、えへへっ。ユートとソフィさんのぴんちと聞いて、やってきましたっ！」

えっへん、とえるるが胸を張る。

「いや……やってきたって、そんな簡単に言うけど……」

簡単な話ではない。

なにせえるるがいたのはここから先の未来、一周目の世界だ。

二周目へ来るためには、時空を渡ってこないといけない。

それこそ、自分《フィオナ》がそうしたように。

疑問はある。

だってあの時空の悪魔が使っていたナイフは、もう誰にも使えないはずだったのに……。

と、そのときである。

「おう！　ソフィの嬢ちゃん！」

「ソフィサン」

どかどかどか……と山小人と長身の男が、フィオナの元へ来るではないか。

「フン！　寝坊助め。来るのが遅いわ！」

「お元気そうでよかったデス」

山小人がニカッ！　と笑う。

知ってる。

彼を知っている。

長身の男が、不器用に微笑む。

知ってる。彼も、よく知っている。

豊かなあごひげの山小人。

病人かと思うほど青白い肌をした男。

彼らの顔も、名前も、よくよく知っている……。

だから意識せずとも、彼らの名前が口からぽろりとこぼれ落ちた。

「山じい……それに、エドワード……」

山小人の山じいに、錬金術師のエドワードだ。

どうして、一周目の仲間がここに……？

「ワタシたちだけじゃナイデスヨ」

スッ……とエドワードが、調理場を指さす。

そこに立っていたのは……。

「へイお待ち！　Bセット完成っ！　ルイ！　持っていってくれい！」

「はーい。了解よあなた～」

調理場に立つのは、子供と思うほど小さな身長の、黒髪の青年。

彼から皿を手渡されて、ニコニコと笑うほっそりとした女性。

「クック……。それに、ルイも……」

フィオナは信じられないといった表情で、そこにいる面々を見やる。

この場において、勇者パーティのメンバーが、勢揃いしていたのだ。

バカな、あり得ない……。

あり得るはずがない。

だって彼らは……未来の人間だ。ここにいるはずないのだ。

「ソフィさんっ」

「姐さん！」

クックとルイがフィオナに気づき、調理場から出てきて、こちらへ駆け寄ってくる。

「ふたりとも……」

「兄貴から無事なのは聞いてたけど、実際にこうして姐さんの顔見てほっとしたぜ」

「まったく。スゴく心配したんですよ。ユートさんだけじゃなく、あなたも私たちにだまーっていなくなってしまうから」

残りの面々も同意見らしく、うんうん、と頷いている。

ユートが願いの指輪で過去へ戻ったあと、仲間たちは彼を捜した。

その中でフィオナは時空の悪魔をとっ捕まえて、誰にも言わずみんなの前から消えた。

「私を……心配してくれてたのか？」

するとと仲間たちが、

「ったりめーよ！」

「もちろんです」

「あ、あたりまえじゃないですかっ」

「フンッ！　ふざけたことを抜かしやがって！」

と頷いて返してくれた。

「………………」

フィオナは、恥じた。

己のバカさ加減をだ。

自分には、ユートしかいないと思っていた。

仲間たちはしょせんビジネス上の仲間。

魔王退治が終わった今、仲間たちと自分との間には、なにもないと。

だからユートが過去へ戻ったとき、フィオナは躊躇《ちゆうちよ》せず時空を渡った。

一周目の世界で、自分を知るものも、愛してくれるものも、心配してくれるものもいないと。

ナナミは死んだ。ユートは過去だ。

なら過去へ戻ることに、いささかの躊躇も後悔もないと。そう思っていた。

だが……間違いだったのだ。

「ソフィサン」

錬金術師のエドワードが、フィオナに近づいてくる。

「みんなユートサンだけじゃなく、アナタのこともとても心配してたんデス。ユートさんも、あなたも、黙っていなくなるから」

知らず……フィオナは涙を流していた。

本当に、自分はバカだなと。

自分にはユートとナナミしかいないと思っていた。でも……違ったのだ。

仲間が、いたのだ。ユート以外に、自分の身を案じてくれる、仲間が。

「フィオナ、いや、ソフィ」

ユートが背中をさすってくれる。

優しい声音に、心が洗われる。

「両親が出て行ったあとにおまえさ、自分がいらない子みたいなこと、言ってたろ」

「うん……」

「そんなことないって。おまえはいらない子なんかじゃない。おまえを必要とする人間はいる。俺も。母さんも。ルーシーも」

それに……と続ける。

「おまえのことを心配してくれる、仲間がいるじゃないか」

フィオナの前で、かつての仲間たちが笑っている。

皆全員が頷いてくれていた。

ああ……と目を閉じる。

自分は、いらない子なんかじゃ、なかったんだ。

自分をいらないと思っていたのは、両親だけだったのだ。

たったふたりだ。

ふたりから嫌われていただけだったんだ。

自分にはたくさんの仲間がいたんだ。

みんなが、フィオナのことを大切な人だと、思ってくれていたのだ。

「ゆーくん……」

フィオナはユートの顔を抱きしめる。

「ありがとう……。みんな、ありがとう……」

体のどこかにあいた穴は、いつの間にかふさがっている。

もう、自分を見失うことは、ない。

仲間たちがいる。

自分を、いらない子じゃないよと笑って首を振ってくれる仲間がいた。

いる。これからも……い続けてくれる。

ならば……もう私は、私を見失わない！

フィオナはしっかりと足をつけて立つ。

自分の足で立つ。

誰にも支えてもらわなくてもいい。

今は……自分の足で立てる。

たとえ辛くてくじけそうになっても、支えてくれる仲間がいるだけで、自分は立っていられる。

「よーしっ！　んじゃ姐さんも復活したところだし！　おめーら！　もうひとがんばりだ！」

クックが音頭を取ると、全員が「おー！」と拳を振り上げる。

「フィオナ」

すっ……とユートが、食神の鉢巻きを、手渡してくる。

受け取る。彼を見る。

「いけるか？」

大切な人が、自分を頼ってきている。ならば返事はひとつしかない。

「ああっ!!」

鉢巻きを受け取り、強く頷く。

クックとともに調理場へと向かう。

かつてはユートの隣が自分の唯一の場所だった。

だが今は、ユートから離れたこの調理場が、自分の居場所である。

もう両親のことは、頭になかった。

今は支えてくれる仲間たちの顔しか、見えない。

フィオナは気合いを入れる。

体が軽い。

チカラに満ち満ちている。

「いくぞクック！」

「おっけー姐さん！」

フィオナは戦場へと足を踏み出す。

剣の代わりに包丁を持ち、モンスターの代わりに食材を切る。

ここが新しい、自分の戦場。

新しい、自分のいるべき場所。

そこでフィオナは、せいいっぱい生きよう。
両親に捨てられて凹んでいた自分《ソフィ》はもういない。
弱さにおびえて仮面を被っていた自分《ソフィ》も、いない。
ここにいるのは……フィオナだ。
料理人のフィオナ。
それが新しい名前。
新しい、自分。
弱さを乗り越えて誕生した、強い自分の姿だった。

3話　勇者、制裁を加える

【はなまる亭】の危機を救ってくれたのは、かつての仲間、勇者パーティの面々だった。

意気消沈していたフィオナも、仲間たちの存在に気づいて復活。

ソフィ両親の穴を埋めてなおあまりある戦力のもと、俺たちは一丸となりピンチに立ち向かった。

そして……。

繁忙期は大盛況で、乗り越えることができた。

超優秀な人材を召喚したことによって、六日目、七日目も余裕で客を捌くことができた。

お客さんはみんな満足してくれて、また来るよと笑って客が帰っていくのを見て……俺はとてつもない満足感と達成感を覚えた。

そして、最終日から二日が経過した、夜のこと。

食堂には、従業員＋勇者パーティの面々が集まっていた。

「それじゃ～みんな～」

食堂の中央、母さんが飲み物のグラスを持っている。

「飲み物は行き渡ってる～?」

母さんが従業員とパーティメンバーを見回す。

「大丈夫です、ナナさん。始めてください」

ワイングラスを持ったルーシーがそう言う。

中にはなみなみと葡萄《ぶどう》色の液体がつがれている。

……酒、飲めるのか？　いや、飲めるか。

ルーシーは子供のような見た目に反して、中身は大人なのだ。

きっとあのワイングラスの中身は、葡萄酒に違いない。

「それじゃ～みんな～。忙しい中、ごくろうさまでした～。かんぱーい」

「「「かんぱーい!!」」」

その場にいたみんなが、喜色満面でグラスを突き合わせる。

そしてごくごくとグラスの中身を飲み干す。

「ぷはー！　うっめーす！　さすが創造の絨毯で作った葡萄酒っす！」

とクック。

「フンッ！　当然じゃ。山小人《ドワーフ》秘伝の酒がうまくないわけがないだろう」

絨毯の中に葡萄をつっこんだだけで酒ができたのだ。

ルーシーはこの使い方を知らなかった（俺もだが）。

それを聞いて【これはお金になりますよー！】と目を$にして喜んでいた。

乾杯のあとに、テーブルには大量の料理が運び込まれてくる。

フィオナとクックの料理人コンビが作った飯だ。

ぷりっぷりのエビがたっぷりと入った海鮮ピラフ。

果実のソースのかかったローストビーフ。

シチューのパイ包み。

てらてらとバターのやけ目が美味そうなリンゴパイ。

ジュウジュウと、鉄板の上で美味そうなにおいを立てている、サイコロステーキ。

これらで使った食材は全て俺がダンジョンで取ってきたものだ。

動物系モンスターを倒して肉が出るように、サハギンといった魚人モンスターを倒せば、エビや魚を落とすのである。

「今日の食事は宿からのサービスよ〜。みんな〜。じゃんじゃん食べて〜」

「「「はーい!!」」」

子供かよ……。

素直に返事をするパーティメンバーたちを見て苦笑する。

あ、そういえば。

母さんに仲間たちのことを、どう説明したかというと。

全員、フィオナのかつての仲間であると、俺が説明した。

フィオナのピンチに、友達でもある彼らが駆け付けたのだ……ということにした。

ウソは言ってない。

仲間たちは本当に俺たちの、大切な友達で、仲間だからな。

「はぐはぐ! ばくばく! うう……クックの料理は最高ですぅ〜……。ひさしぶりに……ぐす、まともな食事にありつけました〜……ふぇぇえ〜……」

ほおをネズミのように膨らませるのは、エルフのえるるだ。

「おうおう！　えるる姐さん。じゃんじゃん食ってくれ！」

「ふぁぁ～……い、言われなくても～……」

料理人クックが運んできたお代わりのピラフをみて、えるるが目を輝かせる。

秒で皿をからにした。

「えるる姐さんはあいかわらず食いしん坊だなぁ！」

「え、えへへ～……。わたしほら、家を追いだされて根無し草だから。ご飯にまともにありつけてなくって……」

さらりととんでもないことを言うえるる。

あとで事情を聞いておこう。

別のテーブルではフィオナと森呪術師《ドルイド》のルイが談笑している。

「なに結婚だと？」

フィオナが目を丸くして言う。

「はい、入籍しました」

「なんと……相手は誰なんだ？」

「そこで料理作ってる人です」

今調理場に立っているのは、料理人のクックしかいない。

新しいピラフを持って食堂にやってきて、テーブルに置く前に、

「いただきまーす」

とえるるに食われていた。

「まさか……クックとか?」

「ええ、そうですわ」

にこやかに笑うルイに、フィオナが微笑んで「おめでとう」と言う。

俺もルイのそばへ行って、お祝いの言葉をつげる。

「いつ頃結婚したんだ?」

「魔王討伐が終わって二ヶ月くらいでしょうか。つまり三年前ですね」

フィオナが首をかしげる。

「まだそんなに経ってないだろう?」

「いやフィオナ。たぶん二周目の世界と一周目の世界では、時間の流れが異なるんだろう」

思えばフィオナも、俺が二周目の世界に来て数日後にやってきて、【数ヶ月ぶり】と言っていた。

フィオナが来てから二週間ほどが経過している。

だから向こうでは、三年が経過しているのだ。

「なるほど……」

「この三年でだいぶ仲間たちも変わったんですよ」

ルイがまず錬金術師のエドワードを見やる。

「エドワードさんは国立魔法大学で教授に就任しました。そして助手の女の子とご結婚なさったそうです」

俺とフィオナが大きく目を剝く。

研究一筋の彼が、まさか結婚するとは……。

「次に山じいさんは商工ギルドのギルドマスターになられました。今では五百人の大工・技術者たちをまとめ上げる立派な頭領です」

また俺とフィオナが目を剝いて驚く。

山じいは結構頑固一徹なところがあった。

他人の指導なんてするような人じゃなかったのだが……。

「クックは宮廷料理人になりました。わたしは家庭に入って子供たちの面倒を見ています」

へぇ……と俺とフィオナ。

一瞬遅れて「ええ!?!?!?」と驚く。

「あら？　どうしました」

「いや……ルイ。おまえ子供までいるのか？」

俺が聞くと、ルイは「ええ」と頷く。

「双子の女の子です。今は実家にあずけてきました」

そうか……。まあ結婚しているのだ。子供がいてもおかしくないか。

「…………」

フィオナが指をくわえて、ルイを見やる。

「ソフィさんもすぐに元気な赤ちゃん産めますよ」

「そ、そうかっ？　ま、まあ別に欲しくはないが、しかしまあ、ユートがどうしても欲しいというのなら、生んでやってもやぶさかでもないぞっ」

「いやいやまだ無理だから。俺十歳だから」

「大丈夫ですユートさん。十歳でも精通がすめば子作りは」「それ以上はやめてくれ！」

フィオナの眼光が鋭くなる。ほおを赤らめてモジモジしだした。まだ早いって。

「ルイ、からかわないでくれよ……」

「あらごめんあそばせ」

全然悪いと思ってない顔で、ルイが言う。

それはさておき。

「しかしそうか……みんな見ないうちに、立派になってたんだな」

家庭を持ったもの、出世したもの、子供を産んだもの。

みんな、自分自身の道を歩いているようだった。

そしてその道のりは、順風満帆のようだ。

「ふぁ～！　食後のケーキだァ～！　えへへ、わたし甘いものだ～～いすき」

えるるがだらしのない笑みで、顔中をクリームまみれにしながら、ケーキをほおばる。

「…………」

「…………」

「……ルイ、えるるは？」

フィオナに言われて、ルイが「えっとぉ」と困った顔になる。

するとえるるがこっちに近づいてくる。

「みなさーん！　なぁんの話をしてるんですか～？」

にぱーっと笑ってえるるがやってくる。

「いや……えっと」

「その……」

「えるる。貴様は今どこで何をやっているんだ？」

フィオナが聞いてはいけないことを聞いてしまう。

ぴし……！　とえるるの表情が固まる。

そしてその場にしゃがみ込んで、自嘲的に笑いながら、

「もともと家を放り出されて……ぷらぷらしていたところをユートさんに拾われました。魔王退治が終わったあとも、職に就けずぷらぷらと……」

つまり他のメンバーと違って、えるるだけは、定職に就けずにいるみたいだった。

「ふえええ……つらいことを思い出してしまいました～……」

目をぱってんにしてえるるが泣く。

「おさきまっくらですよう。ふぇええ……」

なんだかかわいそうになってきた。

「どこかに就職先が転がってないかなぁ……。できれば知り合いのつとめてる職場で、ぬるま湯社会人生活が送りたいですぅ～……」

だ、だめな人だこいつ……。

しかし……そうか。就職先を探してるのか。ふむ……。

と、そのときだった。

「ユートくんちょっと」

そう言ってルーシーが、俺に近づいてくる。

手にグラスを持っているルーシー。

よく見ると酒じゃなくて、葡萄ジュースだった。

「何をジロジロと見てるんですか。もう、ユートくんはえっちですね」

「ジュース見てただけだろうが……」

それで、とルーシーに聞く。

「ワタシの読みでは、今夜あたりだと思います」

声を潜めて、ルーシーが言った。

「出て行ってから四日目。彼らの所得を考えると、そろそろ泣きついてくるでしょう」

「……そうか」

もとより彼らの収入は低い。

家賃を滞納しまくってもカツカツの生活をしていたのだ。

この宿での生活ですらいっぱいいっぱいだったのだ。

よそでやっていけるわけがない。

「ユートくん。ワタシが行って追い返してきます」

葡萄ジュースを俺に手渡して、ルーシーが食堂を出て行こうとする。

「いや、いい」

俺は彼女の手を引いた。

ルーシーが振り返る。

「俺がやる」

「しかし……」

「おまえは商人だ。その手は多くの人に利益と笑顔を生み出すためだけの手だ」

俺はルーシーの小さな手を握って言う。

「おまえは、手を汚しちゃだめだ」

俺はルーシーから手を離す。

「しかしユートくんも……」

「俺はいいよ。気にすんな」

俺はそう言って、ルーシーの肩を叩いて、その場を後にする。

騒がしい仲間たちの声を聞きながら、俺はひとり、こっそりとその場を後にしたのだった。

☆

ユート、ナナミの宿を出たソフィの両親は、その後すぐに、自分たちのしてしまったミスの大きさに気づいた。

「くそ……ちくしょう！　なんで宿はこんなにも高いんだ！！」

ソフィ父が街の宿から出て、悪態をつく。

ここはカミィーナ。

初級中級ダンジョン（ユートたちの村近くのダンジョン）から一番近い街。

ソフィ父と母は、ユートたちのもとを出て行ったあとも、このダンジョンで日銭を稼いでいた。

自分たちのレベルでは、他のダンジョンでやっていけない。

だからこそ、このダンジョンを離れるわけには行かなかった。

しかし宿は、ユートたちの宿を使うわけにはいかない。

自分たちは仕事をバックレたのだ。使えるはずがない。

となると必然的に、ダンジョンから次に近い、カミィーナの街の宿屋を使う必要があった。

しかし問題がある。

宿代が、圧倒的に高いのだ。

しかも食事はまずい、食べてもＨＰＭＰ回復といった追加効果はない。

ベッドの寝心地も最悪だし、何より風呂がない。

一日の疲れを癒やし、汚れを落としてくれる風呂。

それのある生活に慣れ親しんだソフィ両親にとって、元の風呂のない生活には戻れなかった。

だが風呂完備の宿など、それこそ王都に行かないとない。

カミィーナの宿は、どこも風呂なんて上等なものはない。

せいぜいが桶にお湯を入れて、それで体を拭くくらいだ。

まったくさっぱりしないし、何より疲れが全然取れない。

そのくせ、ユートたちの宿と比べて、遥かに高い料金をせしめてくる。

宿屋の店主、ナナミはお金がないと支払いを待ってくれた。だがカミィーナの街の宿は、どこへ行っても、その日の宿泊費はその日のうちに払う必要があった。

支払いを待ってくれ……なんて甘い言葉が通じるところは、どこもなかった。

最初の二日くらいはなんとか、安い宿で、無い金を絞り出して生活をした。

だが三日目には払えなくなり、追いだされた。

冒険者としてやっていくためには、必要最低限の装備というものがある。

ポーション、武器の手入れといった細々とした支出は、常にある。

さらに毎日ダンジョンへ行っているからと言って、収入があるとは限らない。

げんにユートたちの宿を出て行ってから、ソフィ両親の稼ぎはこの四日でゼロ。

なぜか知らないが、体に力が入らないのだ。

ユートたちの宿で暮らしていたときは体調は万全に、それどころか気力にみちみちていた。

それが彼らの宿を出て行ったあとは、体調も悪いし、気力も湧いてこない。

「くそ……どうなってんだよ!!」

「知らないわよ!!」

ふたりは汚くののしり合いながら、夜の森を歩いている。

「あそこの宿を出て行ってから……災難続きだ。金はなくなる。金が入ってこなくなる。くそ……！」

ソフィ両親が不調な原因はいくつかある。

ユートたちの作るステータスアップの料理が食えなくなったこと。

疲れを完全に癒やしてくれる風呂がなくなったこと。

そして熟睡できるベッドがなくなったこと。

ようするに、あの宿を出て行ってしまったこと。

それにつきた。

「金がない。このままじゃのたれ死ぬ……。もうこうなったら頭下げてでもあの宿を使わせてもらうしかないいな」

「そうね。あそこにはソフィがいるもの。あの子をだしにしてナナミさんにつけいれば、またあそこで暮らせるわ……」

邪悪な笑みを浮かべるソフィの両親。

そう、金がなくなった今、頼りになるのは、あの宿しかない。

家賃を待ってくれて、安く、そして諸々の特典がついてくる、最高の宿。

しかもダンジョンからものすごく近い。

出て行ってわかった。あそこの宿が、どれだけ最高だったかを。

バックレてしまったが、あれから数日経っている。

怒られるかも知れないが、しかしこちらにはソフィというカードがあった。

あの子をだしにして、情に訴えれば、またあそこで甘い汁を吸うことができる……。

村が近づいてきた。

あと数分で村に到着する……と、そのときだった。


ビュンッ！

と何か光るものが、高速でこちらに近づいてきた。

それはソフィ父の肩にぶち当たった。

「ギャッ！！！」

「あなたっ！！！」

高速で飛来した物体によって、ソフィ父は吹っ飛ぶ。

森の大樹にぶつかり、ずるずる……とソフィ父はその場に倒れ込む。

「うう……痛ぇ……いてぇよぉ……」

何かがぶつかった。

そこを見やるが、別段血が流れてはいない。

ただ、肩は脱臼しているのか、だらりとして動かない。

「あなた大丈夫!?」

ソフィ母が夫に近づいて、気遣わしげに言う。

「ああ……ちくしょう。腕が動かねえ……いったいなんだよ……」

ソフィ父が立ちあがろうとする。

あたりを警戒する。

周りを見やるが……しかしそこには、夜の闇しか広がっていない。

「いったいどうなってやがる……」

動く方の手で腰の剣を抜こうとするが、
ビュンッ！　とまた高速で光る何かがやってくる。

今度は剣にぶち当たり、剣が粉々に砕け散る。
「お、俺の剣が！　一本しかない俺の剣がぁああ！！！」
悲痛な叫びが響く。
低レベルの冒険者であるソフィ父にとって、剣はおいそれと買えるものではなかった。
買える金がないので、一本の剣を大事に大事に使っていたのだ。
その一本しかない剣が、光る何かによって砕け散った。
とんでもない事態だ。
なにせ剣がなければモンスターを倒せない。
そうしなければタダでさえ低い収入が、もっと減る。
それどころか剣を買う金すらないので、絶望はさらに深まる。
「おい誰だぁ！　誰が」【黙れ】
ビュンッ！　とまた光る何かがやってきて、ソフィ父がもたれている木にぶつかる。
光る何かは、さっきと違って威力がこもっていた。
木の幹をぶち抜いていった。
木がぎぎぎぎ……と倒れていく。
「ひぃいい！！！」
ソフィ父は無様に横に転がって、事なきを得た。
「なんだよ……いったいなんなんだよ!!」
夜の森にソフィ父の叫び声が響く。

闇の中には誰もいない。

……と思ったのだが、闇の中から、ざっざっざ……と誰かがやってくる。

「誰だ……？」

「小さいわ。子供……？」

すると闇の中から出てきたのは、見知った顔だった。

「あなた……ナナミさんの息子さんの」

「ユートくん……ユートくんじゃないか！」

ソフィ父はパァッ！　と喜色満面になって彼に近づく。

しめた。彼に口利きしてもらって、ナナミの宿に転がり込もう。

あそこの宿の風呂ならば、こんな脱臼はなおるだろう。

それに剣が壊れたから金を貸してくれ、と言えば、あのお人好しの宿主なら金を貸してくれる！

そういう浅ましい気持ちを抱いていた……そのときだった。

ユートは手に持っていた弓を構える。

そして、矢を解き放つ。

ばごぉおおおおおおおおおおおおおおおおおおおおおおおおおん！！！！

ユートの解き放った矢が、ソフィの父親の顔、すぐ真横を通り、背後にあった木を粉砕した。

「ひぃいいいいいい！！！」

恐怖でその場に、尻餅をつくソフィの父親。

なんだ。太い樹木が、一瞬で砕け散ったぞ？

もし、もしもあれが自分の体に当たったら……。

「騒ぐなよ」

ユートはソフィ父のもとへやってくる。

その声は普段聞いたことのないくらいの、冷たさと、そして何より【死】を感じさせた。

「よく聞け」

ソフィ父親も、母親も黙る。

「もう二度と、この村に近寄るな」

ユートが弓を構えながら言う。

「二度と俺たちに近寄るな。あの宿に顔を出すな。やってきたら矢で打ち抜いて、体を粉々にする。今度は情けをかけてやらん」

ユートは弓を構えて、矢の先を、ソフィ父ののど元に向ける。

「ひぃいいい！！！！」

「た、助けて！　命だけは！」

「ああ、助けてやるよ。約束するならな」

「約束……？」

ソフィ母が青い顔をして言う。

「さっき言っただろ。もう俺たちに近づくな。そしてソフィの前にも、現れるな」

ユートが続ける。

「ソフィは俺たちが育てる。あの子は俺たちが幸せにする。だからおまえらはもう二度とあの子に近寄るな。あの子の幸せの邪魔をするな」

「………………」

別に邪魔をするつもりは、と言いかけて、ソフィ父はやめた。

さっきユートに脅された言葉を思い出したからだ。

「ソフィをだしにして母さんからたかろうって魂胆だろ？　そんなもん、とっくに見抜いてる」

ユートが弦を、しぼる。

「おまえが俺たちに近寄ろうとしたら、俺にはそれがすぐに伝わる。その瞬間俺はこの矢でおまえらの喉を打ち抜く」

ユートの言葉からは、本気と、そして、殺気が感じられた。

死ぬ。

もし約束を破れば、自分たちは殺されてしまう。

「ひぃいいい！！！」

ソフィ父が無様にさけび、股間からじょわ……っと尿を漏らす。

「俺が子供だからと舐めるな。俺にとっては貴様らを殺すのなんて、造作もないんだぞ」

さっきユートが木を粉砕した現場を見ているソフィ父は、彼の言葉が冗談でも誇張でもないことを、すぐに理解した。

「消え失せろ。二度とその汚えつらを俺たちに見せるな。近づくな。俺の忠告を無視して近づいたら……そのときは命が無いと思え」

ユートが弓を打つ。

バゴンッ！　とまた近くの大木を打ち抜く。

体を貫かれたら……と思ったら、恐怖が体を動かしていた。

「ごめんなさいごめんなさいいいいいい！！！」

「もう二度とちかづきませええええええええええん！！！」

ソフィ両親は、泣きわめきながら、その場から逃げる。あとのことなど知らない。今はこの場から一刻も早く逃げることが先決だ。

剣を失い、金も無い。この先やっていけるかわからない。

けどひとつたしかなことは、自分たちがとんでもないことをしでかしてしまった、ということ。

激しい後悔が襲う。四日前、娘を捨てて宿を出て行かなければ……。

あのままあの宿に寄生できて、やっていけたのに……。

ソフィ両親は、己の浅ましさをのろいながら、惨めな気持ちで、その場を後にしたのだった。

☆

俺は逃げていくソフィの両親の背中を見て、思う。

本当は腕の一本でも切って、恐怖を植え付けさせた方が良かっただろう。

ルーシーならそうするだろうが。

ソフィの親は制裁を受けて当然のクズだとは思う。

それでも、人を救うために戦っていた勇者には、それがどうしても、できなかった。

「俺は甘いな……」

エピローグ

打ち上げをした翌日。

早朝、俺は仲間たちとともに、村の入り口まで来ていた。

朝の早い時間であるため、村人は全員、家の中に入っている。

朝靄《あさもや》に包まれた森の中、俺の目の前には、縦に裂かれた【時空の裂け目】がある。

裂け目の前にはクック、ルイ、山じいにエドワードが立っていた。

全員がしんみりとした表情をしている。

「世話になったな、クック」

俺は料理人のクックに手を伸ばす。

「気にしないでくださいっす、兄貴！」

ガッ！　とクックが俺の手を握り返してくる。

「兄貴のピンチに駆けつけることができて……オレ、すっげーうれしかったたっす！」

ソフィ両親がばっくれたのが四日前。

俺は時空の悪魔の持っていたナイフを使い、一周目の世界へと渡った。

仲間たちの元へ、女王ヒルダの力を借りて連絡を入れる。

そして仲間たちを連れて、この二周目の世界へとやってきたのだ。

「オレ、ほんとうれしかったっす……。いっつも兄貴には世話になりっぱなしで、その恩を返せないでいたのが、ずっと口惜しかったんす」

「気にすんな。それに恩ならもうこの四日間で十分すぎるほど返してもらったよ。ありがとな」

「兄貴……」

ぐす……とクックが鼻を啜《すす》る。

妻である森呪術師《ドルイド》のルイがハンカチを取り出して、夫の涙を拭く。

「ユートさん、わたしたちあなたにお別れが言えなかったこと、ずぅっと後悔していたんです」

仲間たちが同意するように頷く。

俺が彼女たちの前から消えて、三年間（一周目と二周目では時間の流れが違うらしい）。

それだけ長い間、彼女たちに辛い思いをさせてしまったことに、俺は激しい後悔にさいなまれた。

「すまん。何も言わずにいなくなったりして」

頭を下げる俺に、仲間たちが苦笑しながら、仕方ないなと言ってくれた。

「フンッ！　まあ良い。過ぎたことだ」

「そうデスヨ。こうして再会できて、お別れが言えるのデスカラ」

そう、お別れだ。

俺たちに生活があるように、クックたちにも一周目の世界での生活がある。

クックとルイには子供がいて、実家に子供をあずけている。

エドワードは奥さんを向こうに置いてきている。

山じいには彼の帰りを待っているギルドメンバー五百人がいる。

彼らには彼らの生活がある。

だから、彼らは元の世界、一周目の世界へと帰ることになったのだ。……例外がひとりいるけど。

「兄貴」

クックがみんなを代表して前に出てくる。バッ！　と頭を下げてくる。

「今まで、ほっんとーに、お世話になりましたー！！！」

涙声で、声を張ってそう言う。

仲間たちが次々に頭を下げてくる。みな目の端に涙を溜めていた。

「ぐす……うわーん！　みなさんおげんきでー!!」

俺の隣に立っている爆乳エルフ娘が、俺より先にえんえんと泣き出す。

「えるる姐さん、こっちでお仕事、がんばってくださいっす」

「うう……ありがとクックくん。ルイちゃんと……ぐす、お元気でねぇ」

そう、エルフ娘のえるるだけが、二周目の世界に残ることを決意したのだ。

「姐さん、向こうの人に何か伝言とかあるっすか？」

「ううん、ないかなぁ……。だってもともとエルフの里を追放されて出てきたわけだし、魔王を倒したあとも職も居場所もなくふらふらしてたから……。誰もわたしのこと心配してないと思うし……てへへ」

自虐的にえるるが笑う。クックが「すんません……」と謝った。

「ぐす……おきになさらずっ。わたしはユートさんのもとで一生懸命はたらきますからっ！」

人手不足であることもあり、俺はルーシーと相談して、えるるを雇うことにしたのだ。

二周目での生活が必須となるが、彼女は上述の理由で、一周目の世界に未練が無いそうだ。

「それでは……ユートサン。ソフィサン。えるるサン」

エドワードが時空の裂け目に足をかける。徐々にその裂け目は小さくなっている。

「今まで本当にお世話になりマシタ。これからも頑張ってクダサイ」

俺はエドワードのそばによって、彼と握手する。

彼はにこやかに笑うと、時空の向こうへと帰って行った。

「フンッ！　小僧」

次に山じいが俺のそばまでやってきて、げんこつを食らわせる。

「いってぇ」

「これでわしの前から何も言わずに消えたことは、ちゃらにしてやる」

山じいがゴツゴツとした手を差し出してくる。

「ごめん山じい」

「フンッ！　……達者で暮らせ」

いつも何かに怒っているようだった山じいが、最後には優しく笑ってくれた。

山じいがいなくなると、あとはルイとクックだけになる。

「それじゃあ……兄貴」

「ああ……ルイ。クック。元気でな」

クックが俺に抱きついてくる。

俺は彼の背中をぽんぽんと撫でる。

「……兄貴」

クックが俺から離れる。

ぐしっ、と涙を手で拭くと、ニカッと笑って大きく手を振る。

「さよなら、兄貴！！！　お元気で!!」

クックが妻のルイと手をつないで、閉じかかっていた時空の裂け目をくぐる。

全員が一周目の世界へと帰ると、時空の裂け目は完全に閉じる。


……パキィンッ！


と、俺の持っていた時空の悪魔のナイフは、粉々に砕け散って、あとにはきらめく砂になった。

俺は消えていった仲間たちに、目を閉じて、言う。

「ありがとう、みんなのこと、俺は一生忘れないよ」

☆

えるるとともに宿屋に戻ってきた。

えるるにはルーシーが使っている部屋の隣を使ってもらうことになった。

部屋を用意してやると、「朝ご飯の時間まで仮眠して良いですか？」と言ってきたので、いいぞ

と答えると、「ぐー」と秒で寝てしまった。

安らかな寝息を立てるえるるを残して、俺は彼女の部屋を出る。

と、そのときである。

「ユートくん」

隣の部屋のドアが開く。

中から水色髪の少女、ハーフエルフのルーシーが出てくる。

「ルーシー。おはよう」

「ええ、おはようユートくん」

おいでおいで、とルーシーが俺を手招きする。

ルーシーの部屋は相変わらずものでごったがえしていた。

「お仲間さんたちとの別れはすみましたか？」

「ああ。ちゃんとさよなら言えたよ」

「そうですか、良かったです」

ほっ……とルーシーが安堵の吐息をつく。

ベッドに座り、俺も彼女の隣へ腰を下ろす。

「ナイフはどうなりました？」

「壊れたよ。人間が無理矢理使ったから、壊れちゃったんだろうな」

俺は砂になった、時空の悪魔が使っていたナイフを思って言う。

「しかし……まさか時空のナイフの使用条件が、【膨大な魔力を持つこと】だったなんてな」

あのナイフは悪魔しか使えないと、フィオナが言っていた。

時空の悪魔から聞いたそうだ。

しかし博識であるルーシーは、それが半分正解であって、半分間違いであることを知っていた。

「悪魔にしか使えないというよりは、ナイフに必要とされる膨大な魔力量を持っているのが、悪魔や魔王だけであった。だから普通の人間には使えず、結果的に悪魔しか使えないと、思い込んでいたのでしょうね」

しかし俺には魔王を倒して手に入れた【無限魔力の水晶】がある。

悪魔・魔王に匹敵する膨大な魔力量を俺は持っていたので、ナイフを使うことができたのだ。

「許容量を超える魔力量を流し込んでしまった結果、ナイフが壊れてしまったというわけです」

「もっと入れる魔力量を調整できれば良かったんだがな」

ルーシーは吐息をついて「しかたないですよ」と首を振る。

「本来の持ち主である時空の悪魔にしか、適当な魔力量はわからないのです。わからなくて当然です。むしろ二度も使えたことが奇跡ですよ」

ルーシーが俺の頭をなでて、「だから気にしないでください」という。

「子供扱いしないでくれよ」

苦笑しながら俺が言うと、

「そうでしたね。ユートくんかわいいからつい」

とお姉さんっぽくルーシーが笑った。

「さて……ではいくつかあなたに報告したいことがあります」

ルーシーが俺から手を離して真面目な顔で言う。

「まず宿のランクなのですが、この一週間の働きで、Eランクに上がることができます」

当初の目標を達成できたようだ。

「おめでとうございます」

「ああ、ありがとう。これで繁盛への道第一歩が踏み出せたよ」

もっとも……とルーシーが続ける。

「これはあくまで今月の収入がEランク相当だったということです。来月もEランクでい続けられるためには、これからもよりいっそうの努力が必要です」

「ああ、わかってる」

これで終わりではないのだ。むしろここから、終わりのない努力の日々が続くのである。

「次に面接の結果なのですが」

俺（というか俺が変装した冒険者ディアブロ）をスカウトしに来た冒険者たちの列も、ようやく落ち着いてきた。

「結果的に言えば、やってきた人たちはほぼ全員がだめですね。まったく宣伝になりません」

「そうか……」

「まあひとつだけ、黄昏の竜なら……まあ入ってあげても良いでしょう、という感じですね」

黄昏の竜は名の通った冒険者パーティであるらしいからな。

「ソロでやってもあなたの場合なら普通に活躍できるでしょうし、判断はあなたに任せます。パーティを組むのか、ソロでやってくのかは」

「わかった。ちょっと考えてみるよ」

さて……とルーシーが一息つく。

「最後にワタシの処遇なのですが」

さっきまでの流ちょうなしゃべり方から一転、「えっと……その……」とどもる。

「こ、これからもあなたの仲間として、その……あの……一緒に……いても……いいですか？」

彼女はきゅーっと目を閉じて言う。

「…………」

ぷるぷる……とルーシーが震えていた。俺は意外だった。まさか彼女が、断られるかもしれないと思っているなんて。

「ルーシー」

「は、はひ……」

冷徹な商人の彼女が、珍しく緊張しているようだ。俺は苦笑して言う。

「これからも、俺たちの手伝いをしてくれないか」

ばっ……とルーシーが顔を上げる。じわり……と彼女の美しい顔がゆがむ。

「はい……はいっ！」

がしっ、とルーシーが俺の手を握る。

「これからも末永くよろしくね、ユートくんっ」

かくしてルーシーは、本格的に俺たちの仲間になったのだった。

☆

それから数日経った、早朝。

俺は目を覚まして、部屋を出る。

宿屋の出入り口を出ると、竹箒《たけぼうき》を持った母さんが、しゃしゃしゃ、と玄関前を掃除していた。

「あら～。ユートくん。おはよ～」

「おはよう母さん」

母さんはニコニコ笑顔のまま、しゃしゃしゃしゃと掃き掃除をする。

「母さん、掃除ならゴーレムがやるって」

「うん～。けどママお掃除大好きだから～」

細かい雑務はゴーレムが。調理場はフィオナが。ホールはえるると俺がいるので、母さんの仕事は、だいぶへった。

もちろん完全に母さんの仕事がなくなったわけではない。ただ……以前の、過労死してしまうほどの仕事量では、なくなった。

未来は……変わっただろうか。

それとも……このままだろうか。

「ユートくん」

母さんは俺のことを、後ろからギュッとハグする。

「最近ね～、ママ楽しいの～」

「楽しい？」

「うん～。ほら、うちがとっても賑やかになったじゃない～？」

母さんは指を折って言う。

「ソフィちゃんでしょ。フィオナちゃんでしょ。ルーシーちゃんにえるるちゃん」

それに……と母さんが続ける。

「ユートくんがいる。家がとっても賑やかで、ママはとっても嬉しいです」

にこやかに笑う母さんを見て、俺も嬉しい気持ちになった。

その笑顔が見たいから、俺は未来からやってきたのである。

「母さん」

俺は彼女を見上げる。そこにある、最高に美しい笑顔を見て、俺は言う。

「これからも……頑張ってこうね。みんなでさ」

母さんはにこーっと笑って、

「そうね～。みんなでがんばろ～」

と言った。

俺はそれを聞いて、決意を新たにする。

母さんの笑顔を、これからもずっと守っていこうと。

一周目の彼女にできなかった親孝行を、この人にしていくんだと。

俺は母さんとともに手をつないで、宿屋に戻る。

さぁ、今日も忙しくなるぞ。

おまけ

勇者、恋人とふたりきりで仕事する

それは一周目の仲間たちが、元の世界へと戻っていった、その日の夜。

ルーシーの一言が、きっかけだった。

「休みましょう」

宿屋【はなまる亭】の食堂にて。

商人エルフのルーシーが、俺たちを見回して言う。

その場には俺、フィオナ、そして母さんがいた。

「休む？」

「そうですユートくん。この宿のメンバーには今、休息が必要であるとワタシは考えます」

ルーシーの言葉を聞いて、フィオナが首をかしげる。

「休息など毎晩取っているではないか？」

「違います。休もうというのは、全休、つまり一日仕事をお休みしましょうという意味です」

ルーシーがそう言うが、しかし俺もフィオナも、そして母さんさえも、ルーシーの意図していることがわかってないようだ。「最初からご説明しましょう」

言うや否や、ルーシーは懐から書類を取り出して、俺たちに配る。

「お手元の資料に書いてありますとおり、現在、はなまる亭のメンバーには疲労がたまっています」

そこには資料として、俺たちの最近の労働時間、睡眠時間が、書かれていた。

「なんでこんなこと知ってるんだよ……？」

「情報は商人の命です。いくらユートくんとはいえ、外に漏らすわけにはいきません」

「ああ、そう……」

ルーシーは書類をパシパシ叩きながら言う。

「皆さんちょっと働き過ぎです。特にここ一週間は、ディアブロさん目当てでたくさんの人がやってきました。労働超過です。このままでは倒れます」

「なるほど……言われてみると、確かにみんな働きまくってるな」

ちなみに俺の労働時間、睡眠時間は、他の人たちの書類には書かれていない。

特に母さんにバレたら大目玉だからな。

ルーシーはこくりと頷く。

「休むのも立派な仕事のウチです。しっかりと休養を取り、明日に備えましょう」

「けど～。ルーシーちゃん～」

手を上げたのは、宿屋の主人、俺の母さんであるナナミ・ハルマートだ。

「ナナさん、なんでしょう？」

「今ウチに泊まっている人たちは～、どうするの～？」

そうだ。

先日と比べれば少ないが、はなまる亭を利用している人はいる。

「おっしゃるとおり、休みと言っても全員で一斉に休んでは仕事が回らなくなります。そこでメンバーを半分にわけて、交代で休むのです。それを二日間」

なるほど……。

そうすれば全員が、一日の休みを取れるわけだな。

「前半はナナさんとワタシが休みます。後半はフィオナさんが休んでください」

ルーシーがちらり、と俺を見てくる。

言いたいことはわかった。

ここにいるのは四人。それを半々で分けるとルーシーは言った。

つまり、彼女は俺に、後半、休めと言っているのだ。

ここで口に出さないのは、事情を知らない母さんがいるからだ。

俺も休めと言うと、変に思われるからな。

「わかったわ～。ルーシーちゃんの言うとおりにするわね～」

にこーっと笑って母さんが言う。

「……ルーシー」

フィオナはルーシーを見て、呆然とつぶやく。

「前半はナナミさんと貴様。そして後半は私……ということは、つまり……」

商人エルフはにこり、と笑う。

「ええ、そういうことです、フィオナさん」

ルーシーとフィオナが、俺を見てくる。

前者は微笑ましい表情を浮かべ、後者は顔を真っ赤にしていた。

なんだなんだ？

「……ルーシー。すまない。恩に着る」

フィオナが頭を下げて言う。

「いえいえ。満喫してください」

「ああ、そうする」

ルーシーとフィオナによる、よくわからないやりとりがあったが。

まあ、とにもかくにも。

こうして、はなまる亭のメンバーは、休暇を取ることになったのだった。

☆

休暇一日目。

一日目はルーシーと母さんが休みを取ることになった。

俺とフィオナが当番である。

朝。

俺は六時に目を覚ますと、軽く運動をして、部屋を出る。

一階の受付へとやってきた。

いつもなら母さんが、外を掃除する音が聞こえてくる。

だが今日は、母さんは休養日。

音がしないことに、俺はうれしさを覚える。母さん、ちゃんと休んでくれてるんだと。

……しゃっ。しゃっ。しゃっ。

「…………」

……しゃっ。しゃっ。しゃっ。

俺は受付を離れて、ドアを開ける。

宿屋の前には……箒を持った母さんがいた。

「るんるんるーん♪」

「……母さん」

楽しそうに掃き掃除する母さんの背中に、俺が言う。

「ど、どきーん～」

母さんが箒を落とす。

ぎぎぎ……とさびた歯車のように、ゆっくりと、こちらを振り返る。

「ええっと～。お、おはよ～ユートくん～」

にへーっと笑う母さん。

いつもの明るい笑顔だが、額には汗をかいていた。

「母さん……ルーシーが昨日言っていたこと、忘れたの？」

ルーシーは休めと言った。

だが母さんは、箒を持って掃除している。働いている。

「あ、あのね～。これはね～。その～……」

母さんがキョトキョト、と視線を左右に泳がす。

ややあって、ぽん、と手を打つ。

「日課。そう～。これは日課なの～。決してお仕事じゃないのよ～」

苦しい言い訳だ。

早朝に起きて、掃除をする。

普通に労働である。

「……母さん」

俺は悪いと思いながらも、母さんから箒を奪う。

「俺がやる。母さんは休んで」

「けど～」

「けど、じゃないよ……」

俺はぎり……っと箒をにぎりしめる。

「働くことは良いと思う。けど働き過ぎて体を壊されても困るよ。みんな心配する。俺も……心配する。だから……休んでくれ」

それは、俺の切なる願いだった。

一周目の世界での、いやな記憶がよみがえる。

過労で死んだ一周目の母さん。

その墓の前で、茫然自失となった俺。

その後、潰れた宿屋で、我を忘れて暴れ回った……。

嫌な記憶だ。思い出したくもない。

あんな未来を回避するために、俺は過去へと戻ってきたのだ。

「………ユートくん。わかったよ～」

俺のただならぬ雰囲気に、何かを悟ったのか。

母さんがしゃがみ込んで、俺の前で微笑む。

「ママ、しっかりお休みするね～」

「……ああ。そうしてくれ」

母さんはニコッと微笑んで、ちゅっ……と俺の額に、キスしてくる。

「難しい顔してるよ～。くら～い顔。よくないよくない。笑顔笑顔～」

ね、と母さんがチャーミングに笑う。

俺は笑おうと思った。けど上手くできていた自信がない。

「それじゃあね～」

と言って、母さんが宿の中へと戻っていった。

取り残された俺は、ひとり、掃き掃除を開始する。

しゃ……しゃ……しゃ……。と、ゴミを掃いていた、そのときだ。

「ゆ、ユートっ！」

背後のドアが開いて、そこにはフィオナがいた。

長く赤い髪の毛には、寝癖がついていた。

化粧をしておらず、すっぴんである。

明らかに今、起きたばかりだった。

「おはよう、フィオナ」

「す、すまないユート……。ひとりで働かせてしまって……！」

あわあわ、と慌てるフィオナ。

「いや、気にすんな。というか朝の掃き掃除って別に仕事のうちじゃないしな」

母さんが趣味でやっているようなものだ。

「そ、そうか……」

フィオナは手ぐしで髪の寝癖を直す。

だがなかなか寝癖が直らず、

「く……！」と顔をしかめるフィオナ。

「とりあえず風呂でも入ってこいよ。こっちはひとりでできるしな」

「…………………。すまない」

長い沈黙の後、フィオナはその場を、ダッシュで離れる。

「クソ……！　失敗だ……！　初日から失敗だっ！」

去り際、そんなことを、フィオナが言っていた。

失敗？

「何も失敗してないと思うんだがな」

俺は首をかしげた後、普通に掃除を再開したのだった。

☆

風呂で身だしなみを整えたフィオナが、帰ってきた。

髪型がびっしりと決まり、ばっちりとメイクをきめている。

普段も美人な彼女だが、この日はその美しさに磨きがかかっていた。

俺とフィオナは協力して、宿の掃除をする。

モップがけやぞうきんがけを、フィオナと協力して行う。

「ゆ、ユートっ」

受付の掃除をしていたときのことだ。

フィオナはうわずった声で、俺を呼んだ。

「ん？　どうしたフィオナ」

「きょ、今日は一日、貴様とふ、ふたりきりだな！」

「え、ああ。そうだな」

フィオナは受付のテーブルを、ごしごしとぞうきんがけしている。

俺は周辺をモップで掃除していた。

「ふ、ふたりきりなわけだ！」

「あ、ああ……。それさっきも言ったよな？」

「そんなわけないだろ!?　斬るぞ！」

「なんで？」

フィオナはゴシゴシゴシゴシゴシ！　と勢いよくぞうきんをかける。しかも一ヶ所ずっとだ。

「フィオナ。もっと丁寧に。それと優しくな」

「……っ。す、すまない。不器用な女で」

シュン……とフィオナが気を落とす。

「気にすんな。よく知ってるよ」

なにせ二十年も一緒に旅していたのだからな。

「……一言余計だ、愚か者め」

顔を赤くして、フィオナがそっぽを向く。

俺はモップがけをしながら、会話する。

「そう言えば久しぶりだな。フィオナ。おまえとこうして、ふたりきりで話すのって」

最初は多かったが、仲間が増えてから、そしてここ一週間は忙しくて、そんな暇なかったからな。

「！　そ、そうだなっ！　そうとも！」

フィオナは俺を見ると、キラキラとした目を向けてくる。

「だ、だからなユート。久しぶり、だからな。だから……その……」

フィオナがぞうきんがけをやめて、俺の方へ近づいてくる。

すぐ前の前までやってくる。

「だから……だからな。その……な」

「おう」

もにょもにょ……とフィオナが口を動かして、やがて、キッ……と俺をにらむようにして、何かを言おうとした……そのときだ。

「ゆーーーくーーーーーーん！！！」

二階の部屋から、元気よく手を振りながら、ソフィが降りてくるではないか。

「ゆーくーん！　おっはよー！」

階段の途中で、ソフィがジャンプ。

俺めがけて飛んでくるのを、正面から受け止めた。

「わっぷ。ゆーくんすごい！　ふぃーをうけとめるとは……さては、ちからもちさんだなっ！」

にぱーっと花が咲くような笑みを浮かべるソフィ。

俺はそのままソフィを下ろそうとする。

「や！　ゆーくんおろしちゃだめー！」

笑顔のソフィが、俺にぎゅっと抱きついてくる。

「もーしばらく、ふぃーをこうしてだっこしてること！　これはけってーじこうです！　えへっ」

ソフィはスリスリ……と俺の胸にほおずりしてくる。

と、そのときだ。

「おい」

ひょいっ、とソフィの首根っこを、フィオナがつまみ上げる。

「ユートにひっつくな。時と場所を考えろ。痴《し》れ者が」

フィオナがソフィに言う。

その顔は怒りに燃えていた。

何をそんな怒っているのだろうか？

「しれ……しれー？　しれーもの？　ってなに？」

「お前のようなアホのことだ」

「ふぃーあほじゃないもん！　あほっていったほうがあほなんだもん！　つまりフィオナちゃんがあほなんだもん！」

かーっ！　とソフィがフィオナに犬歯を剝く。

「……なぜ私の邪魔を、私がするんだ」

憎々しげに、フィオナがソフィを見てつぶやく。

「じゃま？　ふぃーなにかフィオナちゃんのじゃましたー？」

きょとん？　と首をかしげるソフィ。

「………」

フィオナはそのままパッ、とソフィから手を離す。

「わわっと」

ソフィは体勢を崩しながらも、なんとか着地。

「もう！　あぶなかったよ！」

「そうか。しかしきちんと着地できただろ？」

「あぶなかったもん！　ふぃーじゃなかったらけがしてたねっ！」

「ケガしてないのにキャンキャンわめくな」

「なにさー！」

と、ソフィ同士がケンカしている。

そうこうしていると、そろそろ冒険者たちが、朝食を取りに来る時間になった。

「フィオナ。そろそろ」

「…………………ああ」

がっくし、とフィオナがなぜか、肩を落とす。

「……小娘に無駄な時間を、貴重な時間を取られてしまった」

はぁあああ……と重くため息をつくフィオナ。

「しかしチャンスはまだある。私はあきらめない」

キッ……といつもの表情に戻ると、フィオナは食堂へと向かって歩いて行く。

後には俺とソフィが残された。

「フィオナちゃんどーしたんだろ？　かりかりしてるかんじする。ゆーくんなにかしりませんか？」

「さあ……わからん」

俺とソフィは、そろって首をかしげるのだった。

☆

宿を利用している冒険者たちに、フィオナと協力して、食事を出した。

と言っても、先週のように人は多くない。

もうディアブロ目当てで人がやってこないからな。

俺とフィオナのふたりだけで対応可能だった。

食事を出した後、俺はフィオナと並んで、厨房で空いた食器を洗う。

「ユート。すまないな」

「気にすんな」

フィオナが皿を洗って、それを俺が布巾で拭く。

「こ、こうしてると……その、あれ……だな」

手を動かしながら、フィオナが言う。

「あれとは？」

「あ、あれとは……あれだなっ」

「だから何のことだよ？」

よくわからないが、フィオナがモニョモニョと口ごもる。

と、そのときである。

「しんこんさんみたいだー！」

……厨房の外から、ソフィの声がした。

ててて、とソフィが厨房に回ってきて、ビシッ……！　と俺たちを指さす。

「ゆーくん、うわき！　うわきものー！」

俺に近づいて、ぽかぽかぽか、と俺の体をソフィが叩いてくる。

「どうした？　浮気ってなんだ？」

「うわきうわきっ。ゆーくんはふぃーのだんなさまなのにー！」

涙目になって、ソフィが言う。

「フィオナちゃんがふぃーから、ゆーくんをとった！」

びし……！　とソフィがフィオナを指さす。

「そもそもユートは私のものだ」

「まえもいいましたけどねっ。ゆーくんはふぃーのものだからね！」

ソフィが俺の体に抱きついてくる。

「ゆーくん。フィオナちゃんとうわきしちゃだめだよ？　ふぃーのだんなさまなんだからね」

「いや、別に俺はおまえの……」

旦那じゃない、と言おうとしたら、ソフィが「ふぇ……」と泣きかけたので、「おまえの旦那だ……」と言おうとしたら、フィオナが「ふぇ……」と泣きかけたので、黙った。

くっ……！　なんだこの状況は！

「ゆーくぅん……」

ソフィが俺に抱きついたまま、すりすりとほおずりしてくる。

「ふぃーのことぎらい？」

潤んだ目で尋ねるソフィ。

「いや……そんなわけないだろ」

一周目と、二周目。

どちらの世界のソフィも、俺にとっては大事なのだ。

「フィオナちゃんよりも？」

「…………………………」

「おいユート。答えろよおい」

どちらの世界のソフィもが、俺をじっと見つめてくる。

や、やばい……。片方をたてれば、もう片方が凹む。

「ど、どっちも……」

という玉虫色の答えはいけないだろう。

「お、俺ちょっと用事を思い出した！」

と逃げようとしたが、ガシッ！　とフィオナが俺の腕をつかんでくる。

「待てユート。食器がまだこんなに残っている。貴様、仕事を放り出して逃げるつもりか？」

強い力でフィオナがつかんでくる。

勇者である俺の方が、身体能力は上のはず……。

だがしかし、いくら逃れようとしても、フィオナの手からは、逃げられなかった。

「そーだよゆーくん！　にげちゃだめなんだぜっ！」

ソフィが逆側の腕をつかんできた。こっちはたやすくふりほどける。

しかし勇者の力を発揮したら、このか弱い少女はたやすく傷つく。

だから逃げることが……できない。

「さあユート。仕事だ。手を動かせ。その間口も動かせ。いかに私のことが大事かを、そこの小娘に伝えろ」

フィオナが俺をガン見しながら、手を動かす。

「ゆーくん！　いってあげて！　だれがいちばん……ゆーくんのおんなかってことを！　それはふぃーだってことを！」

パキィンッ！　とフィオナが手に持った皿を粉々にする。

「……違うよな？」

「ち、違い……」

「ふぇええ……」

「ちが、わ……」

パキィンッ！

……俺は、いったいどうすりゃいいんだ。

と困り果てていたそのときだった。

「おやみなさんおそろいで。おはようございます」

食堂に、商人エルフのルーシーがやってきた。

渡りに船とはこのことか！

「る、ルーシー。さっきおまえ俺のこと呼んでたよな！」

俺はその場をパッ……と離れる。

ルーシーの側による。

「は？　いえ。別に……」

「そうか大事な話か！　俺ちょっとルーシーとあっちで話してくるな！」

俺はルーシーの手を引いて、その場を後にしたのだった。

☆

「ダシにしてすまん……」

場所を移動して、ルーシーの部屋にて。

ベッドに並んで腰掛けて、俺はルーシーに謝る。

「事情は察しました。大変ですね」

ふふ、と微笑むルーシー。

「いやもう大変すぎるよ……」

ルーシーは俺の頭を撫でてくる。

「気を回したつもりでしたが、余計なお世話でしたでしょうか？」

「気を回した？」

ええ……とルーシーが頷く。

「あなたたちをふたりきりにするために、こうしたシフトを組んだのです」

「そりゃまた……あー……」なんとなくわかった。

俺が自分自身、言っていたではないか。ふたりきりは久しぶりだと。

ここ最近忙しくって、まともにふたりきりで話せてないと。

ルーシーは俺とフィオナが恋人関係にあることを知っている。

気を回した……とは、つまり俺たちをふたりきりにしようとしてのことだろう。

「ソフィちゃんの方は、ワタシの方で対処します？　ナナさんとふたりで、そちら へ行かないようにしますか？」

「いや……いいよ。あの子もないがしろにできない」

「そうですか。でも大変ですよね」

「まあ、正直な……」

フィオナは好きだし、ソフィも好き。

フィオナに対しては恋人として、ソフィに対しては大事な家族として、それぞれ好きなのである。

どっちがより好きかとか言われても、困る。どちらもというのが俺の正直な答えであるが、ふたりの求める回答ではないのだ。

「どうしたらいいかな？」

俺はルーシーに相談してみることにした。

「んー」

ルーシーはしばし考え込んだ後、

「自分の力でなんとかしましょう」

ぽん……と俺の肩を叩いてくる。

「あ、別に投げやりになったとかではありません。ワタシが口を出すのは、野暮というものだという意味です」

「野暮？」

「ええ。そこはあなたが考えるべきことです。頑張って、ユートくん」

結局答えは得られそうになかったな……とそのときだ。

「ゆーくん！　みっけー！」

ばーん！　とルーシーの部屋のドアが開くと、そこにはソフィが立っていた。

「んも～。さがしたよ。ゆーくんいなくて、ふぃーはしんぞーがはれつするかとおもったよ」

「それを言うなら胸が張り裂けるですよ、ソフィちゃん」

ルーシーが微笑む。

「そーなのルーシーちゃん？」

「ええ、そうです。正しい言葉を使いましょうね」

「うんっ！　わかったー！」

「素直な良い子ですね、ソフィちゃんは」

「えへっ！　ねーねーゆーくん、ふぃーね、ルーシーちゃんにほめられちゃったの～」

上機嫌に、ソフィがその場でくるくると回る。

こうしてみると、ルーシーはしっかり、ソフィの親代わりを務めてるみたいだ。

「ソフィちゃん。喜ぶのは良いですが、ユートくんに用事だったのではないですか？」

「ハッ……！　そうだったー！　もーふぃーすっかりわすれてたよ！」

てててっ、とソフィが俺に近づいてくる。

「あのねあのね、さっきのつづきね」

ぐいぐい、とソフィが俺を引っ張ってくる。

「ふぃーはとってもゆーくんをあいしてます。このあいはえいえんなの。えいきゅーふめつなのっ」

「難しい言葉知っているな」

「えへーっ。ルーシーちゃんにおしえてもらったんだー」

ルーシーがベッドに座って微笑んでいる。

「ゆーくんあいしてるっ！　ふぃーを……だいてっ！」

すると……。

ドッバアアアアアアアン！

と、ルーシーの部屋のドアが、乱暴に開かれた。

「ソフィ。おかしなことを言う口は、この口か」

フィオナがソフィをひょいっと抱き上げると、きゅーっと口元をつまむ。

「い、いひゃいよぉ〜……。もうっ！　フィオナちゃんのいじわるっ！　すきなの？　ねえすきだからいじわるしちゃうのっ？」

むきー！　っとソフィが腹を立てる。

「好きではないな。むしろ腹が立つ」

「ひっどーい！　フィオナちゃんひっどーい！」

……恐らくフィオナの腹が立つというのは、自己嫌悪の感情なのだろう。

別にソフィ自体を嫌っているのではないと思えた。

だが事情を知らないソフィにとっては、名指しで嫌われたと思ったらしい。

じわ……っとソフィの目に涙がたまる。

「わーん！　わーん！　ナナちゃーん！」

大声で泣いた、そのときだ。

「泣いているのは、誰かな～？」

ひょっこりと、母さんが顔を出す。

「ナナちゃん！」

ソフィは喜色満面になると、母さんの元へと駆け出す。

ぴょんと飛び上がり、母さんのふくよかな胸に、ソフィが顔を埋める。

「フィオナちゃんがいじめるんです。ふぃー、かなしいです。ナナちゃんなぐさめて～」

「ま～。それはいけないな～」

母さんがニコニコしながら、

「だめよ～。こら～」

と、怒ってるんだか、そうでないんだか、わからない感じで怒る。

「みんななかよくしないとだめよ～」

「「はい……」」

俺とフィオナは、そろって反省したのだった。

その後もソフィ、フィオナに挟まれながらも、なんとか一日の業務を終えることができた。

☆

「つ、つかれた……」

夜。

場所は宿屋の浴場にて。

俺は湯船に体を沈めて、はぁ……っと深々とため息をついた。

「めっちゃつかれた……」

パワフルなふたりのソフィの相手をしていたら、めちゃめちゃつかれた。

「風呂は良い……。体力が回復する」

俺が作った特性の薬風呂だ。

体力がぐんぐんと回復していく。

「改めて思うけど、すごいよな、この風呂」

仲間たちのアイテムがあったからこそ、この素晴らしい風呂が実現できたのだ。

彼らにはホント、感謝している。

仲間たちは、今何をしてるだろうか……。と物思いにふけていた、そのときだ。

「ユート」

がらり、と男湯のドアが開くと、そこにはフィオナがいた。

「ど、どうしたフィオナ。ここ……男湯だぞ?」

俺は湯船の端っこへと移動する。

フィオナは裸身にバスタオルを巻いている状態だ。

「き、貴様がお疲れだと思ってな。背中でも……その、流してやろうかと思ったんだ」

顔を真っ赤にしながら、フィオナが言う。

「いやその……いいよ。ここ男湯だし、他の客も来ないわけじゃないし。早く出たほうが……」

と言いかけて、やめる。

……せっかく向こうから、身体を洗いに来てくれたのだ。

恋人が、俺と触れあいを求めているのだ。

「……と思ったが、頼んでも良いか、フィオナ？」

するとパァッ……！　とフィオナが顔を明るくすると、

「うんっ！」

と、嬉しそうに頷いた。

それは確かに、【ソフィ】の笑みだった。

やはりこの子もまた、【ソフィ】なのだなと思って、苦笑する。

「で、では湯船から上がれ」

フィオナが木のイスをススス、と俺の前に差し出す。

俺は湯船から上がり、腰にタオルを巻くと、イスに座る。

背中を向けると、フィオナがスポンジに石けんをまぶして、ごしごし……と背中を洗ってくる。

「どうだ？」

「ん。ちょうどいいよ」

「そうか。痛かったらすぐに言え。私は手加減が一番苦手だ」

「うん。知ってる」

しゃこ……しゃこ……しゃこ……とスポンジをこする音が響く。

「ユート」

「ん？　なん」だ、と聞き返そうと思った、そのときだ。

ぎゅ……。

と、フィオナが後ろから、俺のことを、抱きしめてきたのだ。

「ど、どうしたんだ……？」

「…………なあ、ユート」

フィオナが俺に抱きついたまま、問うてくる。

「私のこと……ほんとに、好き？」

その言葉には、切実さがあった。

俺は振り返る。

フィオナの体は、震えていた。

「ソフィ……二周目のソフィの方が、おまえは好きか？　だって、二周目の方が、明るくて、くったくもなく、それに若い。あっちのほうが、いいか？」

……そっか。

このフィオナ……一周目のソフィは、不安に思ったのだろう。

さっき、俺がきちんとフィオナが好きだと答えなかったことに対して。

……まったく、三十にもなって、女を泣かしてしまうなんて。

俺もまだまだだな。

「……フィオナ」

俺はフィオナの顔を両手で包む。

そしてその唇に、キスをした。

「…………………」

口を離すと、フィオナが顔を真っ赤にしている。

俺は言う。

「好きだよ。恋人として、おまえのことが」

「…………でも、でもぉ。ソフィは？」

「ソフィも好きだ。だが家族としてって意味だ。フィオナ、俺は恋人として、おまえが好きだ」

俺は彼女に、言っていなかった言葉を、ちょうど良い機会だから、告げることにした。

「フィオナ。一周目の時、ありがとうな」

「…………なんのことだ？」

唐突な俺の言葉に、彼女は戸惑っていた。

「母さんが死んで、俺が荒れたことあったろ。あのとき……慰めてくれて、ほんと、ありがとう」

俺は正面から、フィオナをぎゅっと抱きしめる。

「正直、おまえが慰めてくれなかったら、たぶん自殺してた。それくらい母さんが死んで、辛かったんだ」

でも……。それでも死ななかったのは、フィオナがいてくれたからだ。

フィオナがいて、俺を慰めてくれたからだ。

自分も悲しいのに、必死になって俺を慰めてくれた彼女がいたからこそ……俺は冷静になれた。

感情的にならないですんだ。

「あのときのお礼をさ、してなかったから。今言うよ。ありがとう、フィオナ」

俺を支えてくれた女性は、フィオナだ。

俺を窮地から救ってくれたのは、彼女だ。

俺の恋人は……紛れもなく、フィオナなのだ。

「おまえを不安にさせてごめん」

「………うぅん、良いよ」

フィオナが顔を上げる。

その目に涙をたたえながら、しかし……笑っていた。

「うれしい。ふぃー、とってもうれしいよ……」

それはかつての、ソフィの笑顔だった。

失われたと思っていたけど、そうだ。

ちゃんとこの子も、ソフィなのだ。

「ごめんな。これからは、ちゃんと好きだって定期的に伝えるよ。おまえを不安がらせることはしないから、許してくれ」

思えばフィオナは、向こうでの生活を全て捨てて、俺の元へ、二周目の世界へと来てくれたのだ。

全てを捨ててまで、俺を選んでくれたのだ。

その選んだ先の俺が、あまりに恋人としてみてくれなかったら、そりゃ不安になるというものだ。

「……うん、気をつけてくれ」

「うん、気をつける」

俺とフィオナは笑い合う。

そしてまた抱きしめあい、キスをしようとした、そのときだ。

「ちょっとまったー！」

バーン！ と風呂場のドアが開く。

赤髪幼女、ソフィが、ぷんぷんしながら立っていた。

「フィオナちゃん、ここおとこゆだよ？ なにしてるのっ？」

「貴様に関係ない」

フィオナが高速で、俺から離れて言う。

「いけないんだー！ はいっちゃだめなのに！ ナナちゃーん！」

ソフィが呼ぶと、ややあって、

「あらあら、なかよしさんね～」「おやおや、これはこれは」

母さんと、そしてルーシーがやってくる。

「フィオナちゃんがゆーくんとおふろはいってるの！ ちゅーいして！」

「あら～。でも、う～ん、ほかにお客さんいないし、みんなでお風呂はいろっか～」

「「な、なんだって⁉」」

「さんせー！」

母さんと、そしてなぜかルーシーも、一緒に風呂に入ることになった。

ソフィとフィオナが、風呂でまたどっちが俺をとるかでもめていた。

こういう騒がしい、しかし平和な日常が、この先もずっと続いてほしい。

こういう平和な世界を作るために、勇者《おれ》は頑張ったのだから。

〈おわり〉

あとがき～Preface～

こんにちは、茨木野（いばらきの）です！
二冊目だせたよぉおおお!!　買ってくれぇえええええ!!　（初手から宣伝していくスタイル）
……すみません、まさか二冊も本を出してもらえるなんて思ってなくて、だいぶ興奮してます。

■自己紹介

茨木野と申します。【小説家になろう】でお話を書いてます。

２０１５年から小説らしきものを投稿しだし、２０１８年11月、アース・スターノベル様から発刊された「善人のおっさん、冒険者を引退して孤児院の先生になる　エルフの嫁と獣人幼女たちと楽しく暮らしてます」でデビューしました。

小説家としてまだ一ヶ月しかたってないド新人作家です。

■出版されるまでの経緯

２０１８年5月に、「善人のおっさん」を書籍にしませんかと、アース・スターノベルの編集様からお声がけいただきました。

その後、書籍化に向けて動いてるかたわら、同年6月の末くらいにこの「元勇者のおっさん」を「小説家になろう」に投稿しました。そして投稿から一週間後くらいに、同じ編集さんが「元勇者も書籍化しませんか?」とご提案なさってくれました。

「善人のおっさん」の書籍化作業をしながら、同時並行で「元勇者」の改稿作業を行い、同年12月、こうして出版する運びになりました。
■作品紹介
レジへ行こう、話はそれからだ。
■作品紹介(リローデッド)
→だとあんまりなので、軽く紹介させていただきます。
この作品はいわゆる『強くてニューゲーム』に分類される作品です。

主人公は、仲間たちと協力して魔王を倒したあと、実家の宿屋を手伝うため勇者を引退。

その際にパーティの仲間たちから、強力なアイテムと、嫁さんをもらって実家へと帰ります。

しかし実家の宿屋はつぶれ、しかも最愛の母も死んでいました。

主人公は女王からもらった【願いの指輪】を使って過去、二十年前の世界へと飛びます。

主人公は勇者としてのステータスを引き継いでますので超強い。さらに仲間たちからもらったアイテムを使って、宿屋をがんがん発展させていく。

仲間たちと協力して宿を繁盛させていきながら、ヒロインたちとワイワイと楽しく、第二の人生を送る……というものです。
■作品を書き終えての感想
ありがたいことに11月、12月と、立て続けに本を出してもらえました。本当に嬉しかった!のですが……結構大変でした。

書籍化作業が2本あって、なおかつウェブ小説の更新もあり、今年の夏はだいぶヘルってました（※地獄を見たの意味）。

しかし大変ではありましたが、それでもとても充実してました！　とっても楽しかったです！

■謝辞
まず、イラスト担当のへいろー様！

超絶素晴らしいイラスト、ありがとうございました！

キャララフを編集さん経由で見せてもらったときは「え、これすご……すご……」と語彙力が消失しました。

どのキャラも原作とキャラ設定に非常に忠実で、ユートはかっこよく、ヒロインたちはかわいらしく描いていただきました。特にフィオナはホント僕のイメージどんぴしゃでした。僕の脳をスキャンして描いたのではないかとびびってましたぜ……。

素晴らしいイラスト、本当にありがとうございました。

次に、編集の増田様！

前作「善人のおっさん」に続き、「元勇者」でも大変お世話になりました。

書籍化作業だけでなく、その他色々な面で僕を支えてくださりました。誠に感謝してます！

その他、作品作りに携わってくださった全ての皆様、本当にありがとうございました！

そして忘れてはいけないのが、読者の皆様！　マジであざます！

読んでくれる人がいる、応援してくれた人がいたからこそ、本が出せるのですからね！

今後も読んでくれる人たちが、少しでも楽しい気持ちになれるような作品作りを心がけていこうと思います！　ほんとみんなありがとー！

■最後に宣伝

先月にも本を出してます。「善人のおっさん、冒険者を引退して孤児院の先生になる　エルフの嫁と獣人幼女たちと楽しく暮らしてます」というタイトルで、アース・スターノベル様より絶賛発売中です！

そして近々、また本が出ます！

『冒険に、ついてこないでお母さん！～超過保護な最強ドラゴンに育てられた息子、母親同伴で冒険者になる』（作品URL：https://ncode.syosetu.com/n7412ey/）

→こちらコミカライズまで決定してます！

詳しい情報はまだ言えませんが、来年刊行予定です！

どちらもかなり頑張って書いてます。読んでいただけると嬉しいです！　そして買って！

また「小説家になろう」にて、今作の続きや「善人のおっさん」、そして書籍化予定の「お母さん」も読むことができます。

「茨木野（いばらきの）」で検索していただけると読めますので、よろしければ是非！

またツイッターもやってます。【@ibarakinokino】で検索していただけたらと！

■しめのあいさつ

それでは、長くなりましたが、今日はこの辺で筆を置かせていただきます。

また皆様とお会いできる日を祈って。ではまた！

２０１８年11月某日　茨木野

あとがき

とても暖かい作品で
イラストを描かせていただいた事を
嬉しく思います!!

あとがきイラストは
本文イラストで描けなかった
目を閉じてないナナミさんです。

へいろー

※ＱＲコードは掲載サイト「小説家になろう」の作品ページへリンクされています

新作のご案内

二度転生した少年はSランク冒険者として平穏に過ごす ～前世が賢者で英雄だったボクは来世では地味に生きる～

（著：十一屋 翠　イラスト：がおう）


「……ちょっとまった。あのドラゴン、お前さんが狩ったのか？」

「はい！　町に来る途中で狩りました！」

「……やっぱりドラゴンかー。ワイバーンには見えないもんなー」

どうしたんだろう？　試験官さん、なんだか凄い汗をかいてるぞ？

「では試験を……」

「合格っ!!　冒険者試験合格!!」

「……ええっ!?」

英雄と賢者という二つの前世の記憶を持って生まれた少年レクスは、前世で憧れていた冒険者となり、地味な生活を満喫していた。

ただし、自分の活躍が『滅茶苦茶派手』という事に気づかずに……。

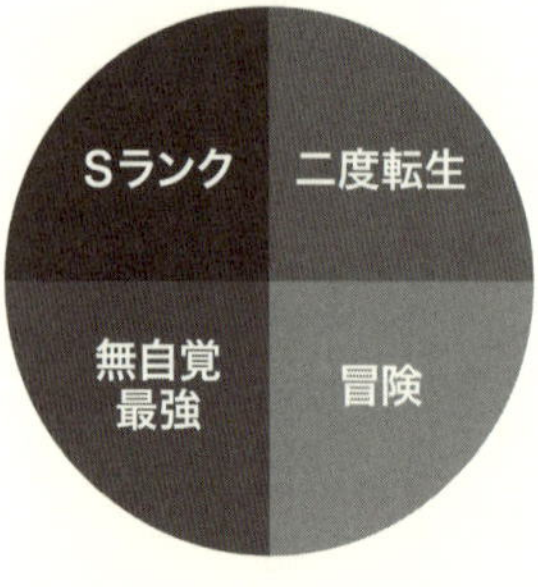

最強パーティーの雑用係～おっさんは、無理やり休暇を取らされたようです～（著：peco）

「クトー。お前、休暇取れ」「別にいらんが」

クトーは、世界最強と名高い冒険者パーティーの雑用係だ。しかもこのインテリメガネの無表情男は、働き過ぎだと文句を言われるほどの仕事人間である。

当然のように要請を断ると、今度は国王まで巻き込んだ休暇依頼、という強硬手段を打たれた。

「あの野郎……」

結局休暇を取らされたクトーは、温泉休暇に向かう途中で一人の少女と出会う。

最弱の魔物を最強呼ばわりする、無駄に自信過剰な少女、レヴィ。

「あなた、なんか弱そうね」

彼女は、目の前にいる可愛いものを眺めるのが好きな変な奴が、自分が憧れる勇者パーティーの一員であることを知らない。

一部で『実は裏ボス』『最強と並ぶ無敵』などと呼ばれる存在。

そんなクトーは、彼女をお供に、自分なりに緩く『休暇』の日々を過ごし始める。

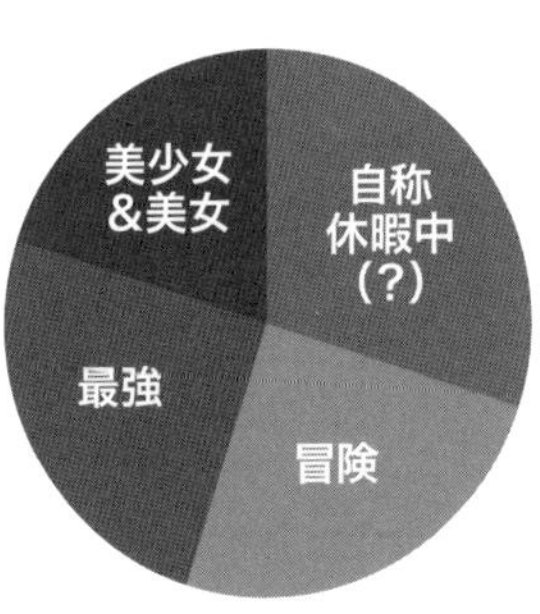

元勇者のおっさん、転生して宿屋を手伝う～勇者に選ばれ親孝行できなかった俺は、アイテムとステータスを引き継ぎ、過去へ戻って実家の宿屋を繁盛させる（著：茨木野　イラスト：へいろー）

「やっほー！　ふぃーはソフィ！　ゆーくんの幼なじみだよ！」

「同じくソフィ……違った。フィオナだ。宿屋【はなまる亭】の従業員をしている。今日は作品の告知に来た。さっさと終わらせるぞ」

「はーい！　えっと、えっとねー……。しょーかいってどうすればいいのぉ～？」

「どけ小娘。この話は、主人公の勇者、ユートが、魔王討伐の旅に出ている間に、潰れてしまった実家の宿屋を、過去に戻って立て直す、というのが物語の大筋だ」

「えぇ!?　ゆーくんって勇者だったのー!?」

「強くてニューゲーム状態のユートは、復活したばかりの魔王を速攻撃破したり、アイテムを使って宿のサービスを拡充したりする」

「んもー！　むしすんなー！」「黙れ。紹介の邪魔をするな」

「ひどいっ！　ふぃおなちゃんのいじわるー！」

「……過去の自分に、いじわると言われると凹むな」

「かこー？」「何でもない。とにかく紹介は以上だ」

「この冬、発売よてーだよー！　みんな楽しみに待っててねっ！」

好評連載中!!!!
シリーズ累計
45万部突破!
1億9000万PV超の
大人気転生ファンタジー
人狼への転生、魔王の副官
漂月
ILL.西E田
最新刊!
1.魔都の誕生
10.戦神の王国
シリーズ好評発売中!
2.勇者の脅威
3.南部統一
4.戦争皇女
5.氷壁の帝国
6.帝国の大乱
7.英雄の凱旋
8.東国奔走
9.魔王の花嫁

コミカライズも
魔王軍第三師団の副師団長ヴァイト――それが、
人狼に転生した
俺の今の姿だ。
そんな俺は交易都市リューンハイトの
支配と防衛を任されたのだが、
魔族と人間……種族が違えば考え方も異なるわけで、
街ひとつを統治するにも苦労が絶えない。
俺は元人間の現魔族だし、両者の言い分はよくわかる。
だからこそ平和的に事を進めたいのだが……。
やたらと暴力で訴えがちな魔族を従え、
文句の多い人間も何とかして、
今日も魔王軍の中堅幹部として頑張ります！

元勇者のおっさん、転生して宿屋を手伝う
勇者に選ばれ親孝行できなかった俺は、アイテムとステータスを引き継ぎ、過去へ戻って実家の宿屋を繁盛させる

発行 ——— 2018年12月15日　初版第1刷発行

著者 ——— 茨木野

イラストレーター ——— へいろー

装丁デザイン ——— 山上陽一＋藤井敬子（ARTEN）

発行者 ——— 幕内和博

編集 ——— 増田 翼

発行所 ——— 株式会社 アース・スター エンターテイメント
〒141-0021　東京都品川区上大崎 3-1-1
目黒セントラルスクエア　5F
TEL：03-5561-7630
FAX：03-5561-7632
https://www.es-novel.jp/

印刷・製本 ——— 図書印刷株式会社

ISBN 978-4-8030-1258-3